Mynoghra Annonciateur de l'Apocalypse

SOMMAIRE

Mynoghra

Annonciateur de l'Apocalypse

auteur.Fehu Kazuno+illust.Navigavi

01

« Moltar a dit qu'il nous fournirait un guide, mais je ne sais pas où cette personne se trouve…
— Votre Majesté ! Merci de nous accorder une visite aujourd'hui ! »
Takuto leva la tête en entendant une voix l'appeler au-dessus de lui. Il s'agissait d'Emhur, qui avait été promue en tant que responsable de la gestion du personnel du royaume.
« C'est moi qui vais avoir l'honneur d'être votre guide aujourd'hui ! ».

Mynoghra

Annonciateur de l´Apocalypse

auteur.Fehu Kazuno+illust.Navigavi

01

Annonciateur de l´Apocalypse
Annonciateur de l´Apocalypse
Mynog
Annonciateur

CHAPITRE 1
Nouvelle partie

Voilà, je suis mort…

Ces quelques mots furent les dernières pensées qui traversèrent l'esprit de Takuto Ira.

Alors que ses cinq sens l'avaient depuis longtemps abandonné, sa conscience sombra enfin dans un abîme de ténèbres. Et il perdit la vie. Comme l'on peut s'en douter, l'annonce de sa maladie incurable fut un événement extrêmement poignant, qui ne lui apporta rien de remarquable, si ce n'est uniquement que de piteuses journées passées cloué dans un lit d'hôpital. Mourir à 18 ans ne fut en rien un épisode joyeux, mais il réussit, malgré tout, à partir satisfait, le cœur léger. Et la raison de ce contentement résidait dans le fait qu'il eut l'agréable sensation d'avoir vécu une vie aussi pleine qu'accomplie… dans un jeu vidéo. Un jeu auquel il jouait si souvent avec tant d'ardeur que cela en inquiétait les médecins et infirmières à son chevet. Bien que cela paraisse paradoxal, Takuto Ira est bel et bien mort dans un état d'apaisement total.

Quand tout à coup…

« Hmm ? Est-ce que je suis au paradis ? Il fait un peu froid, c'est bizarre… »

Il revint doucement à lui. Il ouvrit les yeux et constata qu'il était entouré d'une abondante végétation. Il leva la tête et vit des rayons de soleil transpercer les rares espaces entre la cime des immenses arbres qui formaient la forêt touffue dans laquelle il se trouvait. Il sentit quelque chose de dur et de froid dans son dos. Il passa lentement la main sur la roche polie contre laquelle il était assis et réalisa qu'il s'agissait d'un trône, façonné dans la pierre. Il portait encore son pyjama d'hôpital, mais son éternelle perfusion et l'insupportable masque à oxygène qu'il devait garder à longueur de journée n'étaient plus là. Le plus étonnant était surtout qu'il avait l'impression d'avoir retrouvé ses forces – ou plutôt de n'en avoir jamais eu autant.

« Hahaha, l'air n'a jamais été aussi agréable ! »

Il prit une grande inspiration et sentit l'oxygène remplir entièrement ses poumons. L'espace d'un instant, il crut revoir sa déprimante chambre d'hôpital à la place de la luxuriante étendue verte autour de lui. Ce corps, qui n'avait jamais pu bouger librement en raison de sa maladie, lui semblait désormais si léger qu'il ne put en venir qu'à une seule conclusion : il était bien au paradis. Alors qu'il se touchait les membres, encore un peu étonné qu'il soit même capable de le faire, il entendit une voix.

« Vous êtes enfin réveillé ! »

C'était manifestement la voix d'une jeune fille. Sa douceur était telle qu'il en déduit immédiatement qu'elle devait être celle d'un ange. Il savait bien que cela pouvait sembler absurde, mais le simple fait d'avoir retrouvé non seulement sa conscience, mais également ses cinq sens, était déjà, en soi, complètement irrationnel. Il n'y avait donc rien de surprenant à ce que la jeune fille qui venait de lui parler soit un ange, venu ici pour lui servir de guide paradisiaque. Il s'empressa de remettre convenablement son pyjama froissé, avant de se tourner vers l'être céleste en question.

Mais... ce n'est pas possible...

Il cligna plusieurs fois des yeux, stupéfait. Mais la personne face à lui resta identique. Elle semblait attendre patiemment que son incrédulité se dissipe et qu'il s'habitue enfin à la regarder. Elle était vêtue d'une robe noire de jais et ses cheveux avaient une couleur argentée, proche de la cendre. Elle portait de nombreux accessoires métalliques aux formes presque incongrues, mais qui, pour autant, la mettaient parfaitement en valeur. Le plus frappant chez elle était ses immenses yeux dans lesquels n'importe qui aurait pu se perdre. Des yeux dans lesquels il s'était d'ailleurs déjà perdu des centaines de fois.

Car oui, il connaissait cette jeune fille. Même après sa mort, jamais il n'aurait pu l'oublier. Toutes ses journées à l'hôpital avaient été passées devant *Eternal Nations*, l'épique jeu de gestion stratégique dans un univers d'*heroic fantasy* crépusculaire. Et la jeune fille qui se tenait devant lui était l'une des héroïnes.

« Mais, tu es... Atô ?

— Oui, c'est bien moi, Votre Majesté. »

Aucun doute possible, c'était elle. Le personnage qu'il adorait tant, issu de son jeu préféré. Il ne savait pas trop si elle saisissait l'ampleur de sa surprise, mais elle lui répondit avec un immense sourire qui traduisait une gratitude presque exagérée.

« Votre Majesté ? »

Ces deux mots le plongèrent dans une confusion encore plus grande. Il ne comprenait absolument pas ce qui était en train de se passer, mais une chose était sûre : Atô semblait le traiter avec déférence. Et il voulait être digne du respect qu'elle lui portait. Il n'avait aucune envie de la décevoir. Et ce n'était pas une simple question de fierté masculine mal placée. Ce jeu avait été absolument tout pour lui lors de son très long séjour à l'hôpital. Il n'avait donc certainement pas envie de faire quoi que ce soit d'embarrassant face à une Atô désormais réelle. Si elle semblait le considérer comme son roi, alors il devait agir en tant que tel. Cela pouvait bien sûr sembler délirant, mais à l'heure actuelle, c'était bien la chose qui lui tenait le plus à cœur.

Mais qu'est-ce que je suis censé faire, exactement ? Jouer mon rôle de souverain ? Si c'est le cas, j'imagine que je dois régner sur le royaume de Mynoghra et le reste du monde ? Est-ce que je dois changer la façon de me comporter ? Mais qu'est-ce que tout cela veut dire...

« Hi hi...

— Hmm ? »

Ce tout petit rire suffit à lui faire battre le cœur si fort que c'en fut légèrement douloureux. Il y a encore quelques heures, un tel phénomène aurait amené un tas d'infirmières et de docteurs à s'affairer autour de lui, mais désormais il ne s'en souciait guère. Cependant, cette légère satisfaction ne l'aida absolument pas à comprendre pourquoi Atô avait ri...

« Ne vous en faites pas, sire Takuto. »

Sa voix rassurante suffit à le détendre presque entièrement. Du moins... jusqu'à ce que la jeune fille reprenne la parole et le plonge à nouveau dans la confusion :

« Je suis sûr que vous vous en sortirez. Personne n'avait jamais réussi à terminer le jeu en mode de difficulté

Nightmare ! Et vous avez réussi avec Mynoghra, la civilisation de la ruine, le royaume le plus difficile de surcroît ! Vous êtes une véritable légende, Takuto Ira ! »

— Quoi ? Mais, comment tu… »

C'était effectivement le plus grand exploit de sa courte vie. Une vie presque entièrement passée dans des chambres d'hôpital. À subir des examens et à prendre des médicaments, jour après jour. Ses parents étaient riches et affluents, et un fils malade et alité ne faisait pas vraiment partie de leurs centres d'intérêt. Ils venaient lui rendre visite par pure obligation et ne l'aidaient en rien à briser sa solitude quotidienne. Son seul et unique plaisir dans la vie était *Eternal Nations*, un jeu dédié à la gestion de royaume dans lequel il se perdait complètement.

Celui-ci évoluait dans un monde fantastique dans lequel on incarne le royaume de son choix, et dont le but est de dominer le reste du monde. Chaque partie pouvant durer des dizaines d'heures – une activité en somme chronophage –, cela représentait un passe-temps idéal pour occuper les longues journées passées seul à l'hôpital. Takuto s'était plongé dans cet univers avec une telle ferveur qu'il en avait réussi à oublier sa solitude quotidienne. Il avait mis tant d'efforts et de temps dans *Eternal Nations* qu'il finit par devenir le joueur numéro un de son classement mondial, une véritable légende connue de tous les autres utilisateurs. Il avait effectivement réussi à terminer le jeu au niveau de difficulté le plus élevé, avec Mynoghra, la nation la plus ardue, une véritable prouesse que même les créateurs du jeu pensaient impossible. Et s'il avait réussi cet exploit, il le devait en grande partie à Atô, la jeune fille qui se tenait désormais devant lui.

« Je me souviens de tout… »

Elle se remit à parler, comme si elle souhaitait enfin l'aider à comprendre la situation dans laquelle il se trouvait.

« Tout ce que vous m'avez appris, toutes les fois où l'on a réussi à conquérir le monde ensemble, toutes les fois où on a perdu aussi… Je me souviens de tout. »

Sa voix traduisait aisément la profondeur des émotions qu'elle ressentait. Elle était manifestement très émue par cette rencontre. La confusion que Takuto avait éprouvée au préalable était, quant à elle, progressivement remplacée par une émotion palpable.

« Donc, ne vous en faites pas. Je me souviens de tout ce qui vous concerne, sire Takuto… »

Le jeune homme sentit alors une immense chaleur enserrer son cœur tandis que ses yeux s'emplissaient peu à peu de larmes. Des larmes qui menaçaient de couler à tout moment. Il aurait aimé lui répondre quelque chose de grandiloquent, mais son cerveau semblait s'être complètement vidé. Sans fards, il lui dévoila ses pensées :

« Atô… J'ai toujours tenu à jouer avec toi et non avec aucun autre personnage. Tu corresponds parfaitement à mon style de jeu…

— Oui, nous étions toujours ensemble, sire Takuto… »

Atô constitue l'une des unités héroïques utilisables dans *Eternal Nations*. Chaque royaume possède une unité héroïque spéciale. De fait, Atô est associée à celle de Mynoghra. Bien que ses statistiques de départ soient les plus faibles en comparaison avec les autres protagonistes disponibles au début de la partie, sa capacité de croissance en fait, à terme, le personnage le plus puissant du jeu. Takuto, qui ne rêvait que de liberté, de voyage, de l'avenir et de ses possibilités irréalisables, sentit qu'un lien très profond avec elle était en train de naître.

« Pour quelqu'un d'aussi faible que moi, tu étais vraiment une sorte d'idéal…

— Moi, je vous suis infiniment reconnaissante de m'avoir fait découvrir tant de nouveaux mondes.

— J'avoue que j'étais toujours un peu embarrassé de venir te parler chaque fois que j'étais seul…

— Vraiment ? Parce que moi, j'attendais toujours avec impatience que vous veniez le faire.

— Je suis vraiment heureux de pouvoir te parler enfin en vrai, comme ça.

— Moi aussi. Pouvoir vous parler, en étant face à vous, est une joie indescriptible… »

Ceci avait beau être leur première véritable rencontre, ils avaient tous les deux l'impression d'être amis depuis de longues années. Même si leur relation n'avait jusqu'ici toujours été que virtuelle, le lien de confiance qui les unissait était, lui, bien réel. La confusion que Takuto avait éprouvée jusqu'à présent fut graduellement remplacée par une multitude d'interrogations quant à l'incroyable situation dans laquelle Atô et lui se trouvaient.

« Est-ce qu'on est au paradis ? C'est toi qui m'as fait venir ici ?

— Non, sire. Ce n'est pas moi. Je me suis également soudainement réveillée ici, sans savoir ce qui se qui était arrivé. Et si je devais formuler une hypothèse, je ne pense pas que nous nous trouvions au paradis. J'ai plutôt le sentiment que nous avons été projetés dans l'univers d'*Eternal Nations*… »

Atô observa lentement tout ce qui se trouvait autour d'elle, puis fit non de la tête. Ce geste très simple suffit à convaincre Takuto qu'elle lui disait la vérité.

« Nous sommes donc dans un monde inconnu… »

Ces quelques paroles, presque murmurées, semblaient s'être échappées de sa bouche.

« Je crois que l'on peut appeler ça un véritable miracle. J'ai encore du mal à en comprendre les raisons, mais en tout cas, je suis vraiment heureuse que celui-ci m'ait permis de vous rencontrer. »

Takuto acquiesça, partageant manifestement le sentiment formulé par Atô. Lui aussi peinait encore à réaliser ce qui se passait, mais, pour lui, une chose était sûre : pouvoir ainsi parler avec Atô était un vrai bonheur. Cependant, le peu de sang-froid qu'il lui restait lui fit comprendre qu'il était encore bien trop tôt pour s'épancher. Il avait passé la majeure partie de son existence dans un lit, luttant pour survivre, mais il était désormais en pleine santé et libre de ses mouvements. Cela signifiait donc que cette nouvelle vie qu'il avait reçue était désormais pourvue d'un but, d'un dessein. Sa maladie, qu'il associait à une véritable malédiction, ne lui avait pas seulement fait prendre conscience de ce que représentait la mort, mais lui avait également permis de comprendre l'importance de la vie. Maintenant qu'une force mystérieuse lui avait conféré une nouvelle chance, il avait besoin par-dessus tout d'un objectif à atteindre.

« Sire Takuto… Et si on recommençait, tous les deux, ensemble ?

— Quoi ? »

Ces paroles lui transpercèrent directement le cœur, chassant tous les doutes qui y subsistaient.

« Commencez donc d'abord par vous lever. »

Atô lui prit délicatement le bras et l'aida à se mettre debout. Il eut l'impression d'avoir passé de longues heures à dormir sur ce trône de pierre. Il étira machinalement ses muscles un peu raides. Atô le regarda avec un air bienveillant, faisant attention à ne pas le gêner dans ses gestes. Puis, elle se remit à parler :

« Je ne sais pas exactement où nous sommes. C'est peut-être le monde d'*Eternal Nations*, ou bien peut-être votre monde d'origine, sire Takuto. Ou bien encore un monde totalement différent. Mais où que nous soyons, nous pouvons recommencer ensemble, comme nous l'avons fait tant de fois. Reconstruire un tout nouveau royaume, vous et moi. »

Sa requête était aussi simple qu'étrangement immuable. Takuto avait déjà bâti des centaines de royaumes en utilisant Atô comme héroïne principale, donc l'entendre de nouveau formuler cette demande – mais désormais de vive voix – n'était en rien surprenant. Tout comme il n'y avait rien d'étonnant dans l'absence totale d'hésitation du jeune homme. La jeune fille, avec ses grands yeux sombres regorgeant de gratitude, attendait impatiemment une réponse. Comment pourrait-il lui dire non ? C'était non seulement son personnage de jeu vidéo préféré, mais également un véritable idéal, et la personne qui lui tenait le plus à cœur.

Bâtir un royaume…

Takuto n'était qu'un petit humain sans terres, sans trésors et sans puissance particulière. Mais le fait qu'Atô s'adressait à lui comme s'il était son roi lui procurait un courage indescriptible. Une bravoure impossible à quantifier. Il faisait désormais tout ce qu'il pouvait afin de contenir ses émotions et de ne pas laisser son excitation exploser comme un volcan.

Je ne sais toujours pas ce qui passe véritablement. Je

ne sais même pas où je suis. Mais si c'est Atô qui me le demande, je suis prêt à recommencer. À me plonger une nouvelle fois dans ce glorieux destin…

Son corps était désormais valide et parfaitement sain. La malédiction qui lui causait tant de souffrances avait été dissipée et il était désormais capable de faire absolument tout ce qu'il désirait. Et surtout, il avait à ses côtés le personnage le plus puissant qui soit. Il s'avança vers Atô, l'air calme et décidé. Ces quelques pas étaient ceux qui le feraient sortir du lugubre royaume des morts et qui le mèneraient vers une existence où il deviendrait enfin le maître de sa propre destinée. Takuto Ira était désormais libre.

« Atô…

— Oui, Votre Majesté.

— Construisons un nouveau royaume ensemble. Un royaume rien que pour toi et moi. »

Ces quelques paroles suffirent à sceller leur pacte. À peine Takuto avait-il fini de les prononcer que le visage d'Atô s'illumina d'un sourire presque enfantin. Ayant obtenu la réponse tant espérée, elle s'empressa d'acquiescer avec une énergie communicative. Puis elle s'éclaircit légèrement la voix et se prépara à prononcer la réplique que Takuto avait si souvent lue sur son écran, ces mots répétés chaque fois qu'il recommençait une partie et qu'il décidait d'utiliser encore ce personnage qu'il aimait tant.

« Je m'appelle Atô de la Bourbe ! Je suis l'enfant illégitime de toute la souillure du monde ! Je vous appartiens désormais corps et âme ! Plongeons ensemble dans les abîmes de l'humanité, Votre Majesté ! »

Takuto la regarda et acquiesça d'un air satisfait. Et

MESSAGE SYSTÈME

NOUVELLE PARTIE DÉMARRÉE !

Joueur : Takuto Ira

Civilisation : Mynoghra

Alignement : Mauvais

Difficulté : ????

OK

c'est ainsi que, pour la première fois depuis sa mort, l'humain appelé Takuto Ira vit naître en lui la détermination de tout sacrifier pour réaliser son propre rêve.

Mais pour l'instant, l'aventure de Takuto ne faisait que commencer. Une fois qu'Atô eut fini de déclamer sa réplique, un long silence s'installa entre eux. Après tout, Takuto ne s'était jamais concrètement lancé dans une entreprise aussi vaste. Il faut avouer que les occasions de proposer à une belle jeune fille de fonder un puissant royaume étaient rares dans une vie humaine, surtout quand elle était aussi courte que celle qu'il avait vécue. Et Atô n'avait, elle non plus, jamais formulé une telle proposition auparavant. Ce silence qui se faisait de plus en plus pesant était donc tout simplement dû à leur embarras mutuel.

« Je ne sais pas trop pourquoi, mais j'ai un peu honte, tout à coup…

— Oui, moi aussi. Prononcer ma réplique à voix haute était assez gênant, en fait… Mais je suis contente d'avoir pu le faire ! »

Ils se mirent tous les deux à rire sans raison, rougissant comme un jeune couple avant un premier rendez-vous. Mais ils retrouvèrent rapidement le sérieux qui sied à la tâche qui se dressait devant eux. Ils se trouvaient dans un nouveau monde totalement inconnu. Il était temps de passer à l'action. Et Takuto savait que la première chose à faire était de décider d'une stratégie.

« Très bien, ma seule et unique subalterne ! Mon précieux bras droit et second cerveau ! J'imagine que tu sais déjà ce que notre maléfique royaume de Mynoghra doit faire afin de pouvoir mener le monde entier vers les inéluctables ténèbres, n'est-ce pas ?

— Bien sûr, Votre Majesté ! »

Comme pour chasser l'embarras qui régnait quelques secondes auparavant, Takuto se mit debout sur le trône et parla avec une voix confiante et enjouée. Et Atô, la plus puissante des héroïnes et véritable fierté du royaume de Mynoghra, était prête à le suivre sans la moindre once d'hésitation. Ils n'avaient pas besoin de discuter des détails de leur stratégie, puisqu'ils savaient déjà tous les deux ce qu'ils devaient faire afin de remporter la victoire. Ils avaient déjà vécu cette situation des centaines de fois. Leur plan d'action était comme gravé au sein d'une immense roche qui trônait au milieu de leur mémoire. Leur style de jeu, leur façon de combattre, leur méthode de développement… Tout pouvait se résumer en une seule phrase. Ils se regardèrent et lancèrent de façon parfaitement synchronisée :

« C'est l'heure de se cacher !

— Cachons-nous du reste du monde ! »

Bien que les paramètres du jeu aient pourvu Mynoghra d'un statut l'associant à la nation la plus maléfique, cette dernière possédait, contre toute attente, des bonus de gestion d'administration domestique et de lourds handicaps au combat, ce qui en faisait donc un royaume intégralement spécialisé dans les affaires intérieures.

Eterpedia

Atô de la Bourbe

Unité de combat

Force : 3

Déplacement : 1

<< Affinité de ruine +2 >>

<< Affinité de ténèbres +1 >>

<< Affinité de chaos +1 >>

Héroïque, Maléfique, Fanatique

**Cette unité a une chance de récupérer la compétence de l'unité qu'elle vainc au combat.*

Description

Le Dieu de la lumière céleste a créé les humains à partir de la boue. Un terrifiant démon maléfique sans nom a ensuite créé Atô à partir de la bourbe.

Atô est l'une des unités héroïques du royaume de Mynoghra.

Ses statistiques de départ sont plus faibles que certaines unités de base, mais elle compense avec ses bonus d'affinité.

De plus, elle est capable de récupérer les compétences des unités qu'elle élimine et possède le meilleur potentiel de développement de tous les héros du jeu.

CHAPITRE 2
Exploration

Après avoir fièrement annoncé la formation de leur nouveau royaume, Atô et Takuto commencèrent immédiatement leur premier tour de jeu. Ils s'assirent sur le trône de pierre et se mirent à réfléchir à leurs priorités.

« La nation de Mynoghra a beau être fondée sur la malfaisance et la ruine, sa culture est paradoxalement douce et paisible. Il nous faut donc nous appuyer sur ces éléments pour définir l'ensemble de nos actions.

— Vous avez entièrement raison, Votre Majesté ! Nous devons faire tout notre possible pour ne pas être repérés par les nations environnantes. C'est la règle d'or d'un début de partie avec notre royaume.

— Exactement ! Et comme nous ne savons pas encore où nous nous trouvons, la première chose à faire est d'envoyer un éclaireur explorer les environs !

— Quelle clairvoyance, Votre Majesté ! Je n'en attendais pas moins de vous ! »

Atô regarda son roi avec un sourire empli de joie et de fierté. Takuto lui répondit, quant à lui, avec un sourire légèrement crispé, et se remit à observer ce qu'il y avait autour de lui. À une cinquantaine de mètres de son trône se trouvait une petite zone ouverte, tapie de fleurs, mais tout le reste de son champ de vision était bloqué par une forêt d'une densité troublante. Tous les arbres qui la composaient avaient des racines protubérantes qui semblaient fermement ancrées dans le sol, rendant certainement tout déplacement au mieux hasardeux, au pire impossible. L'impressionnante hauteur des arbres excluait également toute possibilité d'ascension et, de toute manière, Takuto n'avait aucune compétence pour se lancer dans un tel acte de bravoure. Après tout, passer sa vie alitée pouvait s'avérer un obstacle pour toute pratique de l'escalade.

Je pourrais évidemment demander à Atô de grimper sur l'un de ses arbres, mais je n'ai pas très envie de l'envoyer explorer cette forêt toute seule…

S'il était actuellement dans le jeu, une petite unité de départ lui aurait été automatiquement fournie, mais il avait beau regarder autour de lui, il n'en voyait aucune pour l'instant. Et, étant une unité de combat, Atô n'était pas faite pour être utilisée en reconnaissance. De toute façon, ses statistiques actuelles étaient tellement faibles qu'elle risquait le pire si jamais elle se voyait obligée de combattre. Takuto n'avait donc pas beaucoup d'options à sa disposition… Mais cela ne voulait pas dire que sa situation était désespérée pour autant. Pour lui qui avait joué des milliers de parties, trouver la solution à un problème n'était qu'une question de secondes.

« On n'a pas le choix. On va utiliser une production d'urgence. »

Il marmonna pratiquement cette phrase dans sa barbe, mais Atô réagit immédiatement en l'entendant.

« Vous avez raison, on peut essayer ! »

Takuto se tourna vers Atô, qui le regardait avec un regard profond, puis acquiesça lentement.

Dans *Eternal Nations*, le joueur avait à sa disposition plusieurs ressources principales et une variété de ressources secondaires. Les trois plus importantes étaient le mana, la nourriture, ainsi que les matériaux. Une bonne gestion de toutes ces précieuses ressources était l'une des clés de la victoire. Elles permettaient de construire des bâtiments, créer des unités et exécuter toutes les actions nécessaires pour développer et faire prospérer son royaume. Le mana, en particulier, fonctionnait un peu comme la monnaie d'un pays. C'était l'énergie du jeu. Une «production d'urgence» consistait à utiliser du mana afin de produire instantanément une unité ou bien un bâtiment. C'était une méthode simple et rapide, mais qui possédait évidemment des inconvénients.

« Le coût en mana d'une production d'urgence est très élevé. Honnêtement, c'est même pratiquement de l'arnaque. Et il n'est pas vraiment conseillé d'en utiliser une alors qu'on n'a pas encore de moyen de restaurer son mana, mais bon… »

Takuto poussa un long soupir tout en se grattant la tête, mais aucune autre idée ne lui vint à l'esprit. Atô, elle aussi, semblait réfléchir en grommelant, les bras croisés, mais aucune illumination ne lui vint non plus. Mais après tout, ils se trouvaient dans une version un peu spéciale du jeu, et il n'y avait donc rien d'étonnant à ce qu'ils rencontrent quelques difficultés à démarrer.

« La fin justifie les moyens, comme on dit. Mais combien avez-vous de mana actuellement, Votre Majesté ?

— Si j'étais dans le jeu, je dirais environ 200. Vraiment pas grand-chose, donc. »

Les ressources dans les jeux vidéo sont presque toujours exprimées en valeurs numériques. C'est donc naturellement la première expression qui vint à l'esprit de Takuto. Et pour lui, qui était habitué à manipuler des dizaines de milliers de mana en fin de partie, 200 était une quantité si faible qu'il en avait presque le tournis.

« Il va donc vraiment falloir que vous utilisiez votre mana avec parcimonie. Savez-vous ce que vous allez produire ?

— Je pensais à une base de départ, ou bien une usine de mana, mais c'est trop tôt. Nous avons besoin d'une unité de reconnaissance avant tout. »

Ils savaient tous deux qu'ils n'avaient ni le temps ni les moyens de s'apitoyer sur leur sort. Certes, ils étaient perdus dans un monde inconnu, mais le fait d'être ensemble leur donnait la force de garder le sang-froid nécessaire pour avancer. C'est probablement grâce à cela que Takuto était capable de réfléchir et d'agir aussi posément. Ils devaient commencer par récupérer le plus d'informations possible sur leur environnement. Impossible de prévoir des stratégies à long terme s'ils ne savaient même pas ce qui se trouvait à cent mètres d'eux. La première étape devait donc être l'exploration. Takuto se tourna vers Atô et lui demanda si elle avait une quelconque objection. Elle n'en avait évidemment aucune. Peu importe ce qui pouvait arriver, elle faisait entièrement confiance à celui qui était son roi et n'avait pas de raison de douter de lui.

« Parfait ! Production d'urgence : unité de reconnaissance ! »

Takuto lança sa toute première invocation. Une puissance cachée sembla s'accumuler sous ses yeux, puis distordre l'espace pour y faire apparaître une créature. Elle tomba au sol avec un heurt visqueux, comme si elle venait de sortir tout droit du ventre d'une génitrice invisible, et poussa immédiatement un cri à glacer le sang. Elle ressemblait à une sorte de mante religieuse dénuée de pattes ravisseuses et dont tous les membres auraient été grossis et étendus. Ses yeux asymétriques virevoltaient nerveusement dans tous les sens alors qu'elle continuait de pousser des cris stridents. C'était là la toute première unité qui répondrait aux ordres de Takuto : le longues-pattes.

« Il est franchement ignoble.

— Vous m'ôtez les mots de la bouche, Votre Majesté… »

La première parole que Takuto adressa à son nouveau serviteur fut une violente injure. Le fait qu'Atô partageait ce sentiment prouvait que même dans le royaume de la ruine, il y avait des limites à la laideur. Après d'interminables secondes à fixer le longues-pattes et ses yeux abjectement infatigables, Takuto se tourna vers Atô, qui représentait une vision nettement plus agréable que celle de l'être qu'il venait d'observer.

« Ah oui, tu en as vu par centaines dans le jeu, tu dois être habituée à leur apparence…

— Effectivement, j'ai souvent côtoyé leur modèle en 3D, mais là, cette version est bien trop réaliste à mon goût.

— Je vois ce que tu veux dire, oui… Tiens, tu veux en profiter pour essayer de le toucher ?

— Non merci, sans façon ! Vous êtes le roi, je vous laisse l'honneur de le faire !

— Je n'ai aucune envie de poser la main sur ce truc !

— Alors pourquoi avez-vous suggéré que je le fasse ?

— Je ne sais pas. Je me suis dit que ce serait rigolo…

— Vous essayez de me brimer, Votre Majesté ? Ce n'est pas très gentil !

— C'est vrai, pardonne-moi… »

Ils ponctuèrent leur agréable échange par des sourires amusés. Le longues-pattes, lui, continuait de rester immobile, ses yeux bougeant encore dans les tous les sens. En réalité, il ne faisait qu'attendre un ordre d'action venant de son maître, mais ses grands globes oculaires et l'étrange position dans laquelle il se tenait donnaient l'impression qu'il était en train de se faire gronder. Takuto et Atô semblèrent se souvenir de sa présence au même moment, et s'éclaircirent la voix de façon presque synchronisée.

« Bon… longues-pattes ! Tu dois m'obéir au nom du glorieux royaume de Mynoghra ! Va faire un tour des environs pour voir ce qui s'y trouve. Et évite de t'approcher trop près de tout ce qui pourrait être une menace, compris ? Ta tâche principale est l'exploration, rien de plus.

— Tu n'as pas intérêt à décevoir le grand Takuto Ira, notre cher souverain ! Allez, va accomplir ta mission.

— Gyyyyeeeeh ! »

Le longues-pattes poussa un cri déterminé et disparut aussitôt dans l'épaisse forêt. Une créature aussi rapide qu'hideuse… Takuto et Atô le regardèrent s'éloigner et poussèrent à l'unisson un petit soupir soulagé.

« Je m'inquiétais un peu vu son apparence cauchemardesque, mais il semble capable de suivre les ordres comme il se doit. Est-ce que vous êtes bien relié à lui, Votre Majesté ?

— Oui, je peux voir une partie de ce qu'il a sous les

yeux. Il partage toutes les informations qu'il récolte avec moi. Haha… C'est exactement comme dans le jeu, en fait. »

Une grande carte en trois dimensions sembla se dessiner progressivement dans le cerveau de Takuto. Lorsqu'il comprit qu'elle correspondait aux zones que le longues-pattes était en train d'explorer, il laissa échapper un rire légèrement impressionné.

« Bon, tout semble bien se passer pour le moment. Au fait, combien vous reste-t-il de mana, maintenant ?

— J'en ai utilisé 100 pour la production d'urgence, donc il m'en reste 100. Il me faut encore 20 mana pour construire ma première colonie, donc la marge de manœuvre que nous possédons reste limitée.

— Nous en avons donc assez pour progresser, mais nous devons tout de même faire attention au gaspillage. »

En temps normal, produire une unité nécessite du temps, des ressources et le bâtiment adéquat. La production d'urgence, quant à elle, requérait simplement du mana, mais dans une quantité très importante. C'est pour cela que forcer la production d'une simple unité de reconnaissance coûtait cinq fois plus cher en mana que la fabrication du bâtiment de base qu'est la colonie. Dans ces conditions, Takuto n'avait évidemment pas les moyens de créer d'autres unités pour l'instant.

« Idéalement, j'aurais d'abord préféré créer un chevalier pour pouvoir nous défendre, mais le coût en mana aurait été bien trop grand. J'ai donc changé de priorité.

— Ne vous inquiétez pas, je me charge de nous défendre, Votre Majesté ! Enfin… c'est ce que j'aurais aimé pouvoir déclarer, mais vous savez aussi bien que moi que je suis actuellement trop faible pour vaincre ne serait-ce qu'un simple monstre… »

Atô possédait actuellement une force de 3. Ce n'était vraiment pas grand-chose, même comparé au longues-pattes, qui possédait 1 en force alors que ce n'était même pas une unité de combat. Malgré son statut d'héroïne, sa force était exactement la même que celle du chevalier, l'unité de combat la plus basique qui existe. Même face à un simple loup possédant 1,5 en force, il lui serait difficile d'en vaincre plus d'un à la fois. Atô et par extension tout le royaume de Mynoghra débutaient toujours la partie dans une position extrêmement risquée, où le moindre affrontement pouvait mener à une défaite totale.

« Le niveau de difficulté est vraiment élevé, quand même…

— Ah, c'est vrai… Mais ça a toujours été le cas, n'est-ce pas ? Alors, ne faites pas cette tête, Votre Majesté ! »

Takuto avait effectivement vécu cette situation des centaines de fois… Mais uniquement dans le cadre du jeu. Au fond de lui, il espérait que, pour sa version réelle, le niveau de difficulté aurait tout de même légèrement diminué. Pour l'instant, la seule chose qui l'empêchait de sombrer dans l'angoisse étaient les mots aussi encourageants qu'attentionnés d'Atô.

Quelques minutes passèrent. Le longues-pattes créé par le jeune homme remplissait parfaitement son rôle et continuait de cartographier la forêt environnante. Pour un joueur d'*Eternal Nations*, les informations sur son environnement étaient une ressource extrêmement précieuse. Et pour un joueur dans la position de Takuto, cet ensemble était même probablement plus précieux que de l'or. Toutes ces nouvelles connaissances apaisèrent un peu sa frustration et ses craintes initiales. Il poussa un léger soupir de soulagement avant d'expliquer ses découvertes à Atô en détail.

« Alors, qu'en dites-vous ?

— Je pense que le longues-pattes a pratiquement terminé d'explorer nos environs, mais pour l'instant, il n'a rien trouvé d'autre que des arbres et de la végétation. Cette forêt est peut-être bien plus vaste qu'on ne se l'imaginait. D'un autre côté, notre éclaireur n'a pas non plus repéré de monstres ou de démon dans les parages… »

À part une absence de danger immédiat relativement rassurante, l'exploration du longues-pattes n'avait donc rien révélé de pertinent. Takuto et Atô se trouvaient actuellement dans une forêt très dense, mais totalement banale. Cependant, quelque chose pouvait très bien les attendre au-delà de la surface explorée par le longues-pattes. A fortiori puisque cet éclaireur aux capacités très limitées se déplaçait avec des mouvements dénués de toute logique, révélant les zones d'ombre de la carte autour de Takuto par bribes hétéroclites uniquement.

« Les forêts aussi denses que celles-ci ont l'avantage de nous offrir de nombreux moyens de nous dissimuler, mais… C'est quand même bizarre qu'il n'y ait aucun monstre ou créature à proximité, vous ne pensez pas ?

— Je ne vois même pas une seule icône de nourriture à l'horizon… On va devoir continuer cette exploration si on veut en trouver.

— Je suis vraiment désolée de ne pas pouvoir me rendre plus utile… »

Les épaules d'Atô s'affaissèrent et elle baissa la tête d'un air penaud. Elle semblait sincèrement triste de ne pas pouvoir venir en aide à son cher roi. Difficile pour Takuto de rester de marbre alors qu'elle ressemblait à un petit chiot que son maître venait de réprimander.

« Ne t'excuse pas, Atô. T'avoir à mes côtés est déjà une aide précieuse ! »

Les mots choisis par Takuto semblaient avoir eu l'effet d'un puissant coup critique sur le cœur de sa sujette. Son intention n'était certainement pas de lui faire une grande déclaration, mais simplement de lui remonter le moral. Mais lorsqu'Atô releva la tête, c'était avec de grands yeux humides et emplis de reconnaissance. Il lui parlait comme à une amie, mais sa réaction lui rappela qu'elle le considérait avant tout comme son souverain bien-aimé, à qui elle était entièrement dévouée. Elle avait donc tendance à prendre tout ce qu'il lui disait avec un sérieux légèrement excessif.

« Votre Majesté ! Je… Je n'ai jamais été aussi heureuse de ma vie !

— Ah ? Euh… Eh bien, c'est tant mieux, alors… »

Son enthousiasme l'avait poussé à se placer si près de Takuto qu'il pouvait pratiquement ressentir tout le poids de sa dévotion. Personne ne s'était jamais montré aussi expressif à son égard. Son cœur battait à cent à l'heure, mais malgré un léger embarras, cette situation ne lui était pas du tout désagréable, au contraire. Cependant, il était tout de même un peu surpris que l'héroïne du royaume de la ruine puisse se comporter de cette manière.

Atô est quand même censée être la représentante des ténèbres… Je n'aurais pas cru qu'elle pouvait avoir des réactions aussi adorables…

Elle continuait à regarder fixement Takuto avec ses grands yeux, ressemblant de plus en plus à une simple jeune fille innocente et naïve. Bien qu'étant le symbole du mal et du chaos, elle semblait être dénuée de toutes caractéristiques pernicieuses.

Mais au fait, comment est-ce qu'elle se comportait dans le jeu, déjà ?

Takuto essaya alors de se remémorer de ses parties, mais, étrangement, aucun souvenir n'afflua. La personnalité d'Atô, sa façon de se comporter… Il semblait avoir tout oublié.

« Majesté ? Votre Majesté ! Vous m'écoutez ?

— Ah ! Pardon, j'avais la tête ailleurs… »

Atô avait approché son visage tout près de celui de Takuto, comme si elle tentait de l'ausculter, ce qui le fit redescendre immédiatement sur terre. Essayant de garder son calme, il pria pour qu'elle n'entende pas les violents battements de son cœur, mais la jeune fille semblait simplement satisfaite d'avoir retrouvé l'attention de son roi et ne remarqua rien d'autre.

« Est-ce que tout va bien ? Vous avez l'air un peu bizarre…

— Tout va bien, je t'assure ! Je réfléchissais juste à notre stratégie, et je… Hmm ? Une seconde, je crois que le longues-pattes essaie de me contacter.

— Je suis soulagée que vous n'ayez rien. Est-ce que notre éclaireur a découvert quelque chose ? »

Takuto acquiesça et se concentra quelques secondes sur les images affluant dans sa tête. À plusieurs reprises, il s'était entraîné à se connecter aux longues-pattes afin de partager sa vision et pouvait désormais le faire sans aucune difficulté. Celui-ci semblait être monté sur une branche légèrement surélevée d'un arbre et observait ce qu'il y avait en contrebas. Takuto avait du mal à bien voir à cause des constants mouvements des yeux de la créature, mais il semblait s'agir d'un groupe de quelques personnes. Ils avaient la peau presque morbidement blanche, des cheveux argentés et surtout de longues oreilles parfaitement distinctives. Si les souvenirs vidéoludiques de Takuto étaient exacts, il devait s'agir d'elfes noirs.

« Le longues-pattes a trouvé des elfes noirs. Ils ne sont pas très loin d'ici. Je ne sais pas si c'est un campement ou un village, mais ils sont plusieurs. »

Takuto se concentra, ferma les yeux, et décrivit en détail tout ce qu'il voyait à Atô. Elle se contenta d'écouter et d'assimiler toutes ces informations en faisant tout pour ne pas le gêner.

« Bon, je pense que cela confirme qu'on se trouve bien dans un univers d'*heroic fantasy*. Les elfes noirs sont en général d'alignement neutre mauvais. Donc ils ne devraient pas être un danger non plus… »

Une fois son observation terminée, Takuto s'empressa de se masser délicatement les yeux afin de retrouver toute son acuité visuelle. Ils venaient uniquement d'apprendre que quelques elfes noirs se trouvaient à proximité d'eux, mais cela représentait déjà une avancée considérable, car il s'agissait d'un précieux indice sur la nature du monde dans lequel ils se trouvaient. Mais d'un autre côté, cela pouvait possiblement être annonciateur de problèmes à venir…

« Ça veut donc dire qu'on se trouverait bien dans l'univers d'*Eternal Nations*… Enfin, évitons les conclusions hâtives. Ces elfes noirs pourraient aussi être d'alignement neutre bon. Toutefois, s'il s'agit d'une colonie d'un autre royaume, cela risque d'être un problème majeur.

— Effectivement, ce n'est pas bon du tout de commencer une partie à la frontière d'une nation adverse.

— On ne peut pas rêver pire emplacement, en fait.

— Si jamais c'est le cas, nous devons immédiatement nous enfuir, Votre Majesté !

— C'est effectivement la meilleure stratégie dans ce cas-là. Après tout, à Mynoghra, on aime le calme et la paix, pas vrai ?

— Oui ! Faire la guerre est un concept tellement barbare… »

Ils échangèrent un rire jovial et se mirent à réfléchir à leur prochain coup. Dans le pire des cas, leurs vies pourraient être en danger, mais c'était un risque que Takuto avait évidemment déjà prévu. L'espace d'un instant, le sang-froid et l'optimisme dont il faisait preuve lui semblèrent mal placés, mais une fois de plus la présence d'Atô chassa ces quelques doutes. Quoi qu'il puisse leur arriver, tant qu'elle était à ses côtés, il serait heureux.

« Bien, notre stratégie est très simple. Nous allons continuer à observer ces elfes noirs afin d'obtenir plus d'informations. Et si jamais la situation commence à se détériorer, on met les voiles immédiatement !

— À vos ordres, Votre Majesté ! On s'enfuira ensemble, sans même se retourner ! »

Ils ponctuèrent leur déclaration en levant le poing avec un aplomb exagéré. Leur comportement ressemblait à celui de deux enfants en train de jouer dans une cour d'école, mais tant que personne ne venait les déranger, ils n'avaient aucune raison d'arrêter de s'amuser.

Mais soudain, alors que la jeune fille avait à peine fini de complimenter une énième fois le jugement de son roi, elle entendit un bruissement de feuille ainsi qu'un craquement de brindilles, qui semblaient provoqués par le déplacement d'une créature. Son air jovial disparut et elle se mit aussitôt en position défensive, prête à bondir sur ses ennemis, tel un prédateur. Takuto, quant à lui, se montra moins alerte, mais imita la position d'Atô, qui observait l'endroit d'où semblait provenir le bruit.

« Ah… »

Plusieurs personnes émergèrent de la forêt. Bien que ce fut leur première rencontre, ils n'eurent aucune difficulté à les reconnaître. Il s'agissait effectivement des elfes noirs qu'ils avaient mentionnés quelques minutes auparavant…

Eterpedia

Longues-pattes

Unité de reconnaissance

Force : 1

Déplacement : 2

Éclaireur, Mauvais

Description

Ses longues pattes peuvent arpenter tous les terrains et il est doté d'une excellente vision, ce qui en fait une créature parfaite pour l'exploration. Cependant, son cri et son apparence sont particulièrement repoussants.

Le longues-pattes est l'unité de reconnaissance spécialisée du royaume de Mynoghra.

Sa faible force est compensée par ses capacités de déplacement et de vision, ce qui en fait souvent la toute première unité produite de chaque partie.

De plus, elle est capable d'ignorer les pénalités de déplacement dues aux terrains difficiles.

CHAPITRE 3
Les elfes noirs

Gia Nagiv Mazaram marchait d'un pas lourd au milieu des arbres. Son corps, qui faisait autrefois sa fierté et lui avait valu le surnom « d'elfe d'acier » dans les royaumes environnants, était désormais si maigre et affaibli que même un enfant aurait probablement pu le vaincre. Les quelques membres de la petite escouade qu'il menait étaient tout aussi rachitiques que lui. Autour d'eux, une forêt profonde, lugubre, sur laquelle régnait une atmosphère si sombre qu'elle avait le potentiel de glacer le sang de ceux qui s'y aventuraient.

« Il n'y a absolument rien ici que ces maudits arbres…

— Capitaine Gia, au bout du compte, il vaudrait peut-être mieux que l'on quitte le Territoire maudit… »

Avec un air piteux, Gia fit non de la tête, comme il l'avait fait jusqu'à présent, à chaque fois qu'un de ses hommes avait émis cette suggestion. Sa position de chef des troupes lui intimait de leur ordonner d'arrêter de ressasser cette idée, mais il comprenait les doutes de ses soldats et, pire encore, il les partageait entièrement. Cependant, la situation dans laquelle ils se trouvaient ne leur permettait pas d'avoir recours à d'autres choix.

« Et que va-t-il se passer si on sort de cette forêt, à ton avis ? On a été chassé de nos terres et on n'a plus aucun endroit où aller. Sans compter que les enfants n'ont pas la force de faire une nouvelle expédition. Regardez la densité de cette forêt… On finira forcément par trouver quelque chose de comestible. Allez, courage, on doit faire ça pour nos frères et sœurs… »

Il fit de son mieux pour esquisser un sourire encourageant, mais cela ne trompa personne. Les soldats, épuisés, n'avaient plus la force de débattre et acquiescèrent en silence. Ils savaient tous pertinemment que s'ils venaient à perdre espoir, il ne leur resterait plus aucune raison de continuer à avancer. Malheureusement, en dépit de leurs prières intérieures et de leurs innombrables efforts, ils ne parvenaient pas à trouver la moindre nourriture, qui leur permettrait ainsi de survivre.

« En tout cas cette forêt me donne vraiment la chair de poule… »

Il devenait impossible de continuer à marcher dans le silence. Malgré le peu d'énergie qu'il lui restait, Gia se forçait à parler avec les membres de son groupe. Lui-même perdrait probablement la tête s'il ne prononçait pas quelques mots de temps en temps. L'atmosphère qui régnait dans cette forêt semblait être propice à provoquer la folie chez ceux s'y aventurant. Une des recrues brisa le mutisme qui s'était installé au sein de l'escouade :

« Le Territoire maudit est une forêt corrompue qui s'étend à la bordure des terres sauvages d'Hydragia… Une légende raconte qu'une force maléfique y aurait été scellée. Une terrible puissance qui exècre la vie et la nature…

— Hahaha, ce n'est qu'une superstition idiote, enfin. S'il y avait une puissance qui haïssait la nature ici, pourquoi aurait-t-elle laissé tous ces arbres pousser autant ? Au contraire, je crois que nous avons la chance d'être les témoins du plus bel exemple de la vigueur de la nature qui existe au monde… »

Le bras droit de Gia, Ehmur, une elfe noire avec de vastes connaisses sur le folklore du continent, explicitait simplement l'angoisse qui grandissait en elle depuis qu'ils avaient pénétré au sein de cette forêt. Lectrice avide, elle dépensait régulièrement une bonne partie de son salaire en livres divers, ce qui rendait ses paroles plus que crédibles. Mais Gia se hâta de réfuter ses conjectures par une plaisanterie. Il priait évidemment au fond de lui pour qu'ils ne tombent jamais sur la force maléfique en question, mais face à ses hommes, il ne pouvait pas montrer le moindre signe de crainte.

« Allez, tenez bon. On n'a pas le droit d'abandonner. Les nobles âmes de nos ancêtres, qui vivent dans nos cœurs, nous guideront et nous mettront sur la bonne voie ! »

Ce n'étaient pas uniquement les prouesses physiques de Gia qui lui avaient valu le respect de tous les elfes noirs, mais également la force de son mental. Tout le monde savait que, quelle que soit la situation, il était capable d'accomplir son objectif. C'était la raison pour laquelle il s'était vu confier le commandement de cette escouade, dont la mission n'était ni plus ni moins que le sauvetage de leur race. Encouragés par la vaillance de ses paroles, ses soldats trouvaient le courage d'avancer toujours plus loin dans l'obscurité qui leur faisait face. Ils lui vouaient une confiance sans faille. Ils savaient qu'il trouverait un moyen de les sortir de cette situation désespérée.

Puis, quelques minutes plus tard, leurs pas les menèrent vers une clairière.

L'espace d'un instant, ils crurent tous qu'un véritable miracle venait d'arriver. Après des heures passées dans cette forêt aussi dense que menaçante, la découverte d'un nouvel espace – manifestement artificiel – suffit à faire naître en eux toutes sortes d'espérances. Peut-être avaient-ils découvert la maison cachée d'un ermite. Ou bien un champ de délicieuses plantes comestibles. Ou le nid d'animaux qui pourrait leur servir de repas. Peut-être avaient-ils face à eux une zone créée par Dieu lui-même pour leur offrir un repos bien mérité. Mais tous leurs espoirs s'envolèrent en un instant : seules des ruines semblaient subsister ici-bas.

Oh non, ce n'est pas bon du tout…

Un frisson de regret parcourut Gia dès l'instant où il comprit ce qu'il avait sous les yeux. Au milieu de la clairière se trouvait un trône gravé à même la roche. Ce trône aurait pu simplement être, en soi, une découverte intrigante, mais le problème venait des deux personnes à ses côtés. D'abord, cette jeune fille, debout, qui les fusillait du regard. Elle portait une robe noire de jais et ses cheveux avaient une couleur argentée, proche de la cendre. Le regard qu'elle posait sur Gia n'avait absolument rien de normal. C'étaient des yeux d'outre-monde, ayant l'air de porter en eux la prédiction d'une menace inéluctable et funeste. Des yeux qui ne pouvaient appartenir qu'à un être qui n'avait connu rien d'autre que le mal depuis sa naissance.

Mais, aussi sinistre pouvait-elle paraître, cette jeune fille faisait pâle figure en comparaison de celui qui était assis sur le trône. L'aura qu'il dégageait glaça immédiatement le sang de Gia. Il ne pouvait même pas dire s'il s'agissait d'une créature vivante. Il croyait plutôt avoir un phénomène inexplicable sous les yeux, semblant tout droit sorti du livre dont son bras droit avait parlé. Cet être avait bien une forme humaine, mais ses traits étaient indéfinissables. Il semblait entièrement couvert d'une aura d'un noir si troublant qu'il ne pouvait provenir de cet univers. Il était l'incarnation même de cette fameuse force maléfique légendaire. C'était comme si Gia avait devant lui une erreur cosmique, quelque chose qui défiait les lois de la nature et qui menaçait de corrompre tout ce qui l'entourait. Quelque chose qui ne pouvait inspirer qu'un sentiment unique : la terreur.

Je ne sais pas exactement ce que j'ai sous les yeux, mais mon instinct me crie de toutes ses forces que je dois en avoir peur…

La jeune fille continuait à regarder fixement Gia, et la créature à côté d'elle finit également par se tourner vers lui. Tous ses hommes avaient littéralement le souffle coupé et étaient incapables de parler. Gia, lui, sut pertinemment que ses prochaines actions pourraient décider du sort de sa race entière, et pesa chaque mot avant de s'adresser à ceux qui lui faisaient face.

« Je… Je suis le capitaine Gia Nagiv, elfe noir du clan Mazaram ! Vous êtes manifestement les membres d'une noble lignée… Tout d'abord, je tiens à vous présenter mes excuses les plus sincères pour être entré dans votre forêt sans en avoir reçu l'autorisation ! »

Son instinct lui dictant de faire preuve d'autant de considération qu'il le pouvait, Gia s'était agenouillé et avait baissé la tête afin de ne surtout pas provoquer la colère de ses interlocuteurs. Il ne pouvait même pas être certain que la créature accepte ou même comprenne ce que représentait un tel signe de déférence mais, quoi qu'il en soit, ses soldats avaient, eux aussi, aussitôt posé le genou à terre. Gia attendait désormais une réponse.

« Hmm… Tu sembles pleinement comprendre ce que pénétrer sur nos terres implique, lutin des ténèbres… Alors, explique-toi, pourquoi tes hommes et toi avez commis un tel écart ? »

La jeune fille avait pris quelques secondes avant de lui répondre. Gia et son escouade savaient qu'ils étaient loin d'être sortis d'affaire, mais le fait d'avoir réussi à entamer le dialogue représentait un léger soulagement. Cela voulait au moins dire que cette fille parlait leur langue. Cela ne garantissait évidemment en rien leur éventuelle survie, mais l'aura manifeste que dégageait ces créatures leur avait bien fait prendre conscience que tout élément pouvant retarder légèrement leur mort était déjà une gageure.

« Le clan Mazaram, auquel nous appartenons, vivait autrefois dans une région au centre du continent d'Hydragia. Mais malheureusement, le conseil des tétrarques, la plus haute autorité de la race des elfes noirs, a…

— Sois plus concis et résume-nous la situation !

— Toutes mes excuses ! Nous avons été persécutés et chassés de nos terres ! Nous n'avions nulle part où aller ! Et cette forêt était notre unique refuge… »

Gia avait parlé à toute vitesse afin d'éviter le courroux de la jeune fille, mais il n'avait pas prévu de révéler la situation dans laquelle son clan se trouve de manière aussi directe. Cette fille tenait leurs vies entre ses mains. Gia se mit à réfléchir. Il ne savait pas s'il devrait agir, continuer à parler ou bien attendre une réponse. Il eut l'impression

que son crâne allait exploser, tant l'angoisse qu'il ressentait sur le moment était puissante. Son cœur, quant à lui, battait si fort que cela en devenait douloureux. Il avait le souffle court et transpirait à grosses gouttes. La maléfique atmosphère qui remplissait l'obscurité de la forêt autour de lui semblait l'écraser de tout son poids. Ne pouvant plus résister face à cette incroyable pression, Gia se prépara à demander grâce, quand soudain…

« T'es vraiment maigrichon, dis donc… »

L'incarnation du mal assise sur le trône venait de lui parler. Un ignoble frisson lui parcourut lentement l'échine. Son corps se mit à trembler et la sueur coulait désormais sur son visage, comme une pluie torrentielle. La voix de la créature ressemblait à celle d'un simple adolescent. Mais aucune émotion ne s'en dégagea, comme si son hôte se trouvait entièrement dénué de volonté ou même d'une âme. Elle était si étrange et terrifiante que Gia se dit intérieurement que même les damnés des enfers devaient en avoir de plus mélodieuses. Il était si troublé qu'il dut faire l'effort de reprendre ses esprits avant de pouvoir continuer à parlementer.

« Le roi vient de daigner te parler ! »

La jeune fille venait de se mettre en colère et faisait part de son indignation face à l'absence de réponse de Gia.

« Ah… Nous… Nous avons subi une horrible persécution et n'avons pas eu d'autre choix que de trouver refuge au sein de cette forêt ! Nous sommes tombés à court de nourriture pendant le voyage et nos poursuivants ne nous ont laissé aucun répit, nous empêchant ainsi de chercher de quoi manger ! Nous n'avons rien avalé depuis plusieurs jours… »

Paniqué par l'idée d'avoir manqué de respect à la créature et d'avoir provoqué le courroux de la jeune fille – dont il savait désormais les statuts, l'un faisant office de roi, l'autre de conseillère –, Gia laissa de nouveau échapper une explication bien trop détaillée de toute la piteuse situation dans laquelle son clan et lui se trouvaient. La manière dont sa voix s'était éteinte à la fin de son discours trahissait son regret.

« Ooooh… »

La créature sembla étrangement convaincue par l'explication de Gia. Sa jeune subordonnée semblait elle aussi satisfaite et hocha légèrement la tête. Quelque peu soulagé, Gia avait cependant la désagréable sensation que ce n'était encore que le début. Comme si après avoir traversé un étang gelé, un immense lac couvert de glace se dressait encore face à lui.

Mais pourquoi… ? Pourquoi doit-on subir toutes ces difficultés ? Qu'avons-nous fait pour mériter ça, exactement ? On voulait juste vivre en paix, on ne demandait rien d'autre…

Tout ce que Gia et ses hommes avaient fait, c'était de pénétrer dans une forêt. Et maintenant, ils se retrouvaient à genoux, têtes baissées, devant prier de toutes leurs forces pour ne pas se faire tuer. Au fond, son propre sort lui importait peu, mais il devait protéger ses hommes et le reste de son clan, quoiqu'il advienne. Toute sa race ne pouvait pas disparaître en raison du caprice d'un quelconque être maléfique. La colère et le chagrin qui montaient progressivement en lui firent trembler son corps de plus belle.

Est-ce qu'on mérite vraiment d'être punis parce qu'on veut seulement… vivre ?

Soudain, quelque chose tomba et sembla rouler lentement en dessous de lui. L'espace d'un instant, il se demanda s'il n'avait tout simplement pas entendu le bruit de sa tête décapitée qui venait de glisser sur le sol. Son corps entier trépida et la terreur l'empêcha catégoriquement d'ouvrir les yeux. Il n'était désormais plus le fier capitaine du clan Mazaram, respecté dans tout le royaume, mais un simple homme pétrifié par la terreur. Malgré tout, il finit par trouver le courage d'ouvrir les yeux. Une chose l'intriguait. Non pas la probabilité de sa décapitation, mais la légère odeur doucereuse qui lui chatouillait les narines. Par terre, juste sous ses yeux, se trouvait un fruit rouge frais, mûr et appétissant.

« Que… qu'est-ce que c'est ?

— C'est pour vous. »

Une réponse désarmante de simplicité. Gia déglutit de manière audible. Il n'avait jamais vu ou entendu parler d'un tel fruit auparavant. Pour les elfes noirs, tous les fruits étaient petits et durs à mâcher. Ils étaient rarement sucrés, mais plutôt âpres et amers. De plus, même si certaines parties pouvaient être mangées crues, ils ne devenaient réellement comestibles qu'une fois préparés et cuits. Mais celui qu'il avait sous les yeux était manifestement différent. L'arôme qui en émanait traduisait une douceur presque tangible, et sa couleur rouge vif était une véritable invitation à croquer dedans le plus rapidement possible.

Gia prit le fruit dans sa main et sentit par son poids à quel point sa chair était d'une appétissante fermeté. C'était, sans aucun doute possible, une denrée que même les plus hauts aristocrates et membres de familles royales ne pouvaient se procurer. Et ce fruit utopique était désormais là, sous ses yeux, au creux de sa main.

« C'est une pomme. T'en as jamais vu avant ? Tu peux la découper en forme de lapin, c'est bon et rigolo. »

Gia eut du mal à comprendre le sens de la phrase que la créature venait de prononcer. Il avait simplement compris deux choses : ce fruit était une pomme et il pouvait le manger.

« Une… pomme ? Non, je n'ai jamais vu de tel fruit de ma vie auparavant…

— Eh ben, elle est à toi. »

Gia n'avait plus aucune raison de refuser ce cadeau. Mais la confusion qui régnait encore dans sa tête le poussa à se demander si mordre dans cette pomme se révélait être un choix judicieux. Peut-être que manger face à un roi maléfique aurait pu être considéré comme malpoli. Sans compter qu'il ne pouvait pas décemment se remplir le ventre alors que ses frères et sœurs étaient encore au camp, en train de mourir de faim.

« La vache, c'est trop bon !

— C'est si sucré ! Et tellement juteux ! »

Les éclats de voix derrière Gia lui firent immédiatement comprendre que ses hommes n'avaient pas daigné partager ses interrogations et s'étaient jetés sur les pommes que la créature leur avait également offertes. Mais quoi qu'il ait pu penser de leur décision, il était maintenant trop tard pour les empêcher de manger. Désormais croquées et leurs chairs exposées, les pommes dégageaient un parfum totalement irrésistible. Gia déglutit sans le vouloir et se prépara à dévorer lui aussi son fruit, mais il s'en empêcha, conscient du fait qu'il devait d'abord dissiper ses derniers doutes. Il jeta un œil vers la forme floue et déformée du seigneur du mal. Celui-ci semblait seulement être en train d'acquiescer patiemment. Par chance, le comportement de son escouade ne constituait donc pas un manque de respect. Malgré la vague de soulagement qui le submergea, il se demanda s'il ne devrait pas rappeler ses hommes à l'ordre et réprimander leur comportement impulsif. Mais, voyant les chaudes larmes de reconnaissance qui coulaient sur leurs joues, il se résigna. Après tout, il savait, lui aussi, à quel point la famine constituait une ignoble souffrance.

« Tenez, voilà aussi des poires. »

De nouvelles formes rondes roulèrent jusqu'aux pieds de Gia et de ses compagnons. Cette fois-ci, c'étaient des fruits de couleur verte. Et une fois de plus, il s'agissait de fruits qu'il n'avait jamais vus de sa vie, et dont le nom de « poires » ne lui était pas du tout familier. Leurs peaux d'émeraude laissaient penser qu'elles n'étaient pas encore mûres, mais il s'en dégageait déjà une enivrante odeur, légèrement différente de celle des denrées rouges précédentes, les « pommes ». C'était une fois de plus, sans aucun doute possible, un aliment de très haute qualité gustative. Il en prit une dans sa main et la contempla pendant quelques secondes. Atô le coupa alors dans sa réflexion :

« Qu'est-ce que tu as, toi ? Le roi a daigné te faire un cadeau, pourquoi est-ce que tu ne l'acceptes pas ? »

La jeune fille le regardait avec des yeux emplis d'un scepticisme légèrement courroucé. Gia était incapable d'appréhender ce que la créature pouvait penser ou ressentir, mais il pensait avoir réussi à saisir le caractère de la jeune fille à son service. Son amour et sa dévotion pour cette incarnation du mal étaient palpables. Elle ne pardonnerait jamais une quelconque insulte envers son maître, surtout si elle venait d'un voyageur insolent qui osait refuser un généreux cadeau. Bien conscient de sa position, Gia regarda la jeune fille et la créature, et se mit à parler :

« Parmi les membres de notre clan, qui ont été chassés de nos terres… il y a des enfants aussi. Des enfants qui ont faim et qui n'ont rien mangé depuis des jours. Ils sont maigres… Ils meurent de faim… Votre don est d'une générosité incommensurable, je le sais… mais avec votre bienveillante permission, je voudrais… donner ma part à ces enfants. »

Gia sentit soudain le goût si caractéristique du fer dans sa bouche. Il se rendit compte que le liquide qui coulait au coin de sa lèvre n'était pas seulement de la salive, mais aussi du sang. Sans s'en rendre compte, il s'était mordu la joue si fort qu'il avait réussi à la faire saigner. Derrière lui, le bruit de mastication et les murmures de satisfaction de ses subordonnés s'étaient tus. La supplique de Gia venait probablement de leur rappeler leur mission d'origine. Leurs frères et sœurs, qui étaient restés au campement du clan, étaient tout aussi affamés qu'eux et attendaient leur retour. La plupart d'entre eux étaient même si faibles qu'ils n'avaient plus la force de se lever, et c'était pour les aider qu'ils exploraient cette forêt.

Toutefois, cela n'était en rien les affaires du roi et de son adjointe, comme le signifia très clairement la jeune femme lorsqu'elle fit bruyamment claquer sa langue, d'un air irrité. Gia baissa de nouveau la tête. C'était la seule et unique arme qu'il possédait pour les convaincre. Il devait réussir à rapporter de la nourriture à son clan. Il devait oublier la terreur que lui inspirait cette atroce créature, ce monstre chimérique, cette véritable incarnation de la ruine qui se trouvait face à lui. La détermination dans ses yeux ne laissait plus aucune place au doute : il était prêt à mourir pour remplir sa mission. Et il obtint une réponse aussi rapide que laconique.

« C'est triste, quand même ! »

Il crut un instant rêver, mais non, c'était bien ce que la créature venait de lui dire.

« Mais enfin… Sire Takuto ? »

La jeune fille, stupéfaite, s'empressa de s'approcher de son roi et commença à lui murmurer quelque chose à l'oreille, mais il semblait n'en avoir que faire. Le bruit sourd d'un objet tombant au sol se fit une nouvelle fois entendre. Puis il se répéta, encore et encore, devenant alors presque assourdissant. Gia releva la tête et resta bouche bée face au miracle qui s'accomplissait sous ses yeux. Il vit les mêmes fruits que ceux qu'il tenait encore dans ses mains, accompagnés d'énormes pommes de terre, mais aussi de céréales ressemblant à du blé. Il y avait même des pains si moelleux dont la forme changeait chaque fois qu'un nouveau fruit leur tombait dessus. Mais le plus impressionnant résidait dans les gigantesques morceaux de viande, bien en chair, à tel point que Gia se demanda s'ils ne provenaient pas d'animaux géants. Une myriade de haricots, de légumes, du sel et des épices s'ajoutèrent, sous ses yeux incrédules. C'était une véritable montagne de nourriture qui venait de s'empiler par magie devant lui.

« Prenez donc ça. »

Gia fut tellement surpris par ce qui venait de se passer qu'il en devint incapable de parler, mais les larmes qui coulaient sur ses joues exprimaient, à elles seules, la gratitude qu'il éprouvait envers leur bienfaiteur. Il n'avait jamais été témoin d'une telle générosité de sa vie. La créature avait entendu l'histoire de son clan l'avait, en somme, simplement trouvée « triste », puis leur était venue en aide en faisant apparaître en abondance plus de nourriture qu'il ne pouvait l'imaginer. Elle avait fait preuve d'une charité dont sa race n'avait jusqu'ici jamais bénéficié.

En effet, les elfes noirs étaient des êtres notoirement haïs, obligés de vivre dans l'obscurité. Ils devaient leur existence même à la miséricorde des elfes de la lumière qui s'étaient décidés à ne pas les exterminer. Mais ces elfes blancs leur faisaient subir tant de persécutions qu'ils n'avaient pas d'autre choix que de vivre cachés. Aucune race ne s'était opposée à leur bannissement. Que ce soit les elfes, les humains ou bien même les nains. Au contraire, la disparition de ces fameux « lutins des ténèbres » était censée rendre l'air de la planète plus respirable. Gia était persuadé que c'était le destin des elfes noirs d'être opprimés, que c'était l'existence que les forces cosmiques avaient choisie pour eux. Une vie de solitude et de souffrance, dans des conditions exécrables. Il avait abandonné tout espoir de salut, qu'il vienne des dieux – qu'il savait désormais inexistants –, ou bien d'autres races. Tout ce qu'il pouvait faire pour supporter cet ostracisme consistait à toujours rester auprès de ses frères et sœurs.

Mais tout cela avait désormais changé : l'incarnation du mal venait de leur tendre une main indulgente. Il pouvait bien évidemment s'agir d'un piège, la créature leur prodiguant de faux espoirs afin de se délecter par la suite de leur immense déception. Mais, même si c'était le cas… Jusqu'ici, absolument personne n'avait jamais daigné ne serait-ce qu'avoir pitié d'eux, et encore moins leur donner l'aumône.

« C'est un miracle !

— Toute cette nourriture… Ce sera plus que suffisant !

— Oui, on va pouvoir nourrir tout le monde avec ça ! Merci mille fois, Monseigneur ! »

Les hommes de Gia laissent exploser leur joie et leur reconnaissance.

« Messire… Est-ce que je pourrais connaître… votre nom ? »

La question s'échappa naturellement de la bouche de Gia lorsqu'il se rendit compte que son mécène ne s'était toujours pas présenté. La jeune fille semblait avoir prononcé le nom de cette créature des ténèbres quelques minutes plus tôt, mais Gia ne pouvait pas en être certain. Il voulait donc l'entendre directement de sa bouche. Il devait connaître le nom de cet être capable de produire de véritables miracles d'un revers de la main. Le nom de la seule personne au monde ayant fait preuve de bonté envers la race des elfes noirs.

« Et voilà, tout ceci est pour vous. »

La créature ignora la question de Gia et se contenta de lui répéter ces mots avec une voix toujours aussi dénuée d'émotion et de volonté.

Eterpedia

Production d'urgence

Commande stratégique

La production d'urgence est une commande spéciale qui permet d'exécuter une production en consommant du mana.

N'importe quel bâtiment ou unité de la nation peut ainsi être directement créé, mais le coût en mana est très important et augmente exponentiellement en fonction du coût en ressources initial de l'unité ou bâtiment en question.

La production d'urgence peut également servir à créer de la nourriture ou des matériaux, mais pas de ressources stratégiques.

Le coût en mana de la production d'urgence peut être réduit grâce au développement technologique, ainsi que certaines installations spéciales.

CHAPITRE 4
Le campement

Dans leur campement de fortune, installé aux abords du Territoire maudit, les elfes noirs ne pouvaient qu'attendre leur fin en silence. Ils devaient être environ cinq cents au total, principalement des femmes et des enfants, avec peu d'hommes valides. Ils étaient tous blottis les uns contre les autres afin de se tenir mutuellement chaud. L'unique et ô combien funeste point commun qui les unissait résidait dans leurs traits : des corps désormais rachitiques et des yeux emplis d'un immense désespoir. Les cris d'un bébé venaient parfois briser le silence, mais ils ne duraient jamais très longtemps. La plupart d'entre eux n'avaient même plus la force de pleurer. Leurs parents n'avaient absolument rien pour les nourrir, même pas du lait. Tous ces elfes noirs étaient tout simplement aux portes de la mort. Mais le destin, bien que cruel, est parfois pourvu de retournements de situation que nul ne peut prévoir.

L'une des rares elfes noires à qui il restait encore une bribe d'énergie s'occupait d'une vieille femme malade lorsqu'elle eut soudain une impression étrange. Une odeur inhabituelle venait de lui chatouiller les narines.

Elle avait du mal à y croire, mais c'était bien le parfum de la nourriture. Un parfum sucré, puissamment odorant. Elle se redressa en entendant des bruits de mouvements dans la végétation attenante. Un léger brouhaha commença à lentement se propager dans le campement. Serait-ce possible ? Le héros de leur race serait-il enfin de retour de son expédition, sa mission dûment accomplie ? Ce fol espoir, qu'ils avaient pratiquement tous abandonné, était sur le point de renaître.

« On est de retour ! Regardez un peu ça ! On a ramené de la nourriture à profusion ! »

Un miracle venait d'avoir eu lieu. Les visages des elfes noirs, cadavériques quelques secondes plus tôt, étaient en train de s'animer. Tous se levèrent et s'approchèrent en trébuchant des valeureux guerriers qui venaient de revenir au campement, les bras remplis de victuailles.

« Préparez vite le chaudron ! Et mettez la table ! Donnez ces fruits à manger aux malades ! Dépêchez-vous ! »

Instantanément, le campement se fit plus vivant que jamais. Tous se mirent au travail, utilisant le peu de forces qu'il leur restait. Un groupe lava les chaudrons, un autre partit chercher de l'eau, un autre encore prépara plusieurs feux et un dernier s'affaira à donner des fruits à manger aux elfes noirs les plus mal en point. Le sac en toile de jute rapporté par les guerriers regorgeait de nourriture. Tous passèrent quelques secondes à regarder la nourriture en déborder, comme hypnotisés par cette vision presque irréelle, mais retournèrent rapidement à leurs tâches respectives.

Pour ainsi dire, la race des elfes noirs venait tout juste d'être sauvée de l'extinction pure et simple. Leur situation était désespérée, mais un groupe de leurs guerriers avait réussi à trouver des victuailles et à les rapporter. Cela faisait bien longtemps que ce peuple n'avait pas ressenti une telle joie et un tel soulagement. Ils avaient désormais une immense quantité de nourriture. Bien assez pour que tous puissent manger à leur faim. Mais où avaient-ils trouvé tous ces aliments ? Ne vaudrait-il pas mieux les rationner, afin de pouvoir en garder pour plus tard ? L'elfe noire posa ces questions au capitaine des guerriers et n'obtint qu'une réponse très vague qui ne fit qu'amplifier ses doutes. Mais son désir de satisfaire son estomac affamé et l'idée de déguster un vrai repas après des mois de disette suffirent à occulter ces craintes que lui dictait sa raison.

Au bout de quelques minutes, l'agitation se calma enfin un peu. La nourriture inutilisée fut soigneusement mise de côté, puis stockée sous haute sécurité. La plupart des elfes noirs, soulagés d'être enfin pleinement rassasiés, plongèrent dans un sommeil réparateur aussi calme que profond. Seul le craquement des bûches qui brûlaient dans les feux de camp venait parfois briser le silence de cette nuit paisible. Après avoir passé des jours à contempler leur mort certaine, les elfes noirs avaient enfin obtenu un peu de répit. Ils pouvaient désormais rejoindre le monde des songes, rassurés et le ventre plein. Mais alors que la majorité d'entre eux dormait à poings fermés, à quelques mètres du campement, le capitaine Gia était assis au coin du feu, les yeux rivés sur le ciel étoilé qu'il percevait à peine à travers les branches des arbres touffus autour de lui.

« Vous avez fait du bon travail, aujourd'hui.

— Chef Moltar… Comment vont nos frères ? »

Le plus vieux membre de cette colonie, le chef Moltar, sorti de l'ombre des arbres qui le cachaient jusqu'alors. Il marcha lentement, prenant appui sur une canne pour déplacer son corps, dépourvu de sa vigueur d'antan, et s'assit en face de Gia. En dépit de sa condition physique, sa voix était puissante et toujours aussi digne.

« Ils sont tous repus et dorment comme des bébés. Même les jumeaux qui étaient si mal en point se portent désormais mieux. Les fruits que tu as rapportés étaient vraiment incroyables. Je n'en avais jamais vu de tels de toute ma vie… »

Il ferma les yeux et repensa à tout ce qui venait de se passer aujourd'hui. Dire que cette journée fut remarquable serait un doux euphémisme. Un rayon de lumière avait enfin transpercé les ténèbres dans lesquelles les elfes noirs se trouvaient depuis si longtemps. Gia était parti en leur promettant de trouver un moyen de les sauver, et il avait accompli sa mission au-delà de tous leurs espoirs. Non seulement il avait rapporté de quoi se nourrir, mais il s'agissait d'aliments inconnus d'une qualité incroyable.

« Oui, je les ai aussi goûtés, ils sont vraiment délicieux. Je n'aurais jamais imaginé que des fruits aussi bons puissent exister dans notre monde… »

Effectivement, Gia avait également pris le temps de manger quelque peu, une fois assuré que tous les membres du campement s'étaient sustentés à leur guise. Il ne pourrait jamais oublier ce moment et la sensation qu'il avait éprouvée en consommant l'un de ces merveilleux mets. L'intense douceur envahissant sa bouche, l'agréable son de la peau fendue, l'abondant jus explosant à chaque bouchée. Le fruit avait réussi à redonner de l'énergie à son corps affaibli en quelques secondes à peine. Il manquait de superlatifs pour décrire avec précision cette révélation. Il avait du mal à mettre des mots sur cette joie dépassant pratiquement l'entendement humain, sur l'incroyable satisfaction que son organisme avait ressentie. Oui, c'était véritablement une expérience hors du commun.

« Et… que s'est-il passé, exactement ? »

Gia plongea dans un mutisme profond. Il savait qu'il devait répondre à son chef, mais comment pouvait-il décrire cette rencontre incongrue ? Ce qui lui était arrivé était déjà incroyable en soi mais, au fond de lui, il craignait encore d'avoir été la victime d'une manipulation de la créature maléfique. Semblant détecter le trouble dans le cœur du capitaine, Moltar se contentait d'attendre patiemment que celui-ci trouve les mots pour lui répondre. Il avait compris à son regard que Gia avait vécu quelque chose de difficile, et que le pousser à parler ne mènerait à rien. La situation était manifestement complexe. Un homme avec autant de connaissances et d'expérience que Gia n'était pas du genre à être facilement décontenancé, et Moltar se préparait donc mentalement à entendre un récit dramatique. Mais les mots qui allaient suivre dépassèrent ses suppositions les plus folles.

« Au fond de cette forêt… On a trouvé une créature légendaire… »

Machinalement, Moltar cligna plusieurs fois des yeux. Il existait de nombreuses créatures légendaires dans leur monde. Certaines étaient évidemment bienfaitrices et d'autres… ne l'étaient pas du tout. Chacune d'elle possédait ses préférences quant aux races avec lesquelles elle vivait en harmonie ; à l'inverse, elle pouvait devenir un véritable fléau à l'encontre de celles qu'elle réprouvait. Il existait donc une multitude de créatures légendaires, mais elles avaient toutes un point en commun : elles étaient incroyablement puissantes. Cependant, les elfes noirs se trouvaient actuellement dans la sinistre forêt du Territoire maudit. Mortal pria intérieurement pour que Gia ne lui confirme pas l'appréhension qui grandissait au fur et à mesure des propos tenus par son subordonné.

« Quelle créature avez-vous trouvée, exactement ? Est-ce une créature que je connais ? demanda-t-il avec difficulté.

— Ehmur disait qu'il s'agissait certainement de cet être exilé dans le Territoire maudit…

— Vous avez rencontré le Roi de la Ruine ? »

Mortal eut soudain le vertige. Sa crainte s'était révélée fondée. Le Colosse errant. L'Océan de destruction vivant. L'Émissaire de la dimension du chagrin. La Machine de torture irrépressible. La plus dangereuse et la plus terrifiante de toutes les créatures légendaires. Il serra les dents, abattu par l'ampleur de l'accablement que sa race devrait endurer, mais il réussit à garder son calme grâce à ses longues années d'expérience et de sagesse.

« Vous le connaissez, chef Moltar ?

— Oui, le Roi de la Ruine figure dans une très vieille légende. Il est censé apparaître une fois que le monde aura atteint son point de saturation, afin de le détruire entièrement et de poser les fondations d'un nouveau départ. Cela ne reste qu'une légende, mais on ne peut pas douter de sa véracité non plus… Cette créature vous a-t-elle dit être le Roi de la Ruine ? »

Il n'existait que peu de légendes sur le Roi de la Ruine. Il aurait été scellé dans le Territoire maudit. Personne ne connaîtrait son origine exacte. Il aurait été vaincu par un dieu. Les informations étaient rares et parcellaires. La seule certitude, c'est que son objectif avoué était de détruire le monde.

« Non, je lui ai demandé, mais il ne nous a pas dit comment il s'appelait. Mais une chose est sûre, il méritait vraiment de porter un titre tel que Roi de la Ruine…

— Attends, tu lui as parlé ?

— Pas exactement, non. Nous avions du mal à appréhender son existence même, alors de là à lui parler… Mais il avait une jeune subalterne… Elle officiait en tant que porte-parole. »

Gia repensa à cette jeune fille. Qui pouvait-elle bien être ? Il était évident que ce n'était pas une personne comme les autres. C'était un démon, dans sa forme la plus pure. Capable à elle seule de plonger le monde dans le chaos. L'aura lugubre qui l'entourait en était la preuve formelle. Ses cheveux sinistrement cendrés. Ses vêtements et accessoires si menaçants. Sa peau aussi blanche que celle d'un cadavre. Et ses yeux obscurs remplis d'une haine palpable pour tout ce qui l'entoure. Le corps de Gia tressaillit alors que son terrible regard lui revint en mémoire.

« Je ne sais pas si c'est bien le Roi de la Ruine que vous avez rencontré… Mais ce n'était manifestement pas une créature bienfaitrice. Maintenant que la nourriture m'a redonné un petit peu de force et de pouvoir magique, je peux le ressentir. Cette forêt est anormale. J'aurais dû m'en rendre compte bien plus tôt… »

Si Moltar avait immédiatement réalisé le péril tapi dans cette forêt, ils auraient pu l'éviter et monter leur camp ailleurs, loin de cette créature maléfique. Mais il était déjà trop tard. Le danger était désormais à leur porte, menaçant leur existence même.

« Que lui as-tu offert en échange de toute cette nourriture ?

— Rien du tout. Il m'a donné tout ceci sans rien demander en retour.

— Tu es en train de me dire que le Roi de la Ruine a fait preuve de charité ?

— Je ne sais pas ce que le Roi de la Ruine a voulu faire ! Je lui ai expliqué qui nous étions et pourquoi nous étions là, et il nous a donné cette nourriture. C'est tout…

— Et pourquoi une créature maléfique aurait-elle fait pareille bonne action, exactement ? »

Gia ne savait pas quoi répondre. Lui-même ne comprenait pas vraiment ce qui s'était passé. Il avait vécu une expérience qui allait à l'encontre de tout ce qu'il savait et de tout ce qu'il avait appris. Les créatures maléfiques telles que le Roi de la Ruine étaient censées haïr la vie sous toutes ses formes. L'idée que l'une d'elles puisse venir en aide à autrui par pure bonté d'âme était tout simplement impossible à croire. Et dans le cas où elle le ferait, ce serait sans nul doute en échange d'une importante compensation… Ou bien pour attirer une proie dans un piège. Mais à l'heure actuelle, Gia pensait que la créature qu'il avait rencontrée était différente. Il voulait croire qu'il existait une autre possibilité. C'est pourquoi, malgré les doutes et la crainte d'être jugé, il osa formuler cette pensée face au vieux sage.

« La créature maléfique a fait ça… par compassion.

— Par… compassion ? »

Les yeux de Moltar se firent incrédules. Il prit sa canne d'un poing révolté alors que Gia continuait de fixer le sol.

« Oui, par compassion. Sa Seigneurie a été touchée par la situation dans laquelle notre race se trouve et elle a décidé de nous donner l'aumône…

— Tu… Tu viens de l'appeler “Sa Seigneurie” ? Est-ce qu'elle t'aurait ensorcelé ?

— Non, je vous assure !

— Alors comment oses-tu parler de ce monstre avec une telle déférence ? Tu dois réserver de tels mots pour quelqu'un que tu respectes ! »

Moltar laissa échapper sa colère. Il ponctua sa phrase en poussant Gia de sa canne. Malgré son âge avancé, c'était un mage expérimenté qui avait connu de nombreux combats victorieux. Lancer un sort d'attaque ne lui prendrait qu'un instant, instant pendant lequel Gia n'aurait jamais le temps d'esquiver. Mais celui-ci ne perdit pas son aplomb et répondit au chef sans hésiter, faisant fi de la menace qui pesait sur lui.

« Ce roi nous a donné toute cette nourriture ! À nous qui mourrions de faim ! Comment pourrais-je ne pas le respecter après ça ?

— Tu es en train de parler d'une créature maléfique ! Tu ne sens pas l'immonde corruption qui règne dans cette forêt ?

— Qui sait d'où vient cette corruption ? Tout ce que je sais, c'est que le Roi de la Ruine a écouté notre histoire, a été touché et a dit qu'elle était triste. Il nous a aidés parce que nous mourrions de faim !

— C'est forcément une ruse ! Il a essayé de vous amadouer avec des cadeaux et de douces paroles !

— Et que vouliez-vous que je fasse, alors ? La seule raison pour laquelle nous avons tous deux la force de nous quereller actuellement réside dans le simple fait que Sa Seigneurie nous a offert de quoi nous remplir la panse ! »

Un silence s'installa de nouveau entre les deux hommes. Moltar savait qu'il ne pouvait pas contester ce que Gia venait de lui dire. Si le Roi de la Ruine n'avait pas fait preuve de cette bonté suspecte, un sort funeste les aurait attendus. C'était l'angoisse et la peur d'un avenir enveloppé dans d'inquiétantes ténèbres qui étaient à l'origine de son courroux. Mais avec ces quelques paroles, il se rendit compte que la seule chose qu'ils pouvaient désormais faire était d'aller à la rencontre de ce mystérieux roi et de négocier avec lui. Il ne lui restait plus qu'à l'avouer.

« Qu'est-ce que j'aurais dû faire, chef Moltar… Dites-le-moi…

— Je ne le sais pas, Gia… »

Tous deux parlaient désormais avec des petites voix fatiguées et légèrement embarrassées. Personne n'aurait su quoi faire à la place Gia. Accepter la réalité dans laquelle il s'était trouvé était la seule et unique solution. Il n'y avait rien d'autre à dire ou à faire.

« Pardonne-moi, mon cher et valeureux capitaine. Tu as fait du bon travail. »

Gia acquiesça lentement pour accepter ces excuses. Son peuple avait déjà fait de lui le futur chef de la tribu des Mazaram. Il comprenait donc mieux que quiconque le poids des responsabilités qui incombait au chef Moltar.

« Je vais aller à la rencontre du Roi de la Ruine pour négocier avec lui, en tant que chef des elfes noirs. Je ne sais pas ce qu'il nous veut ou ce qu'il prépare, mais je vis depuis plus de deux cents ans, alors je vais faire ce que je peux pour notre cause.

— Merci beaucoup… »

Et ainsi, cette discussion animée prit fin. Pendant quelques minutes, le craquement du bois dans le feu de camp redevint le seul bruit brisant parfois le silence ambiant.

« Quand allons-nous enfin pouvoir retrouver la paix et dormir tranquilles ? »

Le Roi de la Ruine avait produit une quantité massive de nourriture sans le moindre effort. Gia et ses hommes en avaient rapporté autant qu'ils le pouvaient au campement, mais la jeune fille leur avait dit de revenir chercher le reste le plus vite possible. Cela voulait sans aucun doute dire qu'ils devaient retourner auprès de leur bienfaiteur dès le lendemain matin. Gia expliqua la situation à Moltar et ils se mirent à réfléchir ensemble à un plan d'action. Ils allaient faire face au légendaire Roi de la Ruine. Ou du moins à une créature à l'aura si maléfique qu'elle laissait penser qu'elle devait forcément être ce roi. Moltar leva les yeux vers les étoiles et essaya de contenir sa peur, ce sentiment qu'il n'avait plus ressenti depuis de longues années.

***

Au même moment, au fond de la forêt, le Roi de la Ruine que Moltar craignait tant se trouvait lui-même en mauvaise posture…

« Sire Takuto ! Tenez-vous droit ! Qu'est-ce qui vous a pris de gaspiller votre mana pour créer toute cette nourriture ?

— Mais ils m'ont fait tellement de peine avec leur histoire… C'était triste…

— Ce n'est pas une raison !

— Hiiii ! »

La terrible créature maléfique du Territoire maudit était en train de se faire sermonner par sa subalterne.

Eterpedia

Elfes noirs

Race

Attributs de race

Terrain : forêt +15 %

Vision nocturne : +5 %

Résistance au froid : + 10 %

Reproduction - 5 %

Production de ressources : -5 %

Description

Une puissante lumière doit également produire une puissante ombre. Les elfes de la lumière n'y font pas exception.

Les elfes noirs sont une race neutre descendant directement des elfes antiques. Doués en compétences obscures comme la magie noire et les assassinats, ils disposent des attributs : bonus de terrain en forêt, vision nocturne et résistance au froid. Cependant, ils n'ont pas les même compétences magiques ni l'aptitude des elfes blanc à l'arc et nécessitent donc un style de jeu entièrement différent.

CHAPITRE 5
Négociations

La plupart des hommes auraient tendance à faire profil bas devant une femme en colère. Le Roi de la Ruine ne faisait pas exception à la règle alors qu'il se tenait, penaud, face à sa subalterne. Le dirigeant de Mynoghra avait eu beau présenter ses excuses à maintes reprises, son bras droit faisait la moue et refusait de lui parler.

« Allez, Atô… Arrête de bouder…

— Pff ! Je ne boude pas, Votre Majesté… »

Pourtant, une véritable aura de mécontentement semblait toujours émaner d'elle. La raison de cet énervement était très simple : pourquoi le roi avait-il gaspillé son précieux mana auprès de ces elfes noirs qu'il ne connaissait même pas, alors qu'il devait le conserver pour la conquête qu'ils devaient mener à deux ? Takuto ne s'attendait manifestement pas à une telle réaction de la part de sa subalterne. La seule chose qu'il pouvait faire pour qu'elle retrouve le sourire était de s'excuser.

Cependant, il fut incapable de se rendre compte que l'état de la jeune fille n'était pas lié au gaspillage de mana, mais entièrement à sa jalousie. Il aurait probablement pu trouver de meilleurs mots pour se justifier mais, après une vie entière passée à l'hôpital, dénuée de toute relation romantique, comprendre les sentiments d'une femme était loin d'être son fort. Heureusement, il finit par avoir Atô à l'usure, ses excuses aussi plates qu'incessantes réussissant enfin à percer le mur qu'elle avait bâti entre eux.

« Très bien, à partir de maintenant je vais écouter et faire absolument tout ce que tu dis.

— Oh… N'exagérez pas non plus, Votre Majesté… Un roi n'a pas à obéir à sa subalterne… »

Atô lança un regard un peu embarrassé vers Takuto tout en parlant à mi-voix. Au fond d'elle, elle commençait à s'inquiéter, pensant que si elle continuait à ignorer ainsi son roi, il pourrait bien décider de l'abandonner et de continuer sa conquête seul. Elle cherchait donc désormais une bonne excuse pour lui pardonner son écart.

« Je ne pourrai jamais réussir sans toi, Atô…

— Sire… Sire Takuto… »

Au bout du compte, Atô ne fut pas difficile à convaincre. Ce n'était qu'une jeune fille ingénue entièrement dédiée à son roi, et la moindre parole aimable de sa part suffisait à faire entièrement fondre son cœur. Après tout, sa vie entière dans le jeu dépendait uniquement du bon vouloir de Takuto et cette dépendance était désormais devenue bien tangible.

« Pardon de m'être comportée de manière aussi acariâtre… Je n'aurais jamais dû vous tourner le dos, Votre Majesté. Cela fait vraiment de moi la pire des vassales ! J'ai tellement honte !

— Non, c'est à moi de m'excuser. Nous sommes arrivés dans ce monde ensemble, j'aurais donc dû demander ton avis avant d'agir. Tu veux bien me pardonner ? »

Atô acquiesça d'un air timide pour mettre fin à cette petite dispute. De toute façon, ils ne ressentaient aucune rancœur l'un envers l'autre. Elle avait légèrement surjoué son énervement afin de retrouver les faveurs de Takuto, mais sa confiance en lui restait intacte et cette contrariété n'était que minime. Cependant, un autre problème semblait tourmenter le roi.

« Bien, maintenant qu'on est réconcilié, je voudrais que tu m'aides à trouver une solution à un problème…

— Mais bien sûr, Votre Majesté, avec grand plaisir ! De quel problème peut-il bien s'agir ? Si vous vous inquiétez pour votre mana, la production de nourriture n'en coûte vraiment pas beaucoup, il vous en reste donc largement assez pour…

— Non, ce n'est pas du tout ça, mon problème… »

Takuto regardait Atô avec des yeux inquiets, mais elle ne parvenait pas à saisir la source de son tourment. Toutefois, elle comprenait aisément que si son souverain lui faisait part d'une difficulté quelconque, il fallait y prêter attention.

« Mais qu'est-ce qui vous tracasse alors, sire Takuto ?

— Eh bien… Quand on a discuté avec ces elfes noirs…

— Oui ? »

Takuto et Atô avaient effectivement échangé quelques paroles avec les elfes noirs, qui avaient fait irruption quelques heures plus tôt. Atô se remémora toute la scène, sans vraiment comprendre ce qui aurait pu tracasser à ce point celui qu'elle servait. Ils avaient non seulement réussi à les faire partir mais également à leur inspirer une crainte totalement factice, et ce sans révéler leur identité ni leur situation. Pour elle, tout s'était passé de la meilleure des manières. Mais Takuto, lui, s'inquiétait pour ses échanges futurs.

« J'ai eu beaucoup de mal à leur parler normalement, en fait…

— Comment ?

— Tu n'as pas remarqué ? Mon état m'a vraiment choqué. Tu es parvenue à leur parler naturellement, comme tu le fais avec moi, alors que moi j'ai à peine réussi à enchaîner trois mots… »

Atô se rappela les quelques paroles prononcées par Takuto. Ces dernières avaient été effectivement un peu gauches, mais elle pensait sincèrement qu'il n'avait fait que jouer son rôle de Roi de la Ruine, en adoptant en conséquence un ton qui se voulait laconique et impénétrable. Le rôle d'un homme fort, qui n'avait pas de temps à perdre à discuter avec le menu fretin et qui laissait son bras droit le faire à sa place. Elle s'était même félicitée intérieurement que son roi adoré soit un acteur aussi talentueux et aussi perfide. Mais soudain, des gouttes de sueur se formèrent sur son front, alors qu'un mauvais pressentiment se mit à grandir en elle.

« Maintenant que j'y pense, je ne parlais pratiquement jamais aux docteurs et aux infirmières à l'hôpital. En fait, je n'ai pratiquement jamais parlé à personne de ma courte vie. C'est probablement pour ça que je suis incapable de discuter avec des gens que je viens de rencontrer…

— Euh… Je… Vous… Euh… »

Atô tremblait comme une feuille et balbutiait, les yeux écarquillés par la panique. Elle venait de se souvenir de la personnalité véritable de son roi adoré. Son ancienne vie était la cause de son mal. De ce fait, il n'était pas exagéré de penser que son ascension au trône était anormale, contre-nature, voire être assimilée à une fraude ou une triste pitrerie.

« Il faut que se rendre à l'évidence. Je crois bien que je souffre d'un trouble de la communication… »

Une unique larme coula sur la joue du Roi de la Ruine pour ponctuer cet aveu. Il était bien victime d'un problème d'apparence trivial, mais réellement embrassant : il ne savait pas comment parler aux gens.

« Votre Majesté ! Ne… ne pleurez pas, je vous en prie ! »

Atô se précipita auprès de Takuto à une telle vitesse qu'elle en devint pratiquement invisible. C'était pour l'instant l'une des rares compétences qu'elle possédait, et elle l'utilisa à bon escient. Car son roi, choqué par sa propre incapacité à communiquer, était en train de verser quelques larmes rares, mais lourdes de sens. Atô se mit elle aussi à pleurer, peinée par le fait que, oui, son roi était bien incapable de faire part de ses sentiments. Pour elle, qui avait pourtant tant de fois réussi à obtenir un pouvoir illimité et détruit des royaumes entiers d'un revers de la main, trouver une solution à ce problème d'ordre social était bien trop demandé. Le chagrin de Takuto finit par exploser.

« Arrête, Atô, plus la peine de m'appeler "Votre Majesté"… Tu parles d'un roi… Qu'est-ce qu'il y a de plus ringard qu'un monarque incapable d'échanger trois phrases avec un inconnu ?

— Mais non enfin, tout ceci n'est pas grave, Votre Majesté ! Si vous ne pouvez pas parler aux inconnus, je suis là pour le faire à votre place ! J'endosserai le rôle de "bouche royale", si je puis dire ! Je resterai à vos côtés pour l'éternité pour communiquer à votre place ! Vous voyez ? Il n'y a pas de problème !

— Et comment un roi avec un trouble de la communication est censé s'adresser à tous ses vassaux et négocier avec les dirigeants des autres royaumes exactement ? Dis-le-moi ! »

Atô se tut, ne sachant plus quoi répondre. Son visage s'était mis à rougir, comme celui d'un enfant qui venait de faire une bêtise. De nouvelles larmes de dépit coulèrent sur les joues de Takuto.

« J'ai envie de réinitialiser toute ma vie, là. Je crois que c'est le bon moment pour recommencer à zéro…

— Mais non, ne dites pas cela ! N'en faites pas un drame ! Un roi comme vous n'a pas besoin d'être doué en communication ! Parce que vous êtes… euh… stoïque ! Voilà, c'est ça ! Vous êtes réservé et ne parlez qu'à vos vassaux les plus loyaux. C'est votre caractère royal ! »

Atô n'avait probablement jamais parlé aussi fortement de sa vie. C'est comme si elle essayait de noyer le chagrin de Takuto à l'aide de la puissance de sa voix. Au fond, ses mots n'avaient évidemment que peu de sens et encore moins de pouvoir de persuasion mais, fort heureusement, le Roi de la Ruine avait un faible pour son unique subalterne et sa tentative désespérée de consoler son cœur blessé atteignit son objectif.

« Merci, Atô… C'est vraiment gentil de dire tout ça pour me réconforter…

— De rien, Votre Majesté. Tout ira bien, vous verrez. Il vous faut juste un peu de rééducation. Je suis sûre, qu'à terme, vous parviendrez à vous adresser à de nombreuses personnes. Je vous aiderai à le faire. Vous pouvez compter sur moi alors, je vous en prie, ne dites plus jamais que vous voulez renoncer à votre vie, d'accord ?

— Pardon, tu as raison. C'est l'abattement qui

s'exprimait à ma place. Et puis, comme tu le soulignes, je n'ai pas forcément besoin de savoir communiquer puisque tu es là, pas vrai ?

— Voilà, exactement. Vous n'avez pas besoin d'être un grand orateur. Tant que vous avez assez de ressources et de soldats à vos ordres, vous pouvez régler tous les problèmes par la force. C'était le cas dans toutes vos parties d'*Eternal Nations*, n'est-ce pas ?

— Ah oui, c'est vrai. Merci à toi, *Eternal Nations* ! Et merci à toi aussi, Atô. Ah, j'ai vraiment la meilleure subalterne du monde entier ! »

Takuto et Atô n'avaient pas vraiment trouvé une solution à leur problème, mais ils avaient au moins réussi à se convaincre mutuellement que ce n'en était pas un. De plus, même si cela pouvait paraître étrange, cet échange semblait avoir également permis d'approfondir le lien de confiance qui les unissait. Ils passèrent quelques instants à se regarder, laissant leurs émotions lentement monter en eux, jusqu'à entrer en éruption, comme un volcan.

« Atôôôôôô !

— Sire Takutoooooo ! »

Ils tombèrent dans les bras l'un de l'autre, comme si un mur invisible qui se dressait entre eux venait de s'écrouler.

« Gyyyyeeeeh ! »

Soudain, un atroce cri retentit, interrompant brutalement le moment d'émotion qu'ils étaient en train de vivre. Encore enlacés, ils se tournèrent lentement vers l'origine de l'immonde braillement, sachant très bien de qui il provenait. Le longues-pattes créé par Takuto se tenait face à eux, toujours aussi désagréable à regarder. Il était impossible de connaître le fond de sa pensée en raison de ses yeux en mouvement constant, mais il donnait presque l'impression d'être embarrassé de les avoir interrompus.

« Ah oui, j'avais oublié que je l'avais rappelé à la base, tiens…

— Il a vraiment choisi le pire moment possible pour faire son apparition… Vous devriez le supprimer !

— Ah non, sûrement pas, ce serait vraiment du gâchis de mana, pour le coup. »

Un silence de plus en plus pesant s'installa entre les trois uniques membres du royaume de Mynoghra. Semblant enfin comme revenir à lui, Takuto relâcha Atô, s'éclaircit la voix et se rassit sur son trône de pierre. Rester quelques secondes de plus dans les bras de sa subalterne ne l'aurait pas dérangé, mais l'insistant regard de son longues-pattes devint trop difficile à supporter. Atô, quant à elle, était évidemment de très mauvaise humeur.

« Bon, qu'est-ce que tu veux, espèce de sale bestiole ? J'espère que ça valait la peine de nous interrompre alors que nous étions en train de… renforcer les liens qui nous unissent !

— Gyyeeh !

— Ah, je vois. Apparemment, un groupe d'elfes noirs est en train de venir vers nous. J'imagine qu'ils viennent chercher le reste de leur nourriture.

— Ah oui, on leur avait dit de revenir… »

En tant que joueur, Takuto était capable de comprendre son longues-pattes. Son statut d'unité de reconnaissance lui permettait de bénéficier d'une compétence d'extension de champ de vision particulièrement utile dans l'épaisse forêt dans laquelle ils se trouvaient. En se connectant aux yeux de la créature, Takuto vit un groupe d'elfes noirs approcher en se frayant un chemin entre les arbres. Un sentiment d'angoisse commença à grandir en lui. Comme il venait de réaliser qu'il souffrait d'un trouble de la communication, il était certain d'être incapable de mener la moindre négociation avec ces visiteurs. Mais heureusement, il avait sa fidèle Atô à ses côtés. Dès que celle-ci lut l'inquiétude sur le visage de son roi, elle se précipita à ses côtés pour lui offrir une salutaire bouée de sauvetage.

« Ne vous en faites pas, Votre Majesté, je sais quoi faire. Je vais m'occuper de parler aux elfes noirs quand ils seront là. Vous pouvez vous contenter de vous détendre et de me regarder faire, sire Takuto !

— Vraiment ? Tu es en sûre ?

— Absolument. Vous pouvez compter sur moi. Il serait même mieux, pour renforcer votre image d'être taciturne, de garder le silence et non de leur parler comme vous l'avez fait la dernière fois.

— Ah… Hmm… »

Takuto était évidemment reconnaissant que sa subalterne lui offre son aide. En temps normal, il aurait été prêt à lui confier ces négociations sans hésitation. Mais était-ce vraiment la bonne solution ? Il était le roi, et elle n'était que son bras droit. Et il ne voulait surtout pas avoir l'impression de fuir ses responsabilités en les plaçant sur ses délicates épaules.

« À moins que vous ne pensiez que je ne serais pas à la hauteur… »

Atô ponctua sa phrase en plaçant sa main contre sa poitrine et lui offrit un regard troublé. Cette vision chassa immédiatement les doutes de Takuto, honteux d'avoir eu de telles pensées. Comment pourrait-il croire qu'elle ne serait pas à la hauteur ? C'était Atô de la Bourbe, la fière héroïne de la nation de Mynoghra. Le symbole de la ruine, capable de surmonter tous les obstacles et d'écraser des armées entières. La puissante guerrière aux pouvoirs illimités et au potentiel infini lui demandait de lui faire confiance. Un enthousiasme communicatif sembla se propager en lui. Le roi n'avait qu'une seule réponse possible à donner à sa loyale et dévouée subalterne.

« Comment pourrais-je penser une chose pareille ? Très bien, je te confie ces négociations, alors !

— Hihihi… À vos ordres, Votre Majesté. »

Les yeux écarlates d'Atô brillaient de gratitude. Elle dégageait désormais une aura d'assurance séductrice qui seyait parfaitement à sa position d'héroïne qui allait plonger le monde dans le chaos.

« C'est un honneur de pouvoir humblement me présenter ainsi à votre royale personne, Messire. Nous vous sommes tous infiniment reconnaissants. Je suis le chef de cette colonie d'elfes noirs. Mon nom est Moltar Cordal Mazaram. »

Conformément aux informations de son précieux éclaireur, un groupe d'elfes noirs arriva à la clairière où Takuto et Atô avaient établi leur base. Un très vieil homme semblait être à leur tête. Ses longs cheveux argentés étaient aussi scintillants que sa longue barbe blanche, lui donnant fière allure, mais celui-ci semblait clairement affaibli par la faim et la fatigue. Il s'agenouilla devant Takuto avec une difficulté apparente. À ses côtés se tenait l'elfe noir qui l'avait supplié de l'aider un jour plus tôt. Les autres membres du groupe étaient pourvus de visages familiers et faisaient donc probablement partie de cette même escouade qui leur avait rendu visite la veille.

Cependant, cette fois-ci leur attitude semblait complètement différente, comme s'ils s'étaient mis d'accord sur la meilleure stratégie à suivre avant de venir. Atô acquiesça d'un air satisfait devant cette démonstration de politesse et de respect.

« Bien ! Tu es étonnamment poli, pour un elfe noir, et je t'en félicite. J'imagine que si tu es ici, c'est parce que tu as quelque chose à nous dire ? Parle alors, mais fais vite, notre temps est précieux.

— J'ai ouï dire que l'un des jeunes membres de ma colonie avait manqué de respect au roi hier. Je suis donc venu ici en tant que représentant de notre peuple afin de vous présenter mes plus plates et sincères excuses, et vous remercier du fond du cœur de nous avoir offert cette incroyable quantité de nourriture.

— Il n'y a rien d'étonnant que de simples elfes noirs aient été stupéfaits de la grandeur du Roi de la Ruine et qu'ils en aient oublié les règles de la bienséance. Mais vous devez évidemment vous douter que dans son incommensurable sagesse, le Roi n'est certainement pas enclin à s'effaroucher face à une telle frivolité. »

Appliquer le protocole était évidemment important. Sanctionner ceux qui viendraient à manquer de respect à un roi, que ce soit de façon intentionnée ou pas, faisait partie intégrante des obligations de ceux qui servaient leur souverain. Il aurait donc été naturel que les elfes noirs soient punis pour leur attitude de la veille. Pourtant, Takuto ne semblait pas leur en vouloir et Atô n'agirait jamais sans l'aval de son supérieur. Elle jeta un coup d'œil rapide vers son roi pour confirmer son impression. Effectivement, il n'avait absolument pas l'air vexé, au contraire. De toute façon, il n'était au fond qu'un jeune homme ordinaire vivant dans une ère moderne. Les règles de bienséance de la cour étaient certainement le cadet de ses soucis. Ce qu'Atô aurait pu penser de la conduite des elfes noirs n'avait donc aucune importance. Elle ne devait être que la voix de son roi, et rien d'autre. S'il considérait que leur intrusion dans le Territoire maudit et leur attitude n'étaient pas préjudiciables, alors c'était également là son avis. Mais on ne pouvait omettre que leur comportement était un manquement à l'étiquette, et l'attitude exagérément révérencieuse de Moltar montrait qu'il avait conscience de la position dans laquelle son peuple se trouvait.

« Notre race entière ne peut que ressentir la honte face à la mansuétude de Sa Seigneurie. Pourriez-vous nous faire l'honneur de nous donner votre nom, afin que nos descendants puissent chanter vos louanges durant toute l'éternité ? »

Atô jeta un nouveau regard vers Takuto, cherchant son autorisation tacite de donner son nom aux elfes noirs. Lors de leur dernière rencontre, malgré la demande Gia, il n'avait pas souhaité répondre. Cela était évidemment dû à son trouble de la communication mais, à plus forte raison, ne pas révéler toutes ses cartes maîtresses à une race adverse, dans cet univers inconnu, pourrait se révéler salutaire. Cependant, peu à peu, il avait commencé à changer d'avis. Passer l'ensemble de sa vie caché dans son coin, à craindre tout ce qui l'entourait et éviter les risques, n'aurait rien d'épanouissant. Il était important de savoir prendre des risques. Il l'avait bien appris grâce à toutes ses parties d'*Eternal Nations*. Cette fois-ci, il décida de donner son accord royal d'un petit mouvement de la tête. Il ne restait donc plus à Atô qu'une chose à faire. Elle inspira profondément avant de se lancer dans sa présentation.

« Vous avez face à vous le Roi de la Ruine, l'Annonciateur de l'Apocalypse, sire Takuto Ira ! Souvenez-vous bien de son nom ! Lorsque vous vous adressez à lui, vous devrez l'appeler "sire Ira", ou bien "Votre Majesté" ! »

C'est avec un ton plein d'assurance et de solennité que la jeune fille termina sa brève introduction. Tous les elfes noirs abaissèrent la tête en réaction à ces paroles. Pour la première fois, ils venaient d'entendre le véritable nom du Roi de la Ruine, et ils le gravèrent tous sentencieusement dans leur mémoire. Atô acquiesça d'un air satisfait devant leur attitude respectueuse, voire craintive. Et c'est ainsi que le nom de Takuto fut déclamé pour la première fois dans cet univers. Atô interdit aux elfes d'appeler le souverain du cataclysme par son prénom. Elle connaissait l'importance qu'un prénom avait pour les relations sociales humaines. Ce n'était pas seulement une question de respect, mais aussi un moyen pour elle de garder cette relation privilégiée avec son maître. Un peu perdue dans son fantasme, Atô ne vit pas le frisson qui parcourut le corps de Moltar lorsqu'il entendit le nom du roi mais Takuto, lui, n'avait pas manqué de le remarquer.

« Ah oui, et moi je suis Atô. Veillez à ne pas m'appeler "Majesté". Ce titre doit uniquement être réservé au roi. C'est lui que vous devrez respecter et vénérer. En fait, vous n'avez même pas besoin de retenir mon nom, je suis sans importance.

— Sire Ira et dame Atô… Soyez assurés que vos noms sont désormais gravés dans cette vieille tête qui repose sur mes épaules. Et je vous promets qu'ils seront également inscrits à tous jamais dans l'âme même de notre clan.

— Très bien ! Alors maintenant, prenez ce qu'il reste de nourriture et filez. Ne tardez pas trop à la manger, sinon elle risque de pourrir. Mon honorable roi a beau être capable de créer des montagnes de nourriture d'un simple revers de la main, cela ne veut pas dire que quiconque a le droit de la gaspiller. »

Atô parlait sur un ton sec, à la limite de l'irritation. Ce dialogue n'avait duré que quelques minutes à peine, et pourtant elle s'en était déjà lassée. Après tout, elle n'avait d'yeux que pour Takuto, son roi, et elle espérait au fond d'elle qu'il en ait pleinement conscience. Si elle s'adressait actuellement à ces elfes noirs, c'était uniquement pour l'aider. Elle souhaitait donc rapidement mettre fin à cette conversation afin de pouvoir de nouveau recentrer tout son intérêt sur Takuto, et peut-être même recevoir ses louanges.

« A… Attendez, dame Atô. Nous souhaiterions montrer notre infinie gratitude au roi pour son offrande de la manière la plus adéquate qui soit. Que pouvons-nous faire pour le remercier ? Quel tribut pourrions-nous payer ? »

Atô, qui se voyait déjà félicitée par son cher roi, perçut l'intervention du chef des elfes noirs comme une provocation. Selon lui, leur conversation n'était manifestement pas terminée. Légèrement contrariée, mais pas encore énervée, Atô fronça les sourcils et releva le menton d'une façon assez peu naturelle, avant de répondre au vieil elfe.

« Un tribut ? Prétends-tu être capable de fournir quelque chose de satisfaisant au grand Roi de la Ruine ?

— Ah, eh bien je dois avouer que ce n'est pas facile de répondre à cette interrogation, puisqu'à l'heure actuelle nous ne connaissons pas assez sire Ira pour savoir ce qui pourrait lui plaire ou non… Alors si jamais le roi pouvait nous faire l'honneur de nous expliquer ses désirs, nous…

— Ah, certes. Pas besoin de tribut alors, c'est bon. De toute façon vous êtes pauvres, pas vrai ? Donc voilà. »

Atô exécuta un mouvement dédaigneux de la main, suivi d'un soupir audible afin de signifier aux elfes noirs qu'il était temps pour eux de partir. Comment une colonie affamée au bord de l'extinction pourrait-elle leur offrir le moindre tribut ? Évidemment, ils auraient pu être en possession d'artefacts ou bien d'autres objets rares et précieux de ce type, mais la priorité d'Atô était d'être de nouveau seule avec son roi, et non de recevoir de présents qu'elle considérait comme vains. En effet, lors du démarrage d'une nouvelle partie, le moindre détail peut se révéler, à terme, fatal. Atô craignait donc que par leurs actions, les elfes noirs fassent courir de futurs risques inutiles à son maître, délibérément ou pas. Par exemple, les êtres qui avaient pris en chasse ces elfes jusqu'à cette forêt pourraient très bien les retrouver et s'en prendre ensuite à eux deux.

« Mais, dame Atô… Nous voudrions…

— Nous n'avons pas besoin de vos tributs, je viens de vous le dire.

— Certes, mais nous…

— Le Roi de la Ruine est très occupé ! À moins que… attends, tu fomentes quelque chose, c'est ça ? Ta bande de lutins des ténèbres et toi préparez un mauvais coup ?

— Mais non, pas du tout. Cela ne nous viendrait jamais à l'idée, je vous le jure ! »

Atô était désormais passablement exaspérée. Les elfes noirs, quant à eux, étaient de plus en plus paniqués à mesure que les yeux d'ébène de leur interlocutrice semblaient se remplir peu à peu d'une envie meurtrière. Les trois traits d'unité d'Atô, « héroïque », « maléfique » et « fanatique », avaient pour avantage de chacun multiplier sa puissance de combat de base. De plus, sa capacité à voler les compétences des unités vaincues la rendait extrêmement utile pour enchaîner plusieurs combats à la suite. Les elfes noirs, de leur côté, étaient affaiblis par la famine et auraient du mal à combattre au maximum de leurs capacités. Même à son faible niveau actuel, Atô n'aurait donc aucune difficulté à tous les éliminer. La spécificité des elfes noirs résidait dans leur habilité à combattre au corps à corps – étant ainsi de véritables unités de combat –, alors que les capacités de la jeune femme étaient à l'inverse axées sur la magie : aucune contre-attaque ne leur était donc possible, en particulier si elle faisait appel à un sort à zone d'effet. Considérations éthiques mises à part, Atô considérait qu'un tel massacre aurait été l'action la plus avantageuse pour elle comme pour son roi.

Yep, c'est en train de tourner au vinaigre, tout ça...

Takuto avait déjà abandonné tout espoir que ces négociations se terminent rapidement et positivement, se rendant compte qu'Atô commettait une grossière erreur. Elle avait décidé de prendre une attitude irritée, jouant le rôle de la subalterne d'un roi caractériel qui devait gérer ses caprices maléfiques et n'avait pas de temps à perdre. Elle se comportait comme si elle était obligée de discuter, en tant qu'intermédiaire de son souverain, sans en avoir la moindre envie. Dans ce rôle, il était donc naturel qu'elle fasse tout son possible pour mettre fin à la conversation le plus vite possible. Mais les elfes noirs étaient dans une situation diamétralement opposée, et bien réelle. Pour eux, ces négociations représentaient absolument tout. Elles étaient leur dernier recours et allaient déterminer le destin de leur race entière. Ils étaient face au mur. Même s'ils survivaient à cet échange, ils n'avaient rien à espérer ensuite. Ils n'avaient aucune source de nourriture stable et aucune garantie de trouver un meilleur endroit où vivre. Donc, même si cela pouvait les faire paraître légèrement louches, il était naturel qu'ils tentent d'obtenir un dû concret de cette négociation. Dans sa position de spectateur, Takuto faisait preuve d'un esprit plus fin d'analyste qu'Atô et, par conséquent, ne pouvait pas lui en vouloir de se montrer d'aussi mauvaise humeur. Mais il n'avait pas non plus l'intention de laisser ces négociations se changer en véritable conflit. Il décida donc d'intervenir et utilisa tout ce qu'il avait d'aplomb en lui pour appeler sa subalterne d'une voix ferme et tonitruante.

« Atô !

— Oui, Votre Majesté ? »

Sa réaction fut presque instantanée. Elle s'approcha immédiatement de Takuto, plaça ses mains sur le trône et se tourna vers lui afin que les elfes noirs ne la voient pas. Son expression était tout simplement celle d'une petite fille qui boude, les joues gonflées par la colère. Elle était manifestement lassée de cette conversation qui ne menait nulle part et se mit à expliquer sa frustration avec des murmures appuyés.

« Sire Takuto ! Ces elfes sont complètement nuls en négociation ! Et je suis sûre qu'ils préparent quelque chose, en plus ! Ils ne sont pas gentils, il faut qu'on les tue tous !

— Allons, allons, calme-toi… »

Il dut se faire violence pour s'empêcher de lui signaler qu'elle aussi n'était pas la meilleure des négociatrices. Tout avait pourtant bien démarré, mais il avait fallu peu de temps pour qu'elle se laisse emporter et que la discussion prenne un mauvais tournant. Cependant, il devait bien admettre que c'était en partie de sa faute, puisque c'est lui qui avait décidé de confier ces négociations à sa subalterne immature pour compenser son souci de communication. En tout cas, une chose était sûre : les deux parties étaient dans une impasse. Atô voulait mettre fin à cette rencontre le plus vite possible et le chef des elfes voulait tout faire pour la continuer. Elle voulait leur signifier de partir pour ne plus jamais revenir, mais son attitude agressive les faisait paniquer et les poussait à continuer à essayer de lui parler. Takuto savait bien qu'Atô faisait tout cela pour lui, mais il savait également que ça ne fonctionnait pas du tout.

« Si on ne fait rien, je vous garantis que ça va mal finir pour nous… Alors on devrait tous les tuer et passer à autre chose ! En plus leurs têtes feront des décorations parfaites pour votre trône, sire Takuto.

— Non, attends un peu. Déjà, je n'ai pas besoin de ce genre de décorations. Ensuite, je suis certain que les elfes noirs essaient seulement de trouver un accord dont on pourrait tous sortir gagnant. C'est pour ça qu'ils nous proposent un tribut ! Et puis je te rappelle qu'on est un royaume d'alignement maléfique, donc quand tu essaies de les chasser comme ça, c'est eux qui doivent penser qu'on prépare quelque chose.

— Hmm… Ah, oui, ce n'est pas faux, tiens…

— Alors essayons donc de trouver ce qu'ils pourraient nous donner en guise de tribut. Ça va non seulement les mettre un peu plus à l'aise, mais peut-être aussi les pousser à nous en dire un peu plus sur eux. Honnêtement, j'aimerais bien connaître leur chef. Il a l'air d'être quelqu'un de fascinant… »

Takuto avait sincèrement envie de continuer à discuter avec les elfes noirs. Il n'aurait jamais cru éprouver une telle envie un jour, mais le groupe face à lui avait définitivement éveillé sa curiosité. Atô, elle, regardait son roi avec des yeux brillants d'admiration. Son envie de meurtre semblait s'être entièrement volatilisée et elle répondit avec un murmure enjoué.

« Vous êtes vraiment incroyable, Votre Majesté ! Votre capacité d'analyse me coupe le souffle ! Parfait, je vais suivre votre stratégie. Vous pouvez compter sur moi, je vais vous épater !

— Ah, att… »

Atô se retourna sans laisser le temps à Takuto de terminer sa phrase. Il voulait s'assurer qu'elle avait véritablement compris ce qu'il voulait faire, mais son trouble de la communication et l'enthousiasme d'Atô ne lui en avaient pas laissé le temps. Il n'eut donc pas le choix et laissa sa subalterne continuer à parler.

« Huhuhu, je vois, c'est effectivement la seule solution, Votre Majesté… »

Atô marmonna cette phrase de façon assez audible pour être entendue par les elfes noirs et leur fit un sourire en coin.

« Franchement, discuter avec des races aussi inférieures que la vôtre est vraiment une plaie, vous savez ! »

Semblant comprendre cette phrase comme une menace, les elfes noirs baissèrent de nouveau respectueusement leurs têtes.

« Heureusement que le roi est d'une sagesse infinie, sinon je n'aurais pas saisi vos intentions. Si vous avez cru qu'il n'était qu'un banal esprit maléfique, vous faites fausse route !

— Quoi ? Non, pas du tout, dame Atô ! Jamais nous ne pourrions penser cela du terrible Roi de la Ruine !

— Silence. Les paroles de mon roi sont définitives et absolues. Et réjouissez-vous, car il a décrété dans toute sa mansuétude qu'il méritait de recevoir quelque chose en échange de la nourriture qu'il a daigné vous donner. Il accepte donc que votre pathétique peuple lui offre un tribut. N'est-ce pas formidable ? Et comme vous pouvez vous en douter, Sa Majesté n'irait jamais trahir l'honneur d'un tel échange, alors soyez rassurés.

— Ah, merci mille fois pour votre immense gentillesse, sire Ira ! Et merci à vous aussi, dame Atô ! »

Moltar ne réfléchit même pas au sous-entendu de la dernière phrase d'Atô et se contenta de lui transmettre toute sa reconnaissance. Bien entendu, le fait que le Roi accepte finalement leur tribut était l'admission tacite et risquée qu'il y avait bien eu un manque de respect de la part des elfes noirs la veille, mais le changement d'attitude de la jeune fille lui fit comprendre que, quoi qu'il arrive, la discussion avait pris un tournant moins dangereux qu'escompté pour ses hommes et lui.

« Et en guise de tribut, Sa Majesté désire… Euh… Qu'est-ce qu'elle désire, déjà… ? »

Atô se tourna lentement vers Takuto, le regardant de nouveau avec des yeux d'enfant timide. Il n'avait pas besoin de l'entendre parler pour savoir ce qu'elle pensait : « Sire Takuto… À l'aide, je ne sais plus quoi dire ! ».

Takuto soupira intérieurement. Il n'avait pas fallu

longtemps à Atô pour abandonner ses bravades et redevenir une petite fille perdue. Heureusement, elle gardait une place toute particulière dans le cœur du Roi de la Ruine, qui était de toute façon prêt à lui pardonner n'importe quelle erreur. Au bout du compte, son rôle était de lui communiquer les informations dont elle devait parler et non à elle seule de tenir la conversation.

« Demande-leur à quoi ressemble le monde extérieur.

— Ah ! Hmm… Le roi souhaite que vous nous parliez du monde extérieur. Vous avez fait un long voyage, n'est-ce pas ? Alors, dites-nous tout ce que vous avez vu et tout ce que vous savez. Nous pensons que ce sera là un tribut adéquat. Et j'imagine que vous ne trouverez rien à y redire.

— Mais bien sûr, vos désirs sont des ordres. Je vais vous raconter absolument tout ce que je sais de ce monde, après mes deux cents années passées à l'arpenter. »

Un sourire se forma pour la première fois sur le visage de Moltar. Il était manifestement soulagé par la légèreté du tribut qu'on venait de lui demander. Mais sachant qu'il avait lui-même largement surestimé le danger dans lequel il se trouvait, cet apaisement était, de fait, tout aussi inutile que la peur et la panique qu'il avait ressenties un peu plus tôt.

C'est bizarre, quand même. Atô est pratiquement capable de finir mes phrases en temps normal, mais si je la laisse se débrouiller seule, elle devient une vraie cruche…

Takuto tentait de trouver une raison au comportement si étrange d'Atô, mais il avait beau réfléchir, il n'en voyait aucune. Il en déduit donc que c'était finalement simplement sa nature et qu'il n'y pouvait rien. Et c'est ainsi que ces houleuses négociations semblèrent prendre fin. Mais un détail attira l'attention de Takuto.

« Très bien, lorsque tu auras fini de nous faire ton exposé, vous quitterez cette forêt sur-le-champ, compris ?

— Ah… Euh… Oui… »

Le chef de la tribu des elfes noirs se sentait de nouveau mal à l'aise.

Atô, comme son habitude, ne se rendit compte de rien, mais Takuto remarqua immédiatement la joie de Moltar se dissiper et se transformer en détresse. Les pièces du puzzle se mirent rapidement en place dans sa tête. Il n'aurait de toute façon pas fallu être un génie pour deviner ce que les elfes noirs allaient demander, au vu de leur situation et de leur comportement depuis leur arrivée.

« Vous pouvez rester ici quelques temps pour vous reposer, j'imagine que vous en avez bien besoin. Mais veillez à ne pas abuser de notre hospitalité. »

Cela ne doit pas être facile de vivre en exilés, comme ils le font… Une fois qu'ils auront fini la nourriture que je leur ai donnée, il ne leur restera plus rien…

Les elfes noirs avaient expliqué avoir été chassés de leurs propres terres par la force. Selon les informations recueillies par le longues-pattes, leur groupe était formé d'environ cinq cents personnes. Se livrer à de longues marches avec une telle colonie relevait littéralement de l'impossible. C'est pourquoi le fait que Takuto ait accepté le tribut de Moltar l'avait rendu aussi heureux : il espérait pouvoir obtenir un échange équitable, qui leur serait bénéfique, un moyen pour eux de s'installer dans cette forêt et d'obtenir une source de nourriture régulière.

Quand bien même, ce serait problématique pour nous s'ils venaient à s'installer ici… Une troupe entière de réfugiés deviendra, à un moment ou à un autre, une gêne pour la construction de notre royaume. Sans compter qu'ils pourraient effectivement nous attirer des ennuis...

Les différences intrinsèques entre chaque race d'*Eternal Nations* étaient souvent la cause de problèmes au cours d'une partie. Tout comme dans la vie réelle, chaque royaume possède sa propre culture, sa propre idéologie et sa propre conception du bien et du mal, et tout cela peut mener à des disputes et conflits. Takuto ne voulait surtout pas prendre de risques inconsidérés.

« Nous serions vraiment éternellement reconnaissants au roi s'il daignait nous donner la permission de rester vivre dans cette forêt...

— Il ne vous la donnera pas, ces terres lui appartiennent. Et le roi souhaite vivre dans le calme et la paix. Par ailleurs, si vous tenez à vos vies, je vous déconseille fortement de dire à quiconque que son royaume se trouve ici. »

C'est bien ce que je pensais, ils veulent rester ici... Mais Mynoghra est une nation d'alignement maléfique, un territoire corrompu et maudit. Dans le jeu, les unités d'alignement bon et neutre subiraient de gros malus en restant ici... Est-ce que ce malus s'appliquerait aussi dans la vie réelle ?

Takuto avait une bonne raison de ne pas empêcher Atô de chasser les elfes noirs de la forêt. Un territoire corrompu offrait des bonus aux personnages d'alignement maléfique. Cependant, il provoquait également des pénalités pour toutes les interactions avec des personnages bons ou bien neutres. Il était évidemment impossible de dire si ce système de jeu allait être reproduit dans la nouvelle vie de Takuto. Peut-être que tout se passerait sans aucun problème. Il ne pouvait être sûr de rien sans faire des essais préalables. Mais au fond de lui, le jeune homme était étrangement convaincu qu'il connaissait déjà les résultats de ces essais. Oui, il y aurait bien des pénalités et, pour cette raison, les elfes noirs ne pouvaient pas rester ici.

D'un autre côté, je n'aime pas vraiment l'idée de les abandonner non plus. Ils ne vont probablement pas faire long feu et je ne voudrais pas être responsable de leur extinction...

Takuto leur avait offert une montagne de nourriture mais il n'avait pas suffisamment de mana pour leur en offrir davantage. S'il les laissait partir, il ne pouvait donc pas se dire qu'il les avait aidés, mais simplement qu'il avait légèrement retardé leur fin inéluctable. Et cela lui prodiguait une amertume dont il ne pouvait faire fi. Ce n'était pas tant par compassion mais plutôt par agacement d'avoir potentiellement gaspillé son mana pour rien.

« Bon… Merci mille fois de nous avoir permis de nous entretenir avec vous, sire Ira, vénérable Roi de la Ruine. Nous allons vous laisser en paix… Gia, récupère le reste de cette nourriture le plus silencieusement possible afin de ne pas gêner Sa Majesté… »

Takuto se triturait le cerveau afin tenter de trouver une solution. Moltar et ses elfes noirs semblaient résignés et étaient sur le point de mettre fin à cette discussion pour de bon. Il regarda leurs visages fourbus et sentit quelque chose bouillir en lui. Il était le Roi de la Ruine, aux pouvoirs illimités. Le légendaire meilleur joueur de l'histoire d'*Eternal Nations*, qui ne brillait désormais que par son impuissance.

« Attendez un peu… »

La conviction désormais formée dans le cœur de Takuto le força à prendre la parole. L'immensité de son pouvoir et de son statut de souverain de la nation de Mynoghra avait

Eterpedia

Sorcier (Chef Moltar)

Unité magique

Puissance : 3

Déplacement : 1

<< Sage >>

<< Magie des ténèbres Niv. 1 >>

<< Famélique >>

Description

Un chevalier expérimenté vaut à lui seul cent soldats.
Mais un mage expérimenté vaut à lui seul cent chevaliers.

Unité magique pouvant évoluer en « Mage » avec suffisamment d'expérience.

Avec une bonne source de mana, il peut monter ses capacités magiques au niveau 2, ce qui lui donne un avantage certain au combat.

Cependant, ses compétences au corps à corps sont pratiquement inexistantes, nécessitant donc la présence constante d'une escorte.

Bénéficie de la compétence spéciale (rare) « Sage ».

rendu trivial le problème auquel il se trouvait confronté jusqu'alors.

« Vous n'avez qu'à devenir mes citoyens ! »

Il avait trouvé la solution parfaite, bénéfique aux deux parties. Il était certain que cela pouvait marcher. Il se trouvait même désormais stupide de ne pas y avoir pensé depuis le début. Mais alors qu'il esquissa un sourire en coin plein de confiance, tous le regardèrent avec des yeux écarquillés et incrédules, semblant lui dire : « Mais qu'est-ce que vous racontez ? ». Atô avait même l'air plus stupéfaite par cette proposition que les elfes noirs eux-mêmes. Takuto se rendit compte qu'il venait de nouveau de faire une grossière erreur de communication et fit tout pour retenir les larmes qui se formaient dans ses yeux.

Un silence gêné s'installa dans la clairière. Personne ne semblait vraiment avoir compris ce que le roi venait de leur dire. Takuto, lui, ne s'attendait pas vraiment à ce que ses paroles créent une telle confusion, et ne savait désormais plus où se mettre. Les gens souffrant d'anxiété sociale regrettent souvent leurs mots après coup, mais il n'avait pas fallu plus d'une seconde à Takuto pour déplorer ce qu'il venait de dire.

« Euh… sire Takuto ? »

Il gardait la bouche solidement fermée. Idéalement, il aurait préféré que tout le monde disparaisse pour le laisser seul, mais Atô n'avait évidemment aucune intention de faire une chose pareille. Complètement prise de court par la suggestion de son roi, elle s'approcha de lui à la hâte avec un air d'incompréhension enfantine, avant de pointer les elfes noirs du doigt et de leur lancer :

« Je… Je dois m'entretenir avec le roi. Vous, allez attendre là-bas ! Et pas d'entourloupes, compris ? »

Alors qu'il regardait Atô s'approcher de lui, paniquée, Takuto eut une nouvelle fois l'envie irrépressible de recommencer entièrement le jeu. D'appuyer sur le bouton de réinitialisation pour pouvoir effacer les stupides erreurs de son début de partie. C'était une action qu'il avait répétée des centaines de fois sur sa console, mais malheureusement il était actuellement dans la vie réelle. La réinitialiser était impossible. Il dut se préparer à affronter l'interrogatoire de son bras droit.

« Mais… mais… mais… mais qu'est-ce qui vous a pris ?

— Ben rien, je me disais juste qu'on pourrait en faire des citoyens de Mynoghra. Ne me regarde pas comme si j'avais perdu la tête, tu vas me vexer… Je sais que j'ai mal exprimé mon plan, mais une fois de plus, j'ai un trouble de la communication, moi…

— Je… Je ne veux évidemment pas vous vexer, c'est probablement une bonne idée, mais… Les elfes noirs sont d'alignement neutre, vous savez ? »

Takuto posa sa main sur son menton en prit un air pensif. Les expressions affolées et l'adorable façon de parler d'Atô avaient réussi à apaiser la morne tempête qui avait envahi son cœur quelques secondes plus tôt. Il se mit à réfléchir à la meilleure façon d'expliquer son raisonnement. Il y était arrivé très rapidement dans sa tête, du moins sur le principe, mais sans vraiment prendre le temps de le formuler entièrement. Il commença à prendre confiance en lui alors que les mots s'ordonnaient dans son esprit. Il regarda les yeux interrogateurs d'Atô et, d'un ton rassurant, lui expliqua le fond de sa pensée, comme s'il parlait à une enfant.

« Je pense qu'on devrait les recruter en utilisant le

système d'accueil de réfugiés. Tu vois de quel système de jeu je parle ?

— Je vois parfaitement duquel il s'agit… Mais si vous faites ça, ils vont forcément entrer en conflit avec nos futurs homoncules, la race originelle du royaume de Mynoghra, non ? »

Chaque civilisation d'*Eternal Nations* avait sa propre race : humains, elfes, nains, démons, etc. Chaque race possédait des dispositions et des objectifs différents et le jeu donnait la possibilité de déplacer des populations d'un continent à un autre, par le biais de l'immigration, afin de multiplier les possibilités de jouabilité. C'était ce mélange d'éléments complexes qui faisait tout l'intérêt du jeu pour ses fanatiques invétérés. Et malgré ce que leur nom semblait indiquer, les homoncules, race native de Mynoghra, étaient des créatures relativement compliquées.

« Justement, rappelle-toi les statistiques de ces homoncules, Atô… »

Takuto parlait calmement afin de calmer les inquiétudes de sa subalterne. Ceci semblait fonctionner, et Atô reprit son sang-froid afin de se souvenir des différentes caractéristiques de cette race qu'elle connaissait si bien. Puis, son visage devint soudain pâle.

« Les homoncules n'ont pas d'âme. Ils offrent des bonus de fertilité et de production de ressources et de nourriture, mais freinent la production de mana et la recherche technologique. Ce sont deux gros inconvénients quand on ne peut pas encore agrandir son territoire. »

Atô comprenait parfaitement le discours que son roi lui exposait. La race des homoncules était relativement ardue à utiliser, mais pouvait se révéler très puissante si on l'employait avec les bonnes tactiques. Ils avaient

Eterpedia

Homoncules

Race

Attributs de race

Augmentation de population : +20 %

Production de mana : -20 %

Production de ressources : +20 %

Production de nourriture : +20 %

Recherche : -20 %

répété ces manœuvres des centaines de fois au cours de leurs parties. Ils savaient donc très bien que si Takuto utilisait son mana pour en produire, ils pourraient très facilement s'appuyer dessus en élaborant des stratégies complexes. Mais ce n'était pas leur utilisation, le problème.

« Remémore-toi leur modèle en 3D dans le jeu… »

Takuto jeta un coup d'œil vers les elfes noirs, qui sursautèrent tous à l'unisson. En réalité, ce n'est pas eux qu'il regardait, mais bien le longues-pattes qui se tenait derrière eux, et qu'il pointa ensuite du doigt. Ses infatigables yeux globuleux regardèrent dans sa direction. Atô se rappela soudain que les homoncules, eux aussi, étaient dotés d'yeux globuleux relativement repoussants, d'un corps extrêmement laid, et leurs mouvements étaient si aberrants qu'ils couperaient l'appétit du plus affamé des ogres.

« Ah, c'est vrai que les homoncules sont de pâles et répugnantes copies des humains… Leur apparence est vraiment immonde… »

Les personnages et unités d'*Eternal Nations* avaient tous été conçus pour avoir des modèles relativement réalistes, mais cela restait un jeu vidéo. Impossible de dire l'effet qu'un véritable homoncule aurait sur le moral de Takuto et de son bras droit. Atô se vit un instant devoir prendre la tête d'une armée de ces monstres aux yeux globuleux et un frisson de dégoût lui parcourut le corps.

« Sans compter qu'avoir des elfes noirs à nos côtés nous offrirait un certain nombre d'avantages. À chaque partie avec Mynoghra, la lenteur de la recherche scientifique devient un vrai casse-tête. Les elfes noirs nous permettraient de résoudre ce problème… »

Les homoncules faisaient partie des caractéristiques spécifiques de la nation de Mynoghra. Ils offraient des bonus de production et pouvaient se reproduire facilement. De plus, leur propre hygiène et leur satisfaction personnelle les importaient peu, ce qui permettait de les faire croître dans n'importe quel environnement. Ils étaient donc parfaitement adaptés à l'intense pollution qui résultait du vaste développement industriel propre à ce royaume maléfique. Ce qui pouvait paraître comme un désavantage au premier abord constituait, de fait, leur force. Mais d'un autre côté, ils subissaient un lourd malus en recherche scientifique, ce qui freinait inéluctablement le développement de Mynoghra par rapport aux autres royaumes. Donc inviter les elfes noirs à devenir les citoyens de Takuto pourrait entièrement changer la donne. Grâce à ceux, cet inconvénient pourrait être compensé. Bien entendu, avec suffisamment de mana, Takuto pourrait également produire des homoncules en parallèle afin de profiter de leurs bonus de reproduction et de ressources. Ce hasard qui avait mis les elfes noirs sur la route du jeune homme était en réalité une occasion en or. Dans une partie normale, inviter des immigrés ou réfugiés d'une autre race aurait été pratiquement impossible à cause de l'alignement mauvais du royaume mais, dans ce cas précis, cet événement fortuit était un véritable coup de chance.

« Effectivement, ces elfes pourraient nous offrir des avantages au niveau de la gestion du royaume, mais…

— Mais est-ce qu'une race douée de parole servirait fièrement le royaume de Mynoghra… Ou plutôt, est-ce que ça conviendrait vraiment à son roi…

— Voilà, tu as compris mes doutes. C'est exactement ce que j'étais en train de me dire. »

La suggestion de Takuto pouvait paraître insensée mais, après analyse, elle semblait assez logique. Le problème ne résidait pas dans l'idée en elle-même. La manière dont il avait tenté de l'exposer aux elfes noirs les avait troublés. Quand bien même, il était encore un peu tôt pour être certain de son efficacité. Atô semblait avoir encore quelques doutes.

« Êtes-vous sûr que les elfes noirs vont obéir à vos ordres ?

— C'est difficile à dire tant que je n'ai pas essayé, mais si on y réfléchit en termes vidéoludiques, je pense qu'on n'aura pas de gros soucis avec eux tant que leur jauge de satisfaction sera relativement pleine.

— Mais, finalement, sommes-nous donc vraiment dans *Eternal Nations* ? Je n'ai pas l'impression que les choses se déroulent comme elles auraient dû… »

Atô avait une foi inébranlable dans les paroles de Takuto, son roi. Elle ne doutait donc pas du bien-fondé de la décision qu'il avait prise. Cependant, ils étaient actuellement dans un univers encore inconnu. Elle craignait donc que les éventuelles différences de cet univers avec celui du jeu vidéo qu'ils connaissaient si bien leur créent à terme des problèmes.

« Bah, on verra bien de toute façon. On n'a même pas encore demandé leur avis aux elfes noirs. Quoi qu'il advienne, pour l'instant, il faut qu'on progresse étape par étape, problème par problème. Est-ce que ça te va ?

— Je pense qu'il y a encore tellement d'incertitudes… Hmm… Je ne sais pas quoi vous répondre, pardonnez-moi… »

L'espace d'un instant, Takuto trouva la réponse d'Atô très « vidéoludique », justement. Elle avait entièrement saisi les circonstances dans lesquelles ils se trouvaient, mais était pourtant incapable de formuler un avis définitif. Elle ne s'en rendait probablement même pas compte, mais il y avait quelque chose d'étrangement artificiel dans son comportement. Cependant, il ne voulait pas le lui faire remarquer, car il ne considérait même pas cela comme un problème, au fond. Il était simplement satisfait qu'elle soit à ses côtés, et Atô ressentait exactement la même chose pour son roi.

« Pas la peine de t'excuser. Au bout du compte, c'est moi le roi et tu es ma subalterne. C'est à moi de prendre les décisions. Nous allons accueillir ces elfes noirs en tant que nouveaux citoyens de Mynoghra !

— Si c'est là votre décision, alors je la soutiendrai entièrement. Annonçons-la à nos invités. Ah… Est-ce que vous voulez que je me charge de le leur dire ? »

Atô posa nerveusement cette question à Takuto, en prenant mille précautions afin que le rappel de son anxiété sociale ne le blesse pas. Ce ménagement n'eut pas l'effet escompté sur le jeune homme qui, pour autant, ravala sa peine et lui adressa un grand sourire.

« Bien sûr ! Je ne vois aucun autre bras droit dans les parages. Alors je compte sur toi.

— J'accomplirai cette tâche avec fierté, Votre Majesté ! »

Une fois ces longues messes basses enfin terminées, Atô se tourna de nouveau vers les elfes noirs. Ne sachant absolument pas sur quoi leur longue discussion avait bien pu porter, ils ne pouvaient que regarder Atô avec une lueur d'angoisse dans les yeux, attendant simplement qu'elle daigne peut-être leur expliquer les mystérieuses paroles du roi.

« Bien, vous avez entendu le roi. Qu'en dites-vous ?

— Euh, dame Atô… Nous avons effectivement entendu le roi, mais pourriez-vous nous expliquer ce qu'il voulait dire, exactement ?

— Le roi compte fonder une nouvelle nation. Si vous acceptez de devenir ses citoyens, il promet de garantir votre protection, au nom de toute sa gloire et de son prestige infini. »

Les elfes noirs semblèrent totalement pris de court par cette étonnante proposition. Ils avaient discuté de nombreuses possibilités et de diverses issues pour leurs négociations avec le Roi de la Ruine, mais jamais ils n'auraient pu penser qu'il leur ferait une telle offre.

« Les yeux de Sa Majesté voient tout. Il a vu la tristesse de vos existences et a décidé de se montrer miséricordieux envers vous. Voilà tout. »

Atô parla sur un ton sec, comme si elle ne faisait qu'énoncer une évidence, et leur lança un regard qui leur fit comprendre qu'elle n'accepterait aucune question sur les raisons de cet acte. Les elfes noirs, quant à eux, ne faisaient que s'échanger des regards perdus, ne sachant pas comment réagir ni répondre. Moltar finit par se dévouer.

« La miséricorde du roi est effectivement sans limites, et mon cœur ne peut que trembler face à une telle bonté… Mais, si je puis me permettre une question… Que va-t-il nous arriver exactement, si nous devenons des citoyens du Roi de la Ruine ?

— Vous allez trouver le bonheur éternel, évidemment ! Mais j'imagine que ce qui vous intéresse surtout, c'est le prix que cela va vous coûter, n'est-ce pas ? Eh bien, pour faire simple… vous allez devoir devenir mauvais ! »

Les elfes noirs restèrent tous bouche bée. Atô venait de prononcer une phrase lourde de sens avec un naturel désarmant, teinté d'un enthousiasme à peine caché. Ils avaient tous compris ce que ces paroles impliquaient et le sens de ses mots. Mais ce qu'elle venait de leur suggérer leur paraissait tout simplement insensé.

« Eh oui… »

Moltar se tourna machinalement vers le roi, qui acquiesçait en énonçant son approbation par un mot aussi étrange que laconique. Même pour lui, qui avait vécu plus de deux cents ans, répondre à une telle proposition sur un ton aussi frivole que celui que ses interlocuteurs semblaient naturellement emprunter était impossible.

« J'imagine que je devrais vous expliquer tout ça en détail, mais là je ne vais pas me fatiguer à le faire avant que vous n'acceptiez. »

Atô préférait ne pas trop dévoiler ce que leur décision impliquait. Après tout, ils n'étaient pas encore leurs sujets et pouvaient parfaitement refuser. Elle avait décidé que si jamais les elfes noirs leur faisaient l'affront de refuser, elle les exécuterait tous sur place dans la seconde. Toutefois, elle choisit de ne pas formuler cette menace qui lui paraissait couler de source. De toute façon, le grand Roi de la Ruine venait de leur faire la plus gracieuse des propositions, tout ce qu'ils pouvaient faire était donc d'accepter, larmes aux yeux et mains tremblantes de gratitude, sans chercher à s'enquérir de quelconques détails techniques.

« La décision vous appartient. Je n'ai rien à ajouter. Quel que soit votre choix, votre destin est entre vos mains. »

Les elfes noirs n'avaient peut-être pas compris le sous-entendu de cette phrase, mais elle voulait bien dire que leurs vies étaient actuellement en jeu. De toute façon, Atô avait une confiance inébranlable en Takuto et savait que, quel que soit le problème que leur futur royaume allait rencontrer, il le réglerait sans aucune difficulté. La seule chose qui lui importait actuellement, c'était l'intérêt que son roi portait à ces elfes noirs. Même si leur intégration dans le royaume se révélait être bénéfique, elle pensait uniquement au bien-être de Takuto et non pas à celui de ces lutins des ténèbres. Elle plaça son index sur sa lèvre et se mit à regarder au loin, semblant réfléchir à ce qui pouvait les attendre à l'avenir.

« Mais vous savez… On s'amuse aussi plutôt bien du côté des méchants… »

Elle ponctua sa phrase d'un sourire étrangement attentionné.

CHAPITRE 6
Fondation

Les elfes noirs discutèrent de la proposition de Takuto durant trois jours et trois nuits entières. C'était le laps de temps nécessaire dont ils avaient besoin afin d'envisager une telle idée, dont les conséquences seraient irréversibles. Grâce à l'abondante nourriture qu'ils avaient reçue, ils reprenaient petit à petit des forces, même s'ils étaient encore loin d'avoir retrouvé toute leur endurance d'antan. Et celle-ci leur fut indispensable. Cette proposition, aussi soudaine qu'incroyable, leur fit passer des nuits blanches, ponctuées d'intenses débats, afin de savoir s'ils pouvaient accepter ou non de devenir les sujets du Roi de la Ruine. Ce roi qui leur avait offert une aide si précieuse. Ce roi qu'on disait être la créature la plus maléfique du monde. Même dans la difficile situation dans laquelle ils se trouvaient, leurs réticences n'avaient rien d'étonnant et ils pouvaient difficilement décider de devenir les citoyens de son royaume sur un simple coup de tête. Car ce roi était complètement différent de tous ceux que leur peuple avait servi à travers les âges. Selon Moltar, le Roi de la Ruine était destiné à réduire le monde à néant. Son pouvoir était si grand que personne ne pouvait lui résister. S'ils acceptaient son offre, ce n'était probablement pas uniquement leurs corps qui deviendraient sa propriété, mais leurs âmes également. Même la mort ne leur offrirait probablement pas de libération. Face à un choix aussi extrême, tous les membres de la tribu se virent demander leur avis, des jeunes adolescents à l'orée de la maturité aux personnes âgées de plus d'un siècle. Même les enfants ayant à peine appris à parler eurent leur mot à dire, et les seuls à ne pas être consultés furent les bébés encore attachés au sein de leur mère. Et au bout du compte, la décision fut prise de manière unanime.

Les elfes noirs acceptèrent de devenir les citoyens du Roi de la Ruine.

Après tout, il ne leur restait plus beaucoup de temps. Ils avaient conclu qu'il valait mieux tenter de survivre, même si c'était du côté du mal, plutôt que de rester assis les bras croisés à attendre la mort. Et surtout, leurs ventres rassasiés ne pouvaient pas oublier la bonté dont le roi avait fait preuve. Il avait beau être une créature maléfique censée tout réduire en cendres, il s'était montré incroyablement généreux avec eux. Une fois la décision officiellement prise, tous les elfes semblèrent pousser un soupir de soulagement, comme si un poids avait été levé de leurs épaules. Mais ils savaient également au fond d'eux qu'à partir de maintenant, leur vie serait différente à tout jamais …

Puis, deux jours après cette fatidique prise de décision, vint le moment pour les elfes noirs et le Roi de la Ruine de sceller officiellement leur accord. Celui-ci était sur le point de visiter leur camp pour l'occasion. C'était d'abord les elfes qui avaient proposé de se rendre auprès de lui, mais Atô leur avait signalé que cinq cents elfes noirs ne tiendraient jamais dans la clairière qui lui servait de cour de fortune, et qu'il serait donc plus simple que sire Ira et elle fassent le voyage jusqu'à eux. Leur camp était désormais plongé dans une étrange atmosphère. Personne n'osait briser le silence teinté d'angoisse, de peur et d'espoir qui régnait. Les elfes noirs étaient tout simplement agenouillés, attendant patiemment l'arrivée de leur futur roi. Moltar avait conseillé à son peuple de ne surtout pas le regarder directement, afin de ne pas provoquer son courroux en s'évanouissant ou pire, en régurgitant leur petit-déjeuner. Puis ils entendirent des bruissements de feuilles et des bruits de pas s'approcher du camp.

« Notre roi est arrivé ! »

Moltar prononça solennellement sa phrase en voyant deux ombres faire leur apparition entre les arbres. Malgré son avertissement, quelques elfes étourdis eurent le malheur de lever les yeux… Et le regrettèrent sur-le-champ. Une peur inéluctable envahit immédiatement leurs êtres. Ce qui approchait du camp était tout simplement l'obscurité totale. Comme si la couleur la plus noire qui existait au monde avait pris forme humaine et se mouvait vers eux. Ce qu'ils voyaient était incontestablement le résultat d'une erreur de la nature, une déformation qui était devenue si corrompue qu'aucune force existante ne pouvait la purifier. Une terrifiante puissance obscure que les mots ne suffisaient pas à décrire.

Il n'y avait aucun doute : la créature à laquelle les elfes noirs allaient prêter allégeance était bien le Roi de la Ruine. Une jeune elfe poussa un petit cri horrifié avant d'être immédiatement rappelée à l'ordre par le coude de son voisin. Inconsciemment poussés par leur instinct de survie, les enfants en bas-âge blottissaient leurs visages contre le corps de leurs mères. Même les guerriers les plus expérimentés du groupe tremblaient de peur, faisant de leur mieux pour se faire tout petits. Les gardes du corps du chef Moltar n'y faisaient pas exception. Un jeune elfe qui avait eu le malheur de regarder le roi venait de s'évanouir, la bave aux lèvres. Ceci était la toute première rencontre entre les elfes noirs et Takuto Ira, et leurs cerveaux étaient incapables de comprendre ce qu'ils avaient vraiment sous les yeux. Pourtant, c'est bien cette créature qu'ils avaient choisie comme nouveau leader. Ils allaient être les citoyens du royaume de la Ruine qu'il s'apprêtait à fonder. Après un long et rude exil, ils allaient commencer une nouvelle vie dans cette forêt, dirigés par cet être uniquement composé de ténèbres.

Atô échangea quelques paroles avec le chef des elfes noirs et écouta de brèves explications sur leur camp. Puis, Moltar invita le roi à s'asseoir sur un trône de fortune spécialement bricolé pour l'occasion, avant d'acquiescer solennellement vers sa subalterne, restée debout à ses côtés.

« Bien ! Chers elfes noirs, la nation de Mynoghra vous accepte officiellement en tant que réfugiés et nouveaux citoyens ! Sire Takuto Ira, à vous l'honneur… »

Atô regarda son roi en souriant fièrement. Sa voix pleine d'assurance n'avait aucun mal à porter dans tout le camp. Après un petit instant de flottement, le roi acquiesça et prononça ses uniques paroles.

« Bien… Je compte sur vous. »

Dès l'instant où la voix du roi pénétra les oreilles des elfes noirs, leur sang se glaça instantanément.

« Félicitations à vous tous ! Vous voilà citoyens de Mynoghra. L'illustre roi, Sa Majesté Takuto Ira, garantit désormais votre bonheur et votre sécurité à tout jamais ! »

L'atmosphère dans le camp se détendit légèrement une fois la déclaration aussi pompeuse qu'officielle d'Atô terminée. Elle regarda autour d'elle avec un air un peu embarrassé alors qu'un étrange silence s'installait autour d'elle.

« Euh, capitaine Gia… Est-ce que la cérémonie est finie ?

— Je crois bien, oui… Mais il ne se passe rien… Je ne sais pas très bien ce qu'on est censé faire. »

Emhur, le fidèle bras droit de Gia qui avait été la première à lui parler du Roi de la Ruine, murmura prudemment à son capitaine. Mais lui non plus n'avait pas vraiment d'expérience avec ce genre de rites et ne savait donc pas à quels éventuels changements son peuple et lui devaient s'attendre maintenant qu'ils étaient devenus des citoyens de Mynoghra… et surtout des êtres maléfiques. Il regarda autour de lui, l'air un peu confus. Le Roi de la Ruine et Atô ne bougeaient pas, et cette dernière semblait même un peu perdue dans ses pensées.

Est-ce qu'on doit rester prosternés encore longtemps ? Pourquoi est-ce que le roi ne dit rien ? Mes genoux commencent à me faire mal…

Soudain, ces banales pensées, qui traversaient les esprits de Moltar, Gia, Emhur, ainsi que ceux des elfes noirs qui venaient officiellement d'intégrer la nation de Mynoghra, furent chassées d'un seul coup par une toute nouvelle émotion. Une colère ardente et inexorable se mit à remplir leurs cœurs. Une puissante haine envers tous les êtres vivants du monde, mais ciblant tout particulièrement tous ceux qui les avaient brimés, persécutés et torturés. Ces peuples qui les considéraient comme des moins que rien. Si leur nouveau roi leur en donnait l'ordre, ils se feraient un plaisir de les exécuter avec une violence irrépressible. Cette colère était d'une puissance si inédite pour les elfes noirs qu'elle en devint même douloureuse. Mais progressivement, une autre émotion vint supplanter, petit à petit, cette rage qui était apparue. Une émotion qui les submergea comme un véritable raz-de-marée, semblant emporter tout ce qu'il y avait en eux pour n'y laisser qu'un calme incommensurable. Les elfes noirs regardèrent tous machinalement dans la même direction. Leurs yeux se tournèrent vers leur roi, Takuto Ira.

« Euh… Tout va bien ? »

Ces trois mots, bien qu'anodins, leur firent prendre conscience de la situation. Le Roi de la Ruine s'inquiétait pour eux. Il leur avait donné de la nourriture par pure bonté d'âme, sans rien attendre en retour, parce qu'il s'inquiétait simplement de leur sort. Depuis le départ, il n'avait jamais voulu leur faire le moindre mal. Et il les regardait avec des yeux attentionnés alors qu'ils tentaient d'appréhender le changement qui opérait dans leurs âmes. Ils étaient désormais heureux d'avoir pu obtenir l'asile dans cette nation, d'avoir enfin trouvé le réconfort après tant d'années dans les ténèbres. Le fait que leur roi daigne ne serait-ce que les regarder les remplissait désormais d'une joie intense. Et si le roi avait des ennemis, ils se feraient un plaisir de lui présenter leurs cadavres.

C'était la première fois que les elfes noirs ressentaient une émotion aussi positive, après des années de chagrin et de tragédies. Le tumulte dans leur cœur grandissait à une telle vitesse qu'il finit par les faire entrer dans un état proche de la transe. Ils n'étaient pas seulement portés par leur joie et leur soulagement, mais également par une loyauté désormais sans faille.

C'est à ce moment précis que les elfes noirs se transformèrent enfin en citoyens maléfiques de Mynoghra.

« Hou… Hourra ! Gloire à Sa Majesté, sire Ira ! Vive le roi ! »

Un jeune elfe noir fut le premier à se mettre à crier en levant les bras. Il était devenu incapable de contenir la fierté et l'admiration qu'il ressentait. Son excitation se transmit rapidement à tous ses voisins, jusqu'à envelopper le camp entier tel un tourbillon d'enthousiasme. Même Gia et le vénérable Moltar s'étaient mis à crier de joie, les larmes aux yeux.

Atô les regardait et acquiesçait avec un air satisfait, sans la moindre pointe d'étonnement. Après tout, pour elle, tout ceci était naturel. Le Roi de la Ruine méritait cet enthousiasme. Il méritait d'être vénéré. Il méritait leur entière loyauté. Takuto, quant à lui, semblait surpris par cette soudaine explosion d'adulation et laissa échapper un petit « oooh ! » admiratif.

MESSAGE SYSTÈME

L'arrivée de citoyens a permis la fondation d'un nouveau royaume.

Louée soit la nation de Mynoghra et son grand roi !

OK

Eterpedia

Mynoghra

Nation

Alignement : Mauvais

Seigneurs :
- Le Dieu maléfique sans nom
- Atô de la Bourbe
- Isra, la Reine de tous les insectes

Attributs :
- Fin du monde
- Invasion
- Affaires intérieures

No Image

Description

Le royaume de la ruine du Dieu maléfique sans nom

L'origine de la nation de Mynoghra est inconnue.

Selon la légende, elle existait déjà avant la création de ce monde et a été fondée par un dieu maléfique venu d'une autre dimension que celle d'Aaros, le dieu du Bien.

Ses points forts résident dans ses solides attributs maléfiques, ainsi que dans sa prolifique capacité de reproduction.

Cette nation dévoile toute sa force lorsqu'elle étend son influence néfaste sur le monde, mais connaît toujours des débuts de partie difficiles qui nécessitent une sérieuse application.

CHAPITRE 7
Technologie

Takuto et Atô avaient réussi à fonder officiellement leur royaume sans encombre, faisant ainsi leur tout premier pas vers la conquête de ce nouveau monde dans lequel ils avaient été mystérieusement plongés. Ils avaient quitté le campement des elfes pour revenir à la clairière au trône de pierre qu'ils connaissaient désormais si bien. Mais la fierté et le plaisir qu'ils avaient ressentis quelques jours auparavant avaient été remplacés par un désespoir qui rendait maintenant leurs deux visages plus lugubres que jamais.

« On est mal.

— On est très mal. »

Assis sur son trône, Takuto murmura d'une voix faible et Atô se retourna vers lui pour acquiescer. Ils poussèrent tous les deux un soupir affligé alors qu'au loin résonnait l'immonde cri du longues-pattes.

« Atô, cela a été un véritable plaisir de commencer cette partie avec toi.

— Sire Takuto, j'ai été très heureuse de vous côtoyer ces quelques jours. »

Avec émoi, Takuto regarda sa subalterne et lui fit ses

adieux théâtralement avec un rictus las. Atô, elle, prit la main de son roi et lui sourit tendrement.

Un ange passa, et tous deux se laissèrent aller à leurs émotions, sans aucune retenue. Ils se jetèrent sur l'herbe chatoyante, sans prêter attention à ce qui les entouraient et se roulèrent par terre comme les plus capricieux des enfants. Finalement, ils s'exclamèrent de bon cœur :

« Comment ça, les deux plus grosses nations de ce continent sont d'alignement bon ?

— En plus, la première est une nation humaine qui vénère le dieu bénéfique tandis que la seconde est une nation elfique qui vénère la nature !

— C'est comme si on avait été condamnés à mort, et ce sans aucun ménagement ! Impossible de tenir plus d'une semaine ! Dès qu'un ennemi sera en approche, voilà ce qui se passera : "Tiens, bonjour !", "Enchanté !", "Maintenant, mourrez !" »

En effet, lorsque Moltar avait souligné la topographie dont ils bénéficiaient ainsi que l'identité de leurs plus proches voisins, l'enthousiasme suscité par la fondation de leur royaume était immédiatement retombé. Un royaume humain et un royaume elfique, dotés de surcroît d'un alignement bon. Il n'était donc pas étonnant que l'implantation d'un domaine d'alignement mauvais soit perçue comme une menace évidente pour ces deux races. De plus, ces dernières possédaient un contrôle hégémonique sur leur territoire, grâce à un développement technologique déjà bien avancé. Et pour couronner le tout, en dépit de son statut de joueur aguerri, Takuto n'avait jamais entendu ni le nom de ces terres ni le nom de ces royaumes voisins auparavant. Il était donc dans un monde inconnu, sur un continent inconnu, entouré d'ennemis inconnus.

Les mots venaient à manquer pour décrire l'incroyable difficulté de la situation à laquelle il était confronté.

« Cette carte est vraiment trop nulle ! Et notre emplacement est une catastrophe !

— Réinitialisons notre partie, sire Takuto ! Moi non plus, je n'aime absolument pas cette carte ! Le peu de ressources que nous avons autour de nous me donne envie de pleurer. Cette forêt est dépourvue de nourriture, elle ne contient aucun minéral et encore moins de mana… Même les insectes les plus résistants auraient du mal à survivre là-dedans ! »

En plus d'être encerclé par des royaumes inconcevablement hostiles, le Territoire maudit dans lequel ils étaient installés n'offrait aucune ressource naturelle. En temps normal, n'importe quelle colonie était capable d'obtenir un minimum de nourritures et de minéraux sans avoir besoin de se développer. Dans le jeu, ces ressources naturelles étaient affichées sous forme d'icônes qu'il suffisait de récupérer sur le terrain. Elles servaient de fondement pour tous les développements futurs. Un début de partie ordinaire aurait donc impliqué la recherche et récupération de ces dernières. Mais cette partie n'avait rien de commun. Le Territoire maudit n'avait vraiment pas volé son nom. Il avait précipité les elfes noirs dans la famine, et il plongeait désormais Takuto et Atô dans un profond désespoir.

« Évidemment, j'aimerais beaucoup quitter la partie et recommencer, mais on n'a pas le choix, on va devoir faire avec ce qu'on a. Les elfes noirs ont tout de même eu la gentillesse de devenir nos citoyens, et avoir une race différente sous nos ordres nous donne des bonus assez conséquents…

— En effet. D'ailleurs, vous ne m'avez pas encore complètement expliqué de quels bonus il s'agissait. Mais… tiens ? Quand on parle du loup… On dirait bien que les elfes noirs viennent nous rendre visite. »

Peu à peu, Takuto et Atô découvraient leurs nouveaux citoyens. Si Moltar était en train de venir à leur rencontre, accompagné de deux autres elfes, c'était probablement afin de continuer ses explications interrompues la veille. Le soleil venait à peine de se lever et ils étaient déjà là. Takuto et Atô, encore allongés dans l'herbe, éblouis par quelques rayons de soleil, échangèrent un regard tout en observant le groupe d'elfes noirs approcher.

« On devrait peut-être se lever ?

— Nous devrions, oui, Votre Majesté. Ne bougez pas, je vais enlever ces traces de terre sur vos vêtements. »

Avec de petits gestes, elle se mit à tapoter frénétiquement sur le pyjama d'hôpital que portait Takuto afin de le nettoyer. Cela fit émerger dans l'esprit du jeune homme l'idée qu'il était peut-être temps de se trouver des habits plus appropriés. Il poussa un soupir intérieur et ajouta une tâche de plus à sa longue liste de corvées.

« Bonjour à vous, mon cher roi ! Et à vous aussi, dame Atô ! J'espère que je ne vous dérange pas, je suis venu afin de continuer mes explications sur notre monde. »

Moltar, qui avait enfin repris un peu de couleurs, fut le premier à approcher du trône de Takuto avec un enthousiasme communicatif. Son corps ressemblait toujours à la branche flétrie d'un arbre millénaire, mais son ventre rassasié lui donnait désormais un air bien plus vivant.

« Je suis là aussi, Votre Majesté, dit Gia. Et je vous ai amené mon bras droit afin de vous la présenter. Voici Emhur ! »

Le capitaine des elfes noirs était en effet accompagné de sa subalterne. Elle restait relativement fluette, et les lunettes qu'elle portait laissaient penser que le combat n'était certainement pas sa spécialité. De fait, elle fut présentée à Takuto comme une spécialiste du folklore et des légendes du continent, ce qui était précisément le type d'informations dont le Roi de la Ruine avait actuellement besoin. Atô acquiesça d'un air satisfait en remerciant ses nouveaux vassaux. Elle avait retrouvé son calme et se vint se placer dignement à côté de son roi au mutisme forcé.

« Notre roi est comblé par votre dévouement. Nous avons hâte d'entendre ce que vous allez nous apprendre aujourd'hui. Et vous pouvez vous détendre un peu, sans user de formules de convenance. Notre roi n'est pas du genre à se formaliser de l'étiquette. N'oubliez pas que vous n'êtes désormais plus de quelconques invités, mais bien nos citoyens. »

Bien que la loyauté des elfes noirs envers Takuto fût désormais aussi naturelle qu'évidente, celui-ci n'aimait pas du tout être traité avec une déférence aussi exagérée. Après tout, à l'origine, il n'était qu'un jeune adolescent ordinaire. Il ne venait pas d'une famille noble, loin de là, et l'obséquiosité constante dont faisaient preuve ses vassaux envers lui le dérangeait beaucoup. Il avait donc demandé à Atô de leur faire comprendre qu'ils pouvaient lui parler de façon plus décontractée, mais une fois de plus cette idée les prit de court et les plongea quelques instants dans le doute.

« Mais… comment allons-nous pouvoir exprimer notre éternelle loyauté envers Sa Majesté, alors ?

— La loyauté n'est pas dans vos attitudes, mais bien

dans vos cœurs. Le roi sait que vous lui êtes entièrement dévoués et il n'a pas besoin de mondanités pour en être certain. Alors, ne vous en faites pas.

— Oui, vous n'avez pas à vous en faire.

— Oh, sire Ira… Vous êtes vraiment le plus généreux des rois ! Très bien, si vous nous le demandez, nous allons vous parler de façon plus naturelle. »

Au fond de lui, Moltar se questionnait sur les raisons d'une telle décision, mais il ne comptait pas débattre avec le Roi de la Ruine. Les elfes noirs savaient que les propos tenus par leur nouveau souverain pouvaient être considérés comme parole d'évangile, même si ce qu'il pouvait dire allait souvent à l'encontre de tout ce qu'ils avaient appris jusqu'ici. Et puis, comme l'avait souligné Atô, leur langage importait peu; leur loyauté était inébranlable, et elle n'avait été que renforcée par la bonté d'âme dont le roi venait encore de faire preuve. Moltar, Gia et Emhur n'avaient désormais qu'une envie : lui fournir les informations les plus pertinentes afin de lui exprimer leur gratitude… mais ils ne savaient pas vraiment de quoi lui parler.

« Ah, avant que vous ne commenciez, laissez-moi vous expliquer un peu notre stratégie à long terme. D'ailleurs, ça tombe bien que tu sois là aussi Gia, parce que Moltar et toi allez nous aider à l'établir. »

Moltar et Gia consentirent d'un air curieux, mais n'étaient pas surpris par cette déclaration. Après tout, même s'il n'était pour l'instant composé que d'un campement et d'une clairière avec un trône en pierre au milieu, Mynoghra était un véritable royaume et pas un simple regroupement de nomades. Si l'objectif de ce pays était la conquête du monde, il était naturel pour son régent d'avoir un plan d'action à longue échéance. Moltar et Gia étaient tous deux des leaders parmi leur peuple, et il n'y avait rien d'étonnant à ce qu'ils se voient donc confier des tâches importantes. Ils se redressèrent tous les deux machinalement, remplis d'une nouvelle détermination à ne ménager aucun effort pour remplir leurs potentielles futures missions.

« Vous allez tous les deux être assignés à des postes d'importance dans l'administration de la nation de Mynoghra. C'est un ordre direct du roi. Il ne souffrira donc d'aucune discussion ou remise en question. Moltar, nous allons principalement te confier des tâches liées à la gestion du royaume, qui devraient te permettre d'utiliser pleinement tes capacités magiques. Quant à toi, Gia, tu vas continuer ton office de capitaine, non plus des elfes noirs, mais de l'intégralité des guerriers de Mynoghra. Nous te laisserons le loisir de sélectionner les soldats de notre future armée, mais pour l'instant les membres de ton escouade devraient suffire. »

Moltar et Gia acquiescèrent fièrement. Les rôles qu'ils avaient reçus étaient exactement ceux auxquels ils s'attendaient, mais cela ne voulait pas dire qu'ils les prenaient à la légère. Au contraire, ils étaient déterminés à prouver au Roi de la Ruine qu'ils étaient dignes de la confiance qu'il leur accordait. Les yeux brûlants d'orgueil, Gia frappa son torse de son poing.

« À vos ordres, Votre Majesté ! Mes hommes et moi sommes prêts à donner nos vies pour vous ! Et nous tuerons tous vos ennemis sans hésitation, qu'ils soient jeunes, vieux, ou même nouveau-nés ! »

La déclaration déterminée et tonitruante de Gia résonna dans toute la forêt. Il s'imaginait déjà être soutenu par Takuto et Atô. Il se voyait déjà sur le champ de bataille, tranchant des centaines d'ennemis de Mynoghra, l'épée portée par l'honneur de son roi adoré. Mais…

« Houlà ! Tu fais peur, toi. Arrête…

— Hein ? »

L'avis que le roi venait de formuler était exactement l'opposé de celui auquel Gia s'attendait. Il écarquilla les yeux, stupéfait. Son cerveau s'arrêta de fonctionner pendant quelques secondes, comme s'il avait eu un bug. Aurait-il dit quelque chose d'insultant ? Il avait beau se repasser sa déclaration dans sa tête, il ne comprenait pas en quoi celle-ci paraissait étrange.

« La guerre, c'est barbare !

— Oui, le Roi de la Ruine aime la paix. »

Une fois de plus, Gia était confronté à une idée qui allait totalement à l'encontre de tout ce qu'il savait. Le roi et sa subalterne s'étaient adressés à lui sur un ton totalement désinvolte, comme s'ils énonçaient de simples évidences.

Mais… le Roi de la Ruine… Il serait pacifiste ?

Cette pensée traversa l'esprit de Gia, mais, convaincu que son souverain avait établi une stratégie dont l'intelligence dépassait largement celle du commun des mortels, il évita de la prononcer à voix haute, choisissant de demander craintivement une explication.

« Euh… vous voulez dire qu'on ne va pas plonger dans l'immédiat le monde dans le plus profond des chaos, mais que nous allons plutôt parvenir à nos fins par… des moyens détournés ? Ou quelque chose comme ça ? Est-ce cela, votre stratégie ?

— Ben non.

— Le roi préfère se concentrer sur les affaires internes.

Tâche de t'en souvenir.

— Ah, euh… d'accord. Je… j'en prends note… »

Gia fut une fois de plus décontenancé par le discours qu'il venait d'entendre. Complètement désorienté, il jeta un coup d'œil vers Moltar, qui caressait simplement sa barbe blanche en souriant du coin de la bouche. Il osa même faire un petit clin d'œil moqueur à Gia, qui se força à contenir sa colère afin de ne pas hausser le ton face à la cour. Quoi qu'on puisse en penser, les décisions royales étaient forcément justes. Et bien qu'il fût désormais devenu un agent du mal, le caractère de Gia n'avait pas fondamentalement changé, pas plus qu'il ne s'était transformé en créature assoiffée de sang. Les elfes noirs venaient tout juste de vivre plusieurs années calamiteuses. Si leur roi ne désirait pas qu'ils participent à une guerre sanglante, c'était peut-être ce qu'il y avait de mieux. Après quelques instants de réflexion, Gia retrouva ses certitudes premières : la volonté de son roi était juste et absolue.

« Pour l'instant, contentez-vous de bien manger et de bien vous reposer afin de retrouver toutes vos forces. Et puis… Ah oui, il serait peut-être temps que vous vous construisiez de vraies maisons. »

Les elfes noirs avaient effectivement besoin de repos. L'altruisme dont venait faire preuve Takuto – par l'intermédiaire de sa subalterne – renforcerait certainement la loyauté qu'éprouvaient les membres de la tribu Mazaram.

« Entendu, dame Atô. Merci mille fois de vous montrer aussi généreuse avec nous. Même si je ne peux pas m'exprimer au nom de mes frères et sœurs, je sais qu'ils se feront un plaisir de vous aider. Je me mets moi-même immédiatement à votre service. Contrairement à Gia, je ne suis pas un guerrier assoiffé de sang, donc je peux me rendre utile dans tout un tas de domaines ! »

Moltar se tourna légèrement vers Gia pour lui faire un sourire sardonique que lui seul put apercevoir.

Mais c'est qu'il me provoque, ce vieux débris ! Et un vil flagorneur par-dessus le marché !

Une fois de plus, Gia contint la colère qui l'habitait et se mit à maudire Moltar intérieurement, en se jurant de lui faire payer cet affront le plus vite possible.

« Non, ça ira, tu peux aller te reposer aussi…

— Sire Takuto, on dirait bien que nous avons à faire à des accros du travail. Est-ce que je devrais leur demander d'aller récupérer des matériaux de construction et de choisir un emplacement pour leurs maisons ? »

Surprise et légèrement embarrassée par l'offre enthousiaste de Moltar, Atô s'était tournée vers Takuto afin de lui demander conseil à voix basse. Ne souhaitant pas gâcher cet élan de motivation, ce dernier se mit à réfléchir à un domaine où les elfes noirs pourraient se rendre utiles. Chaque race avait des spécificités différentes. Le meilleur moyen de progresser dans *Eternal Nations* était de savoir exploiter celles-ci en faisant usage des bons bâtiments et en confiant les tâches adéquates aux membres de races différentes. Alors qu'il passait toutes ces caractéristiques en revue dans sa tête, Takuto eut soudain une illumination.

« Ah ! »

Atô réagit immédiatement à la voix de son roi et lui demanda s'il avait trouvé quelque chose, les yeux pleins d'optimisme.

« On pourrait leur demander d'améliorer le terrain de

la forêt sans la détruire pour autant ? »

Atô frappa dans ses mains avec entrain. En bon bras droit qu'elle était, elle n'avait pas besoin de plus d'explications, cette seule phrase avait suffi.

« Mais oui, j'avais presque oublié qu'on parlait à des elfes noirs ! Chef Moltar, laisse-moi te poser une question. Si je ne m'abuse, vous êtes capables de récupérer du bois dans la forêt sans la détruire complètement, n'est-ce pas ? »

Les elfes étaient des créatures que l'on associait instinctivement à la nature. C'était une constante immuable non seulement dans *Eternal Nations*, mais dans tous les univers d'*heroic fantasy*, en général. Et dans ce jeu en particulier, les elfes avaient la capacité de faire subsister des résidus des ressources de la forêt qu'ils utilisaient, sans que celles-ci disparaissent totalement. En effet, les forêts offraient différents types de matériaux. Nourriture, bois, dépollution, ils occupaient une place importante dans la gestion d'un royaume. Cependant, pour construire même le bâtiment le plus basique, il était nécessaire d'abattre des arbres pour créer de l'espace et obtenir du bois. Bien entendu, une fois les arbres coupés, les bonus liés à la forêt diminuaient largement, mais les elfes noirs faisaient partie des rares races à pouvoir compenser ce problème. Atô souhaitait donc confirmer les attentes de Takuto auprès de Moltar.

« Nous ne sommes pas aussi puissants que les elfes de la lumière, mais nous sommes effectivement un peuple forestier. Nous préférons largement vivre dans de grands arbres plutôt que sur le sol.

— Oooh !

— Le roi apprécie le développement durable et ne

souhaite pas faire de mal à l'environnement. »

La joie était lisible sur le visage de Takuto. Les bonus que la forêt offrait étaient très importants. Il comptait en particulier sur ceux qui amélioraient l'hygiène de la population, contribuant largement à sa croissance et son maintien futur. Avoir l'assurance qu'il ne perdrait pas ces avantages avait poussé le Roi de la Ruine à lâcher un petit cri de contentement.

« C'est non seulement un honneur, mais également un plaisir de voir que le roi semble apprécier nos compétences.

— Hmm… »

Le Roi de la Ruine apprécie… la nature et l'environnement ?

Cette idée plongea de nouveau Gia dans un tel état d'incompréhension qu'il en laissa échapper un grognement audible. Cela était probablement dû à son jeune âge, mais il avait encore beaucoup de mal à appréhender l'étonnante tournure que les événements prenaient. Mais une fois de plus, après quelques instants de réflexion, il enfouit au plus profond de lui les doutes qui l'animaient, et se remit à écouter attentivement les instructions d'Atô.

« Parfait ! Alors, allez donc récupérer le plus de matériaux possible, tout en faisant bien attention à ne pas détruire la forêt. Et pas la peine de trop vous fatiguer non plus, bien entendu.

— Le fait de posséder une forêt d'une superficie plus que conséquente renforce notre attribut d'invasion. J'ai hâte de voir ce que cela va donner.

— Moi aussi, Votre Majesté. »

Le roi avait parlé. Son échange avec Atô avait soulevé plusieurs questions en Moltar, mais comme le souverain ne s'était pas adressé aux elfes noirs, il préféra les garder pour lui. Car ni lui, ni Gia ou Emhur n'avaient oublié la position dans laquelle ils se trouvaient. La tribu Mazaram était sur le point de renaître grâce à sire Ira. Afin de pouvoir un jour accueillir de nouveau les membres restants de leur peuple dans ce royaume émergent, ils devaient tout faire afin de prouver leur utilité. Ils décidèrent donc formellement de ne pas ménager leur peine et de travailler le plus dur possible.

« Bon courage, messieurs. Et n'oubliez pas de reboiser, d'accord ? »

Le roi venait enfin de s'adresser à ses sujets avec des paroles d'encouragement. Gia eut l'impression de se sentir pousser des ailes en entendant ces quelques mots, et profita de ce moment pour poser une question.

« Avec plaisir, Votre Majesté ! Mais, si je peux me permettre une petite question…

— Oui ? Qu'y a-t-il ? »

Atô intervint à la place de son roi. Gia aurait aimé parler directement au souverain, mais le fait de savoir qu'il écoutait sa question suffit à le contenter. Car au fond, quelque chose de bien plus grave le taraudait. Même s'il était honteux d'exposer publiquement son ignorance, la cacher en feignant la compréhension représentait, pour lui, un péché mortel. Gia préféra donc choisir la honte en posant nerveusement sa question.

« Euh… Que voulez-vous dire par "reboiser" ? »

Atô écarquilla les yeux de surprise. Gia venait de jeter un froid sur l'ambiance étonnamment allègre de cette entrevue royale. Il ne savait pas ce qu'était le reboisement. Cet aveu l'avait plongé dans l'embarras, mais il savait que faire semblant de savoir de quoi il en retournait pouvait mener le royaume entier à la calamité à long terme. Il avait trouvé le courage de parler, mais la réaction de Takuto et d'Atô fut plus troublante qu'escompté.

« Hein ? »

Le roi n'essaya même pas de contenir sa surprise. L'espace d'un instant, son interjection étonnée pétrifia Gia de peur, mais celui-ci retrouva son calme en constatant que celui-ci semblait réellement surpris, plutôt que déçu ou en colère. Il le regarda croiser les bras et pencher la tête, comme s'il était en pleine réflexion.

« Tu ne sais pas ce que c'est le "reboisement" ? Ni ce qui ça implique ?

— Pas du tout, non. Désolé…

— Ce n'est pas la peine de t'excuser. Et toi, Moltar, est-ce que tu sais ce que c'est ? La jeune elfe derrière vous… Emhur, c'est ça ? Tu sais comment ça marche ? »

Moltar et Emhru firent piteusement non de la tête en guise de réponse. Gia avait prié intérieurement ses ancêtres pour que l'un de ses deux compagnons réponde par l'affirmative et leur évite une débandade complète, mais même les deux membres les plus instruits de la tribu Mazaram semblaient ignorants, confirmant une sévère différence de connaissances entre le roi et ses vassaux.

« Votre niveau de technologie devrait pourtant être assez élevé pour avoir atteint le stade de "fonderie", "aquaculture" et "construction de forteresse", non ? C'est bizarre. »

Le roi n'avait jamais adressé une phrase aussi longue aux elfes noirs. Ils s'étaient habitués à ce qu'Atô parle toujours à sa place et écarquillèrent donc tous les trois légèrement les yeux face à cet accès de loquacité.

« Vous comprenez ce que Sa Majesté vient de dire,

n'est-ce pas ? »

Ils acquiescèrent à l'unisson. Ils avaient tous vécu dans une grande ville avant de fuir dans le Territoire maudit, et avaient tous travaillé à différents postes municipaux. Bien entendu, chaque royaume avait sa propre technologie, avec un fonctionnement et des dénominations différentes. Gia était sur le point de prouver ses connaissances en expliquant chacun de ces termes, mais Atô l'en empêcha en continuant son interrogatoire.

« Bien, alors dites-moi si vous connaissez aussi les concepts suivants : les quatre éléments majeurs puis les six éléments majeurs, la magie militaire, la source de mana spéciale, la magie d'attaque stratégique, la magie d'amélioration militaire, les armes volantes, la manipulation géologique, l'invocation dimensionnelle, les poupées magiques, la magie d'amélioration génétique, etc. ? Tout ce que je viens d'évoquer représente des technologies magiques. »

Cette soudaine énumération d'éléments plongea les elfes noirs dans un grand désarroi. Ils n'avaient jamais entendu parler de la majorité de ces systèmes de magie, et ne connaissaient même pas certains des termes qu'Atô venait d'employer. Ils pouvaient tenter de s'imaginer à peu près ce que certains impliquaient ou bien leur utilisation, mais d'autres étaient si abstraits qu'ils semblaient appartenir à une autre réalité. Troublé par ses propres lacunes, Moltar se mit à légèrement trembler en lui répondant timidement.

« Eh bien… Je connais les quatre éléments majeurs, oui. C'est le concept de base de la magie. En revanche, je ne connais pas du tout le reste de votre liste…

— Bien, alors explique-moi un peu ta perception de

la magie. Que ce soient ses utilisations militaires, ou bien dans la vie de tous les jours. Dis-moi tout ce que tu sais, en tant qu'unité magique. »

Emhur, qui était jusqu'à présent restée en retrait, répondit doucement :

« Ah, si je peux me permettre de répondre… Alors, en tant que simple unité magique, nous utilisons nos sorts de combat grâce au soutien et à la protection des guerriers. Pour une fonction militaire, nous sommes plus souvent placés dans l'arrière-garde afin de préparer des sorts de soin, mais notre champ d'action et notre endurance étant limités, les escouades uniquement composées de mages sont pratiquement inexistantes. Même si cela est parfois envisagé, c'est rarement mis en pratique.

— Je vois… Voici donc l'étendue de vos connaissances… »

Après avoir entendu l'explication de la jeune elfe, Atô se plongea dans un silence pensif. Le niveau de compétences technologique du monde dans lequel ils se trouvaient semblait anormalement bas. En temps normal, la science et la magie étaient étudiées et se développaient à des rythmes parallèles. Lors d'une discussion précédente avec Moltar, Takuto et Atô avaient appris que les elfes noirs étaient capables de construire une forteresse ainsi que de l'équipement de fer. Ils auraient donc pu naturellement s'attendre à ce qu'ils connaissent également la magie militaire et les six éléments majeurs. Mais ce n'était pas le cas. Au contraire, leur développement magique était encore tristement primitif. Le fait qu'ils n'aient jamais entendu parler du reboisement n'avait désormais plus rien d'étonnant.

Dans *Eternal Nations*, le reboisement consistait à

utiliser les capacités agricoles ainsi que la technologie liée aux six éléments majeurs afin d'améliorer l'environnement. Il s'agissait d'une technique spéciale grâce à laquelle les joueurs pouvaient non seulement replanter des arbres, mais également les faire pousser de manière presque immédiate grâce à un sort. Avec de faibles connaissances magiques, le reboisement était théoriquement possible, même s'il en devenait, de fait bien plus lent. Cependant, les elfes noirs ne semblaient pas connaître ce concept. Remarquant cette étrange divergence entre le jeu et ce monde, Atô se tourna vers Takuto afin de vérifier qu'il était bien arrivé aux mêmes conclusions qu'elle. Un regard entendu de sa part lui fit comprendre qu'ils étaient sur la même longueur d'onde.

« Vous voulez dire que nos capacités magiques sont plus faibles que ce que le roi pensait ?

— C'est exactement ce que je veux dire, oui. Vos capacités sont bien plus faibles que prévu, mais cela n'est pas forcément une mauvaise nouvelle non plus. Impossible de dire pourquoi, mais apparemment le niveau de développement magique de ce monde est extrêmement bas. Toutefois, cela signifie que si nous accélérons notre propre développement, nous posséderons un avantage considérable sur les autres nations. »

Takuto acquiesça plusieurs fois pour signifier son accord. La rapidité de ce mouvement semblait même dévoiler une pointe d'enthousiasme. Désormais soulagé par le fait que cette entrevue n'avait pas été plongée dans le chaos à cause de son ignorance, Gia décida de poser de nouveau sa question initiale.

« Alors… pourriez-vous nous expliquer en détail ce qu'est le reboisement, dame Atô ?

— Ah oui, mince, j'avais perdu le fil de la discussion ! Le reboisement consiste à replanter des arbres aux endroits où ils ont été coupés afin de préserver la végétation. Cela permet de récupérer des ressources sans perdre les divers avantages naturels que la forêt peut offrir.

— Oh, je vois, c'est intéressant… Mais la plupart des arbres mettent des centaines, voire des milliers d'années à pousser, non ?

— Absolument. C'est là que les fameuses magies que vous ne connaissez pas entrent en jeu, car elles permettent d'accélérer la croissance de ces arbres. »

L'explication d'Atô avait été limpide. Les arbres de ce monde grandissaient lentement et avaient tendance à devenir gigantesques. Lorsqu'ils finissaient par pourrir, ils étaient abattus afin d'être remplacés par des cultures agricoles. Les elfes avaient pour rôle de protéger la forêt, mais cela signifiait pour eux de vivre avec elle, et non pas d'essayer de la contrôler. Mais s'ils étaient capables de faire croître les arbres par magie, et s'ils avaient un roi prévoyant de développer leur nation pendant de longues décennies, alors c'était une autre histoire. Après tout, les forêts étaient limitées et vouées à disparaître à mesure qu'une nation se développait, car ses arbres étaient une ressource vitale pour la construction. Se concentrer sur ce fameux reboisement était donc un véritable investissement pour l'avenir, ainsi qu'une très puissante arme potentielle de développement qui permettrait de générer un grand nombre de ressources.

Moltar était admiratif devant l'incroyable intelligence de son roi et surtout sa capacité à se projeter dans le futur, une capacité que les humains, qui vivaient bien moins longtemps que les elfes, ne possédaient en général jamais.

Plusieurs questions lui vinrent alors à l'esprit. Comment le roi pouvait-il avoir autant de connaissances ? Comment pouvait-il leur parler de technologies magiques que le reste du monde ne connaissait pas encore ?

« Si je peux me permettre… Vous nous parlez de reboisement, des six éléments majeurs et autres concepts qui nous sont inconnus… Mais comment Sa Majesté a-t-elle bien pu acquérir toutes ces incroyables connaissances ?

— C'est tout simplement parce que votre illustre roi a créé toutes ces connaissances par lui-même ! Sa Majesté Takuto Ira est l'unique vérité de ce monde !

— Ça alors ! »

Hein ?

Atô répondit à la question de Moltar avec une assurance et une fierté presque effrayantes. Takuto se tourna immédiatement vers elle, les yeux grands ouverts, faisant tout pour dissimuler sa panique. Cependant, il était déjà trop tard pour l'empêcher de continuer sa tirade.

« Vous avez eu la chance d'être témoins de sa gentillesse et avez reçu l'insigne honneur de devenir les citoyens de sa nation. Ceci a dû suffire à vous convaincre de sa grandeur absolue, n'est-ce pas ? »

Les trois elfes acquiescèrent à l'unisson et avec entrain. Takuto essayait d'agiter les mains et la tête pour signifier aux elfes noirs que l'histoire d'Atô était exagérée, mais comme ils étaient désormais tous concentrés sur elle, personne ne le regardait.

« Eh bien, vous n'avez encore rien vu ! »

Atô se préparait à dévoiler un mensonge, créé de toute pièce, d'une voix tonitruante. Takuto souhaitait bien évidemment l'arrêter, mais il se sentit si décontenancé qu'aucun son ne parvenait à sortir de sa gorge. Il ne pouvait donc que regarder Atô avec des yeux inquiets alors qu'elle était en train de prendre une pause pour marquer un effet dramatique. Cette dernière pensait agir pour le bien de son cher roi mais, au fond, il n'était pas impossible qu'il puisse être à l'origine de tout ce qu'il y avait dans ce monde. Cela en devenait même amusant de se dire qu'il était l'instigateur de l'ensemble des avancées technologiques existantes. Bien que cela ne fût pas vrai, Atô allait désormais faire en sorte que cela le devienne. Elle bougea solennellement la main, afin d'indiquer qu'elle se tenait prête à répondre aux interrogations des elfes noirs.

« Allez-y, demandez-lui tout ce que vous voulez, vous verrez ! »

Takuto fusilla sa subalterne du regard, mais elle ne s'en rendit même pas compte. Emhur accepta cette invitation, émerveillée par la situation à laquelle elle assistait.

« Il y a plusieurs années, une maladie, aussi soudaine que mortelle, a ravagé le royaume humain de Qualia et causé des milliers de victimes. Les prêtres ont affirmé qu'il s'agissait de la malédiction d'un démon maléfique. Est-ce la vérité, sire Ira ?

— Absolument pas. La triste vérité provient d'un événement malheureux. Lorsque le royaume a émis un décret afin de chasser les chats errants qui y pullulaient, les rats, porteurs de la peste, s'y sont multipliés et ont propagé la maladie dans toute la ville en entrant en contact avec les humains. Cela a eu l'effet d'un véritable cercle vicieux. Plus les rats se propageaient, plus les gens mourraient. Sire Takuto n'a fait que mettre en lumière cette sombre histoire par le biais de cette découverte scientifique. »

C'est moi qui ai fait ça ?

La dernière phrase résonna dans la tête de Takuto. Il n'était en rien l'illustre scientifique qui avait découvert le bacille de la maladie. Par ailleurs, il ne connaissait même pas le patronyme de celui-ci et s'en excusa intérieurement, espérant que ce célèbre inconnu puisse entendre ses pensées.

« Vous voulez dire que ce sont les rats qui tuent les gens ?

— Non, ce ne sont pas les rats mais les bactéries qui pullulent et qu'ils propagent malgré eux. Il existe dans notre monde de minuscules créatures, invisibles à l'œil nu qui sont à l'origine de toutes les maladies. C'est également une découverte de votre roi. »

Mais tu vas arrêter, oui ?

La légende de Takuto Ira grandissait à chaque nouveau mensonge de sa subalterne, mais il ne l'avait toujours pas interrompue. Le problème ne provenait pas uniquement de sa difficulté à s'exprimer, mais de son incapacité à avoir des griefs contre elle.

« C'est donc comme si nous avions de tout petits insectes maléfiques dans nos corps ? Mais comment pouvons-nous nous en débarrasser ?

— Il existe plusieurs méthodes. J'imagine qu'au vu de votre niveau de développement, vous pensez que la saignée représente un soin efficace et bénéfique, mais laissez-moi vous dire que ses supposés effets sont néfastes, voire même dangereux. Tout simplement parce que la perte de sang n'élimine pas les bactéries présentes dans le corps. Elle affaiblit même le patient. Certes, une prière magique peut être un recours charitable, mais quand on parle d'une épidémie qui peut toucher jusqu'à des centaines de milliers de personnes, il n'existe aucun sort assez vaste, n'est-ce pas ? Voilà tout ce que sire Takuto a pu découvrir avec ses expériences. »

Je n'ai jamais été à l'origine de cette découverte non plus ! C'est plutôt mon sang qu'on examinait tous les jours !

Atô expliqua ensuite aux elfes noirs les meilleurs traitements et méthodes de prévention contre la peste, soulignant, une fois encore, le mérite qu'il fallait accorder à Takuto. Celui-ci ne pouvait que sombrer dans l'accablement à mesure que sa légende prenait de l'ampleur malgré lui. Cela lui donnait des maux d'estomac. Éblouis par tous ces nouveaux concepts scientifiques et technologiques, les elfes noirs furent emplis d'une admiration encore plus grande pour leur roi.

« Héhéhé… Ce n'est rien, tout ça, vous savez. C'est un jeu d'enfant pour le Roi de la Ruine ! »

Takuto se contenta d'acquiescer en priant intérieurement pour qu'Atô change immédiatement de sujet.

« Le Domaine des dieux dans lequel sire Takuto vivait autrefois représente encore aujourd'hui une véritable corne d'abondance de savoir. Un savoir qui vous est encore inconnu, car vos avancées technologiques sont insuffisantes, mais qui vous sera utile par la suite, comme je viens de vous l'expliquer. J'espère que cela vous a permis de vous rendre compte de la chance que vous avez de l'avoir comme souverain… »

Exagérations flatteuses mises à part, tout ce qu'Atô venait de dire était vrai. On considérait, en général, que les avancées technologiques ne pouvaient avoir lieu qu'avec la réunion de trois éléments primordiaux : des connaissances de base adéquates, des données scientifiques développées et une maturité culturelle suffisante. C'était un fait avéré mais, paradoxalement, également erroné. Car plutôt que d'avancer lentement dans l'ombre avec une simple lumière, on voyage beaucoup plus rapidement dans un monde inconnu quand on en possède déjà la carte complète. L'expérience et le savoir cumulés de Takuto et d'Atô étaient effectivement inférieurs à ceux des plus grands érudits de leur monde respectif, mais leurs connaissances générales leur prodiguaient un avantage unique dans celui-ci.

« Mais alors, ces "pommes" que le roi nous a offertes étaient également des fruits de ce fameux Domaine des dieux ?

L'éternelle curiosité d'Emhur la poussa à relancer la conversation en posant une nouvelle question. Les pommes en question étaient des produits contemporains, des fruits modernes que Takuto avait souvent consommés dans sa courte vie. Il ne savait pas par quel miracle il avait pu produire ces aliments ici même, mais il savait qu'eux aussi étaient simplement le résultat d'un progrès technologique dans son monde d'origine.

« Mais oui, exactement ! Elles étaient délicieuses, n'est-ce pas ? Tous ces fruits sont tellement bons… Moi ce que je préfère, ce sont les raisins ! »

Takuto commençait à trouver que sa subalterne tombait dans la fanfaronnade, et décida intérieurement de la punir en lui interdisant les raisins pour une semaine ou deux. Atô, elle, était désormais si enthousiasmée par sa discussion qu'elle ne pensait même plus vraiment à ce qu'elle disait. Le plaisir manifeste sur son visage

あー

contamina également Emhur, qui n'avait pas été d'humeur aussi enjouée depuis très longtemps. Le fait que le bras droit du roi daigne lui parler de façon aussi détendue la remplissait d'une joie difficile à contenir. Elle fit un grand sourire et se remit à parler comme si elle s'adressait à une grande sœur.

« Ah oui, ces petits fruits noirs tout ronds ! Il y avait des graines à l'intérieur, alors j'ai essayé de les planter. Elles ont déjà commencé à pousser ! J'ai vraiment hâte de voir ce qu'elles vont donner. Grâce à ça, peut-être qu'un jour nous pourrons obtenir de la nourriture sans avoir besoin de l'aide du roi.

— Mais enfin, Emhur, qu'est-ce qui t'a pris ? Comment as-tu pu faire cela sans demander la permission du roi ? Ou bien même sans m'en parler ?!

— Moltar a raison, Emhur, tu n'auras pas dû faire ça ! Tu ne peux pas agir à ta guise ! »

Comme souvent, des hommes venaient d'interrompre sans ménagement une agréable discussion entre filles. Takuto pensait au départ qu'il valait mieux ne pas s'interposer, mais il venait d'entendre quelque chose qui avait éveillé sa curiosité et qui occupait désormais intégralement son esprit.

« Je… je suis désolée. Je n'ai pas pu m'en empêcher… Ces raisins étaient tellement bons…

— Tu as planté des fruits du Domaine des dieux ? »

Atô semblait également avoir compris ce qui avait éveillé la curiosité de son roi. Emhur, quant à elle, tremblait désormais de peur, les yeux remplis d'inquiétude. Elle semblait avoir rétréci et ressemblait désormais à une petite fille en train de se faire gronder. Craignant le pire, Moltar et Gia s'étaient machinalement placés près d'elle, prêts à intervenir pour plaider sa cause. Mais évidemment, ni le Roi de la Ruine ni sa conseillère n'en avaient après la jeune elfe noire. La seule chose à laquelle ils pensaient était ces raisins.

Les fruits que Takuto avait créés grâce à sa production d'urgence étaient des fruits modernes, venant de son propre monde, et donc avec des graines tout aussi modernes. Cela voulait dire que ces aliments, issus de la Terre, pouvaient également être cultivés dans cet endroit bien plus primitif. Emhur venait de leur donner la clé pour débloquer leur propre avenir. La production de nourriture de chaque royaume était directement liée à sa population. Le simple fait d'imaginer la valeur que la production de masse de fruits modernes, nés d'années de recherches biotechnologiques et de manipulations génétiques, allait pouvoir apporter à Mynoghra donna le tournis à Takuto. Mais ce n'était pas tout. Il eut soudain une révélation encore plus importante.

S'il lui était possible de cultiver de la nourriture de son époque, alors peut-être pourrait-il également reproduire des ressources qui en provenaient. Certes, la production d'urgence ne lui permettait pas de façonner des ressources stratégiques… Mais peut-être que cela ne concernait que celles existant dans l'univers du jeu. Pour lui, qui maîtrisait désormais la production d'urgence, cela ne devrait pas être difficile. Takuto ouvrit sa main et se concentra sur sa paume. En l'espace d'un instant, une petite pièce y apparut. C'était une pièce de son époque, faite en aluminium, un matériau inconnu à *Eternal Nations*. Le visage de Takuto se fendit d'un petit sourire.

Les métaux de base comme l'aluminium et l'acier. Les métaux rares et autres éléments introuvables ici. Les nutriments d'engrais comme la phosphorite ou le potassium. La poudre d'explosifs et la poudre sans fumée. Toutes ces ressources qui représentaient de véritables avancées militaires dans son monde d'origine se trouvaient désormais à portée de main. Avec suffisamment de mana, elles allaient lui permettre de créer une armée moderne avec des siècles d'avance sur les autres nations. Sans parler de toutes les possibilités d'utilisation, autres que militaires, que cela allait lui fournir. Bien sûr, il allait aussi avoir besoin de la puissance industrielle, de la technologie et de la main d'œuvre nécessaires pour initier une production de masse de ces ressources. Quand bien même, tant qu'il avait du mana en quantités suffisamment importantes, il pourrait obtenir certaines ressources stratégiques sans s'inquiéter de leur provenance. Même du pétrole, combustible à l'origine de tant de guerres et de morts dans son monde d'origine. L'accès à l'ensemble de ces moyens allait faire de Mynoghra la nation la plus puissante qui existe.

Tout ce dont Takuto avait besoin, c'était du mana. Beaucoup de mana. Énormément de mana. Une quantité si importante qu'on pourrait la qualifier de « astronomique », sans aucune exagération. Une quantité que seul un royaume entier pouvait obtenir. Et cela tombait bien, puisqu'en tant que souverain, il était justement lui-même à la tête d'une monarchie. Il n'y avait donc aucun problème. Takuto commença à mettre en place tous les éléments dans sa tête et à formuler des stratégies futures. Son petit sourire se mua lentement en un véritable rictus. Atô, elle, avait compris ce qui se passait, et se mit à glousser de façon inquiétante.

« Je… je n'aurais pas dû planter ce raisin… Pardon…

— Oh non, tu n'as rien fait de mal, au contraire. Tu nous as permis de découvrir la faille à exploiter… »

Atô acquiesça avec un sourire attentionné et un air satisfait pour rassurer la tremblante Emhur. Le monde du jeu dans lequel ils étaient avait un *cheat code* et ils venaient de le découvrir. Le visage terrifiant, Takuto commença à revoir entièrement sa stratégie.

MESSAGE SYSTÈME

LA NATION DE MYNOGHRA A GAGNÉ L'ATTRIBUT SUIVANT :

PRIVILÈGE DIVIN

OK

Eterpedia

Pri[redacted]il[redacted]ge di[redacted]in

Attribut national

Ce privilège p[redacted]rmet d'u[redacted]iliser la pro[redacted]uct[redacted]on de nour[redacted]it[redacted]re et de re[redacted]so[redacted]rces de l[redacted] carte « Ea[redacted]th-AC21[redacted]5 ».

**Le co[redacted] en mana [redacted]e l'utilis[redacted]tio[redacted] de techni[redacted]ues inconn[redacted]es varie [redacted] fonction de le[redacted]r dif[redacted]icu[redacted]té.*

**Cette disposition provoque la [redacted]*

No Image

Message système

<!> Erreur code 447 (une opération invalide a été effectuée)

<!> Des données inconnues d'attributs ont été sélectionnées.

<!> Les technologies disponibles ne correspondent plus au développement de l'univers.

<!> L'équilibrage de jeu de la nouvelle carte est de niveau « Fatal ».

CHAPITRE 8
Affaires intérieures

Le continent d'Hydragia était un vaste territoire divisé en deux parties, comme deux cercles se coupant l'un l'autre. Au sud se trouvait le Continent sombre, une zone relativement inhospitalière, qui comportait entre autres le Territoire maudit ainsi que des régions entières infestées de tribus sanguinaires. On y trouvait également plusieurs nations sous-développées et, à la frontière méridionale, les fameuses Terres sauvages, une contrée inexplorée et considérée comme la plus chaotique du secteur, pour ceux qui s'y aventuraient. Au nord, en revanche, s'était établi le Continent légitime, contrôlé par deux nations : Qualia, le royaume sacré des humains, et l'alliance spirituelle d'El-Nar, le royaume des elfes.

La prospérité d'une nation tenait à de nombreux facteurs. Toutefois, la raison pour laquelle ces deux pays du Continent légitime pouvaient profiter d'un tel développement et de relations diplomatiques aussi fécondes, et ce malgré leurs croyances et races diverses, tenait en un seul mot : les « saintes ». Les armes ultimes capables d'unir ces deux puissances.

Afin de pouvoir gérer ses immenses terres, le royaume sacré de Qualia avait décidé d'adopter un système d'administration fédérale. Tout était organisé autour de Qualiane, capitale royale et point central autour duquel se trouvaient quatre états administratifs, répartis au nord, au sud, à l'est et à l'ouest. L'État septentrional, au sommet du Continent légitime, était plongé dans un froid polaire, ce qui en faisait la zone la moins développée de Qualia. C'était une région sans aucune valeur, parsemée de quelques hameaux oubliés et villages de pêcheurs perdus.

Dans l'un de ces tristes villages se tenait une jeune fille toute de blanc vêtue, dont l'aura majestueuse dépareillait totalement avec la pauvreté environnante. Elle regardait l'étendue enneigée face à elle sans rien dire.

« C'est l'heure, Votre Sainteté. Un messager vient de nous faire savoir que la horde monstrueuse arrivera sous peu là où nous sommes. Laissez-nous être témoins de l'un de vos miracles divins, je vous prie.

— Entendu, Votre Éminence. »

Le cardinal, plus haute figure d'autorité de l'État du nord, se tourna de nouveau vers l'horizon, cherchant ces fameux monstres du regard. Il était entouré d'un groupe de paladins, portant des armures scintillantes et des capes immaculées, qui assuraient sa protection. La jeune fille à qui il venait de s'adresser fit un pas en avant, tout en gardant ses yeux perçants fermement pointés au loin. Puis elle finit par entendre des cris et d'immondes rugissements. Une poussière de neige apparut à l'horizon, provoquée par les pas empressés des créatures qui couraient actuellement vers le village. Ils portaient des massues, des grosses branches d'arbres et des haches de pierre primitives.

C'était un groupe de gobelins des neiges, descendu tout droit du désert glacé au-delà des frontières du continent. Ils devaient être quelques milliers. Le royaume de Qualia, lui, possédait au moins dix mille chevaliers lourdement armés dans chacun des États qui le formaient. Ces gobelins leur étaient donc inférieurs en tout point. C'était comme un groupe de moucherons qui s'en prenait à un tigre. Cependant, le royaume de Qualia était vaste, et certains de ses villages n'avaient même jamais vu un véritable chevalier de leurs propres yeux. Pour ces gens incapables de combattre, ces gobelins des neiges étaient donc le summum de l'horreur. Ils avaient d'ailleurs déjà rasé plusieurs bourgs et assassiné tous leurs habitants durant leur trajet et cherchaient désormais leurs prochaines victimes. Une seule personne se dressait désormais en travers de leur route. C'était une jeune fille d'environ 17 ans, portant une longue robe blanche ornée d'or fin et de diverses décorations florales, au visage miraculeusement éthéré.

Pour les habitants de Qualia, c'était la « Miséricorde divine », la « Vierge aux fleurs », la « Beauté immaculée », la « Salvatrice du monde ». Sainte Soalina de la Majestueuse Sépulture, l'une des sept saintes protectrices d'Hydragia. L'incarnation des miracles divins et la plus grande fierté des de toutes les nations.

« Je ne peux pas pardonner à ceux qui sèment la tragédie et le chagrin dans leur sillon. Vos actes ont peiné le Seigneur et il est déjà bien trop tard pour vous repentir. »

Soalina parlait d'une voix calme. Qui sait si les gobelins des neiges pouvaient l'entendre, ou s'ils étaient même capables de comprendre ses mots. Mais elle tenait à les prononcer, comme si elle voulait apporter le réconfort à tous ceux qu'elle n'avait pas pu sauver.

« J'entends les cris de souffrance des innocents. J'entends la voix du Seigneur qui implore la paix. »

Elle leva les bras et plaça ses paumes vers l'avant. Les gobelins des neiges approchaient à grande vitesse. Ils n'étaient plus qu'à quelques mètres. Dans quelques secondes, la jeune fille serait piétinée par cette horde sauvage. Le cardinal commença à s'approcher d'elle, paniqué, alors que les paladins qui l'escortaient sortirent leurs armes et se préparèrent au combat. Mais Soalina continua à parler calmement.

« Troubler l'ordre du royaume sacré de Qualia est un péché. Défier la loi sainte du dieu Aaros est un crime. En guise de punition, je vous inflige la Majestueuse Sépulture. »

Soudain, sans aucun autre geste de sa part, un véritable mur de flammes apparut devant Soalina. Les gobelins des neiges, ainsi que la rare végétation qui se trouvait au sol autour d'eux, furent calciné en un instant dans un concert de cris brutaux, laissant échapper une vague d'odeur de chair brûlée. Les râles des quelques survivants s'éteignirent en quelques secondes à mesure que le tourbillon de flammes les engloutit sans répit. La température ambiante, glaciale, fut soudainement remplacée par une implacable chaleur estivale. Les paladins firent de leur mieux pour y résister, mais le cardinal et ses serviteurs ne se firent pas prier pour retirer leurs épais manteaux et retrousser leurs manches. Le groupe de quelques milliers de gobelins des neiges n'était plus. Eux qui avaient semé le chaos et la destruction dans de nombreux villages avaient eu le malheur de croiser la route de la sainte et n'étaient désormais plus qu'un tas de cendre méconnaissable. Peu à peu, les flammes commencèrent à s'éteindre. Une fois le crépitement de l'incendie calmé, un silence incrédule s'installa parmi tous les témoins de ce miracle.

Quelque chose se mit progressivement à changer dans l'atmosphère. Soudain, une fleur se mit à éclore dans les braises à peine froides. Puis une autre, et encore une autre, se multipliant à une vitesse folle, comme un véritable raz de marée floral. Très vite, toutes les traces d'incinération furent recouvertes par un parterre de fleurs, faisant penser à l'enterrement d'une illustre figure royale. La puissance développée par la sainte dépassait largement l'entendement humain. Elle était semblable à celle d'une armée entière. C'est cette puissance qui lui avait valu le surnom « d'arme ultime ».

« Votre Éminence ? »

Soalina parla en continuant à regarder droit devant elle, observant le début précoce de la disparition du champ de fleurs, dont les pétales étaient déjà emportés par les bourrasques givrées qui soufflaient sur cette région septentrionale.

« Oui, Votre Sainteté ?

— Qu'en est-il de cette situation dont vous m'avez parlé il y a quelques jours ?

— Il y a quelques jours ? De quelle situation parlez-vous donc ?

— Je vous parle de ce présage d'une grande catastrophe venue du Territoire maudit dans le Continent sombre. Je vous avais demandé d'envoyer un groupe de paladins enquêter sur place.

— Le Continent sombre ne fait pas partie de nos territoires. Si nous voulons mobiliser des troupes afin de les y envoyer en mission, nous devons d'abord envoyer une requête officielle auprès de toutes les régions que cette troupe devra traverser pendant son trajet. Sans même parler des frais militaires pour ces paladins ainsi que leurs récompenses éventuelles… Vous devriez savoir qu'on ne peut pas se servir d'eux comme de vulgaires garçons de courses. Sommes-nous déjà bien certains que ce présage est fondé ? »

Le cardinal répondit sur un ton sec, peinant à cacher son mécontentement. Il était évident que cela n'était pas un sujet qu'il souhaitait aborder. Il jeta un œil autour de lui afin de vérifier qu'aucun des chevaliers ne pouvait l'entendre, puis fit une grimace qui indiquait clairement que ce n'était pas la première fois que la sainte et lui échangeaient de tels propos.

« J'en suis absolument certaine. Les signes précurseurs sont bien là. Mais si envoyer les paladins est trop difficile pour vous, alors je m'y rendrai moi-même.

— Certainement pas ! N'oubliez pas votre statut, Votre Sainteté ! »

L'enfant de chœur qui se tenait à côté du cardinal se mit à trembler en entendant le courroux dans sa voix. Soalina se retourna et regarda son interlocuteur avec son visage éternellement impassible. Ses yeux semblaient dénués de toute émotion. Le cardinal, encore plus énervé de devoir converser avec une poupée de porcelaine, poussa un long soupir et détourna son regard empli de mépris.

« Qu'est-ce que vous comptez faire en vous rendant sur place, exactement ? Vous oubliez une fois de plus qui vous êtes. Vous n'êtes plus la modeste fermière que vous étiez autrefois ! »

Soalina ne réagit pas à cette insulte pourtant évidente. Elle semblait tout simplement être bien au-dessus de ce genre de vexations. Mais impossible de savoir si cela était sa nature profonde, ou bien le résultat d'une intense résignation.

« Pff… Très bien, je vais essayer de trouver personnellement des gens à envoyer dans le Territoire maudit, si cela vous fait plaisir. »

Le statut de sainte était l'un des plus éminents dans le royaume sacré de Qualia. Un homme comme le cardinal n'avait en réalité aucunement le droit de lui parler comme il le faisait. En guise de réponse, Soalina esquissa pour la première fois un léger sourire qui la fit enfin ressembler à la jeune adolescente qu'elle était au fond. L'angoisse qu'elle ressentait s'était enfin dissipée. Le cardinal marmonna une dernière fois dans sa barbe en s'éloignant.

« Saleté de paysanne… »

Soalina distingua parfaitement ce murmure grâce à son ouïe surhumaine, mais comme d'habitude, fit semblant de ne rien entendre. La vie d'une sainte n'était faite que de solitude. L'incroyable puissance des pouvoirs divins de ces jeunes filles les forçait à mener des existences entièrement dédiées à leur sacerdoce. Elles devaient continuellement sauver les vies et protéger les sourires de tous, même de ceux qui jalousaient leurs pouvoirs et méprisaient leur présence. Elles devaient tout faire pour aider leur prochain, en mémoire de tous ceux qu'elles n'avaient pas pu secourir, comme Saolina venait de le faire aujourd'hui.

« Merci beaucoup. Puisse notre dieu Aaros vous bénir. »

Le cardinal s'était éloigné sans même attendre la réponse de la sainte, et se préparait déjà à quitter le village.

Soalina le regardait de nouveau avec un visage impassible et murmura d'une voix faible :

« Je dois les sauver… »

Ses paroles semblèrent disparaître dans l'atmosphère glaciale qui l'entourait.

Bientôt, le Continent légitime tout entier ressentirait le présage de l'immense bouleversement à venir.

***

« Allez ! En avant toute ! C'est l'heure de construire des bâtiments ! »

La voix pleine d'enthousiasme d'Atô résonna dans toute la forêt du Territoire maudit. Tous les citoyens de Takuto participaient à cet effort. Même les elfes noirs trop vieux ou trop malades pour tenir des outils avaient reçu des positions honoraires de « gestionnaires nationaux ». La nation de Mynoghra possédait désormais une assise minimale sur laquelle se bâtir et il était temps pour Takuto et Atô d'attaquer ce qu'ils avaient toujours préféré dans ce jeu : les affaires domestiques.

« La nation de sire Takuto est encore très jeune. Elle doit être fortifiée afin de devenir assez puissante pour régner sur le monde entier. Je compte sur vous tous pour nous aider à faire ces premiers pas ! »

Le trône de pierre que Takuto utilisait depuis son apparition dans ce monde avait désormais changé d'apparence. Les elfes noirs avaient décidé de l'améliorer afin de faire plaisir à leur roi : ils y avaient renforcé sa structure, ajouté un tapis d'herbe à son pied et avaient construit un petit toit afin de le recouvrir. Le toit en question n'était qu'une accumulation grossière de branches attachées par de la corde, mais sa seule vision suffisait à remplir le cœur de Takuto d'enthousiasme et de fierté. Ses habits avaient également changé. Il ne portait plus son éternel et incongru pyjama d'hôpital, mais un costume fonctionnel cousu à l'image de celui que les elfes noirs portaient. Son élégante apparence était également une source de satisfaction pour le jeune homme.

Une table avait été placée devant le trône de pierre, et c'est là que les réunions d'ordre national se tenaient, comme celle qui était en cours. Pour l'instant, seuls Atô et Moltar avaient leur place à cette table, mais qui sait quels hommes ou femmes gagneraient le droit de s'y asseoir dans le futur ? Penser à ce que le destin lui réservait faisait pratiquement trembler Takuto d'excitation. Tout se passait comme prévu. Takuto ferma les yeux et passa silencieusement en revue toutes les informations importantes sur son royaume dans son esprit.

Il avait commencé à profiter d'une source constante et grandissante de mana. Dans *Eternal Nations*, le mana pouvait être produit par des bâtiments ou terrains spécifiques, mais il était également recueilli auprès des citoyens de la nation de manière mensuelle, un peu comme un impôt. La quantité de mana ainsi récupérée était directement proportionnelle au niveau de bien-être de chaque habitant. Évidemment, il existait aussi un système où le joueur pouvait faire fi des droits de l'homme et ponctionner ce mana de force. Mais au bout du compte, le meilleur moyen d'obtenir régulièrement une bonne quantité de ce précieux mana était bien de s'assurer que ses sujets vivent heureux et en sécurité.

Je vais guider mon peuple vers le bonheur ultime, de mes propres mains !

De fait, le développement de Mynoghra était donc entièrement lié à la joie de ses citoyens. Takuto tapotait machinalement son trône d'un air rempli d'autosatisfaction, fier à l'idée qu'il était loin d'être un banal roi maléfique. Moltar et Atô le regardèrent pendant quelques instants, puis décidèrent de l'ignorer pour continuer leur réunion.

« Bien, dame Atô, quels bâtiments devrions-nous construire en premier lieu ?

— Hmm, bonne question… »

Atô posa sa main sur son menton. Elle avait déjà discuté de tous ses détails avec Takuto, et celui-ci lui avait déjà expliqué de quelle manière ils devaient procéder. Elle finit par acquiescer et commença à décrire minutieusement à Moltar le plan de Takuto.

« Nous devons d'abord édifier des bâtiments de production de nourriture. Personne ne peut combattre le ventre vide. Même si, dans notre cas, nous n'irons pas sur le champ de bataille, ventre plein ou pas.

— La nourriture est effectivement capitale, mais je pensais que le roi pouvait en créer en quantités infinies et à volonté grâce à son pouvoir ?

— Évidemment qu'il le peut, mais pourquoi le forcer à se fatiguer pour cela ? Sans compter qu'une fois que nous aurons agrandi notre territoire, cela va uniquement créer des problèmes de distribution.

— Vous avez entièrement raison, pardonnez mon ignorance…

— Mais non, pas la peine de t'excuser. Alors, pour commencer, nous devons bâtir une installation qui produira de la nourriture. »

Souriant en coin, Atô se mit à fouiller dans son sac. Moltar, qui n'avait pas entièrement compris les mots qu'Atô venait d'utiliser, déchiffra immédiatement ses intentions lorsqu'elle sortit ce qu'elle cherchait de son sac et le lui tendit. Il s'agissait d'un jeune arbre en pot.

« Vous allez d'abord planter et faire pousser cet arbre. Ensuite, nous allons construire un poste de gestion de nourriture, puis un centre de collecte et un dépôt de stockage. Je t'expliquerai tous les détails plus tard.

— Mais quel genre d'arbre est-ce, exactement ? »

Moltar regardait le petit végétal. Il était à peine plus grand que sa paume et avait des racines et des branches étrangement sinueuses. Le vieux sage n'avait jamais vu un tel arbre de sa vie et ne pouvait donc pas s'imaginer quel genre de fruit il pouvait produire. Il se doutait donc bien que ce serait plus qu'une simple source d'aliments.

« C'est un chairisier.

— Hein ?

— Un chairisier ! Un arbre à chair ! »

Il n'avait évidemment jamais entendu parler d'un tel arbre. Atô le regardait avec grand sourire et des yeux fiers, et répéta sa réponse comme une évidence. Comme souvent, Moltar ne savait pas comment réagir. Il comprenait simplement que cette plante n'était manifestement pas de ce monde. Il n'aurait d'ailleurs même pas souhaité qu'un végétal aussi laid soit commun sur son continent.

« Euh, dame Atô... Est-ce que vous pourriez m'expliquer un peu plus en détail ce que c'est, exactement ?

— Il s'agit de l'une des nouvelles sources de nourriture de notre nation. On appelle ça un “chairisier” parce qu'il produit un fruit qui a le goût de la chair humaine !

— C'est maléfique à souhait, pas vrai ? »

Enfin lassé de tapoter son trône, Takuto avait décidé

de participer à la réunion. Désormais habitués à ce genre d'interventions, Moltar et Atô se tournèrent vers lui, l'air impassible.

« Euh… en effet, Votre Majesté… »

Moltar ponctua sa réponse d'un sourire légèrement confus. La nourriture était effectivement une ressource très importante, et pouvoir manger de la viande était largement préférable à un régime uniquement constitué de céréales et de légumes. Mais changer d'alignement ne signifiait pas changer d'habitudes alimentaires. Moltar lui-même préférait généralement manger du poisson et des fruits de mer plutôt que de la viande et commençait à s'inquiéter de cet hypothétique changement. Sans compter que l'idée de manger de la fausse chair humaine n'allait certainement pas réjouir les elfes noirs.

« Entendu, Votre Majesté. Mais je pense qu'il nous faudra beaucoup de temps pour nous habituer à manger de la chair humaine. Je pense même que certains de vos citoyens refuseront catégoriquement de le faire…

— Ne t'inquiète pas, nous n'allons évidemment pas restreindre notre alimentation à ces chairisiers. Tout est dans la diversification.

MESSAGE SYSTÈME

CHOIX DE NOUVEAU BÂTIMENT EFFECTUÉ.

« ARBRE À CHAIR » ACTUELLEMENT EN CONSTRUCTION.

OK

Eterpedia

Chairisier

Bâtiment

Nourriture +1

Production de nourriture : +10 %

Capacité de rétablissement des unités démoniaques : +10 %

Capacité de rétablissement des unités cannibales : +50 %

No Image

Description

Le chairisier est une structure propre à Mynoghra, équivalente au dépôt de nourriture des autres nations.

En plus des bonus de nourriture habituels, le chairisier augmente la capacité de rétablissement de santé des unités démoniaques et augmente largement la capacité de rétablissement de santé des unités cannibales.

— Et puis les goûts et les couleurs, ça ne se discute pas, pas vrai ? » ajouta Atô, un sourire en coin.

Moltar poussa un petit soupir de soulagement. La question de la nourriture allait donc être réglée avec une facilité déconcertante. Comme le reste de son peuple, il comprenait mieux que quiconque la souffrance que représentait la famine. Et grâce à son nouveau roi, ils n'auraient plus jamais à l'endurer. Mais aucun d'entre eux ne se serait probablement imaginé que leur salut viendrait… de fruits ayant le goût de chair humaine.

La culture de chairisiers offrit également à Mynoghra un début de perspective quant à la production de nourriture dans son ensemble. Les elfes noirs avaient déjà commencé à préparer des terres arables donc, à moins d'une augmentation phénoménale de leur population, ils n'auraient aucun problème pour se sustenter.

Il existait, bien entendu, de nombreuses différences entre *Eternal Nations* et la vie réelle, mais les éléments à planifier pour favoriser le développement et la prospérité d'une nation étaient peu ou prou les mêmes. Ces éléments étaient au nombre de quatre : expansion, développement domestique, armement et recherche scientifique. Mynoghra mettant l'accent sur les affaires intérieures, le plan d'expansion pouvait être pour l'instant remis à plus tard. Le développement domestique, lui, étant désormais fondé sur la production de nourriture des arbres à chair, il ne restait plus qu'à prendre des décisions concernant l'armement et la recherche scientifique. Voilà pourquoi Takuto, Atô et Moltar étaient encore réunis autour de cette table.

« Bien, nous devons également parler de notre recherche scientifique. Pour l'instant, nous n'avons pas beaucoup de ressources pour nous y consacrer, mais cela reste néanmoins un point important.

— En effet, la recherche mène toujours à la création de nouvelles technologies. Et l'accès à ces nouvelles technologies est extrêmement important pour une nation aussi petite que la nôtre.

— Je suis entièrement d'accord avec vous, dame Atô. Mais quelle technologie devrions-nous étudier d'abord, alors ?

— La magie, bien sûr.

— Youpi, j'ai hâte…

— Votre enthousiasme ne m'étonne pas le moins du monde, Votre Majesté ! »

Atô s'adressa à Takuto avec un grand sourire. Tous deux se passionnaient pour la gestion des affaires intérieures, et même le fait d'avoir été soudainement transportés dans un monde parallèle encore totalement inconnu, ne freinait en aucun cas leur ardeur pour cette tâche si particulière. Moltar, lui, peinait quelque peu à comprendre d'où une telle animation pouvait bien venir mais il était soulagé qu'elle ne se manifeste pas envers quelque chose de bien plus sombre, comme le massacre de tous les êtres vivants.

« Oh ! Moi aussi, je pratique la magie, alors acquérir de nouvelles connaissances dans ce domaine me remplit d'excitation ! Mais par quelle magie devrions-nous commencer ? C'est un domaine si vaste… »

Moltar avait commencé à s'habituer à côtoyer le Roi de la Ruine. Il n'avait évidemment rien perdu du respect et de l'admiration qu'il lui portait, mais il ne ressentait désormais plus l'intense terreur presque cosmique qui l'avait pratiquement paralysée lors de leurs premières rencontres. Il s'exprimait maintenant de manière bien plus naturelle face à lui. Le fait que Takuto lui-même était peu loquace et laissait toujours Atô prendre la parole à sa place n'était évidemment pas étranger à ce changement. Pour autant, même si le vieux Moltar s'accoutumait au mieux de cette situation, il n'en était pas de même pour Takuto qui sentait son mutisme se renforcer de plus en plus.

Il acquiesça pour signifier son accord et laisser la réunion se poursuivre. Atô et lui avaient déjà discuté de tout ceci, et ils savaient que l'étude de la magie représentait un élément des plus stratégiques dans l'accroissement de leur royaume.

« La magie militaire, bien sûr ! Même avec une troupe entière de mages, des sorts normaux ne peuvent pas éliminer plus d'une douzaine d'adversaires à la fois. Mais la vraie magie militaire, elle, peut être utilisée à grande échelle pour réduire à néant des armées entières. Évidemment, cela requiert beaucoup de mana… mais nous discuterons de ces détails plus tard. »

Moltar écoutait les paroles d'Atô avec une attention toute particulière. Autrefois, il avait eu pour objectif de maîtriser toutes les magies existantes. Depuis qu'il était devenu chef de la tribu Mazaram, il n'avait plus eu le temps de se consacrer à ses études magiques, mais son désir d'en connaître tous les secrets ne s'était jamais éteint. Même s'il n'était pas peu fier de ses capacités magiques, celles-ci se résumaient effectivement à pouvoir uniquement cibler une douzaine d'adversaires au maximum. Pour lui, l'idée de développer des pouvoirs magiques jusqu'au point d'être capable de créer des murs de flammes pouvant engloutir une armée entière relevait tout simplement du miracle. Cette idée lui donnait un aperçu aussi impressionnant que terrifiant de ce que pouvait être l'univers maléfique du Roi de la Ruine. En dépit de cela, il ne pouvait s'empêcher d'être curieux quant à tous les mystères que ce monde pouvait bien cacher.

« Très bien, alors choisis quelques-uns des membres de ta tribu les plus adeptes à la magie et confions-leur cette recherche. Elle n'est pas très difficile, ils devraient y arriver assez rapidement.

— Entendu, je m'occupe de sélectionner le personnel et de faire construire un laboratoire de recherche.

— Parfait ! Tout cela commence enfin à devenir intéressant. »

Atô se tourna vers son roi avec un sourire en coin. Celui-ci acquiesça d'un air satisfait et se remit à tapoter joyeusement son trône.

MESSAGE SYSTÈME

CHOIX DE NOUVELLE RECHERCHE EFFECTUÉE.

« MAGIE MILITAIRE » ACTUELLEMENT EN COURS D'ÉTUDE.

OK

Et c'est ainsi que la politique de recherche de Mynoghra fut décidée. La magie était le choix le plus naturel, du fait qu'il s'agissait encore d'une toute petite nation. Des recherches scientifiques ou technologiques de domaines plus avancés nécessiteraient la construction d'installations trop nombreuses et trop coûteuses.

Parfaitement conscient de ces limitations, Moltar termina rapidement la sélection du personnel.

« Il ne nous reste donc plus que l'aspect militaire. Quelle est votre stratégie à ce sujet, dame Atô ?

— Il serait évidemment naturel de se créer une armée, mais, pour l'instant, nous ne pouvons pas vraiment nous y consacrer. Une armée nécessite beaucoup de ressources, de mana et de nourriture sans rien produire en échange. C'est à se demander à quoi celle-ci peut bien servir…

— Certes, mais sans armée, nous ne pouvons pas nous défendre contre les envahisseurs. Nous n'avons actuellement qu'une douzaine de guerriers dans ce royaume. C'est vraiment loin d'être assez pour protéger ne serait-ce que le roi lui-même. Sans vouloir me montrer présomptueux, serait-il possible que sire Ira ait le pouvoir de fabriquer de puissants subalternes avec sa magie ? »

Moltar avait entièrement raison. Même si une armée coûtait très cher en ressources, il était suicidaire pour un jeune royaume de ne pas posséder des moyens pour se défendre. Atô fut convaincue par ces quelques paroles et se mit à les considérer. Mais elle avait beau réfléchir, elle ne trouvait pas de solutions viables permettant de créer des troupes.

« Tu as raison, le mieux serait peut-être d'obtenir une unité de combattants qui ne soit pas liée à un système militaire. Il existe bien un moyen d'y arriver, mais celui-ci consomme également beaucoup de mana et de nourriture. Sans compter que lever une armée attirerait immédiatement l'attention… Honnêtement, je crois qu'on ne peut vraiment pas se le permettre.

— La priorité reste les affaires intérieures, donc… Très bien, je vais au moins dire à nos guerriers qu'ils vont devoir s'entraîner deux fois plus dur, alors… » répondit Gia d'un air légèrement peiné.

Puisqu'il s'agissait d'affaire militaire, Gia avait rejoint le groupe pour cette discussion. Atô observa sa réaction avec un air étonné. Puis, après quelques instants de réflexion, elle comprit immédiatement ce qui était à l'origine de l'inquiétude visible sur le visage du capitaine.

« Ah ! Tu t'inquiètes pour ton peuple, c'est ça ? Tu penses que des chasseurs de prime pourraient venir s'infiltrer dans le camp…

— Exactement… Même si cela m'étonnerait fort qu'on soit envahi par une armée étrangère pour l'instant, Moltar et moi avons tous les deux nos têtes mises à prix. De plus, notre peuple ayant été asservi et privé de droits, une troupe de mercenaires pourraient tenter de capturer des elfes noirs afin de les vendre en tant qu'esclaves…

— Je vois… »

Atô réfléchit quelques secondes, puis se tourna vers Takuto afin d'obtenir son avis sur cette épineuse question. Depuis le départ, ils savaient tous les deux que les elfes noirs étaient pourchassés. Ils avaient proposé d'en faire les citoyens de Mynoghra en connaissance de cause. Il n'était donc pas nécessaire de discuter davantage de cette situation. Il fallait seulement trouver une solution à ce problème. Même si, pour l'instant, leur puissance de combat pouvait probablement suffire, il devenait nécessaire de renforcer la puissance militaire de leur nation.

« On a qu'à invoquer un héros ! »

Atô acquiesça énergiquement. Il s'agissait effectivement de la méthode la moins onéreuse, mais également de la moins risquée. Moltar et Gia, quant à eux, ne semblaient pas avoir compris la stratégie évoquée.

« Dame Atô, qu'est-ce que Sa Majesté veut dire par "héros", exactement ?

— Les héros sont les plus puissants sujets du roi. Ce sont des monstres extrêmement forts et indomptés, pour ne pas dire complètement sauvages pour certains. On ne peut évidemment pas tous les créer en même temps, en raison de différentes restrictions, mais les conditions sont ici remplies pour en invoquer un seul.

— Et sont-ils vraiment si puissants que ça, ces héros ? Loin de moi l'idée de mettre en doute la force des sujets du roi, bien entendu… »

Les héros représentaient les unités uniques et spéciales d'*Eternal Nations*. Atô était elle-même une héroïne – et sa préférée. Leur puissance leur permettait de renverser le cours d'une partie, mais les elfes noirs n'avaient point connaissance de cette donnée. Voyant que ces derniers ne semblaient pas convaincus, Takuto se fit violence et prit la parole :

« Les héros, c'est du *cheat*.

— Voilà, exactement. Les héros, c'est carrément de la triche.

— Co… Comment ça, "de la triche" ?

— Ils débutent non seulement avec de grosses statistiques de départ, mais, en plus, ils peuvent se renforcer avec le temps. Plus on les laisse se développer, plus ils deviennent puissants.

— Plus on les laisse se développer, plus ils deviennent puissants… »

L'idée laissait le vieux Moltar pantois. Parfois, au combat, des guerriers bénis par la déesse de la Guerre avaient la chance de s'en sortir sains et saufs. Ces guerriers gagnaient ensuite le titre de héros, afin de saluer leurs exploits. Mais ils faisaient pâle figure face au concept qu'Atô venait d'énoncer : des créatures nées en étant déjà des héros, capables de se renforcer sans effort particulier. Si un tel guerrier prenait la tête d'une armée, il serait effectivement un atout significatif. Moltar et Gia peinaient à cacher leur excitation en pensant aux possibilités extraordinaires qu'un tel héros pourrait posséder.

« Nous devons tout faire pour rester discrets. De ce fait, générer une armée entière n'est pas possible dans notre situation actuelle. Créer un héros est donc la clé de notre sécurité nationale, tout simplement. »

Dans la vie réelle, lever une armée nécessitait beaucoup de temps, d'hommes et de moyens. Mais dans *Eternal Nations*, un héros possédait un rôle similaire à une force armée et ne demandait aucun de ces prérequis. L'étendue de ses compétences, aussi puissantes les unes que les autres, était largement suffisante pour défendre un royaume, et son coût en ressources ne représentait qu'une seule unité. Sa loyauté était sans faille et celui-ci savait rester discret. Ne pas se faire remarquer signifiait gagner du temps. Et plus le temps passait, plus le héros devenait fort. C'était un véritable cercle vertueux. À terme, une toute petite nation sans moyens pouvait ainsi acquérir la même puissance militaire qu'un royaume fortuné. Takuto remarquait constamment des différences notables entre le monde dans lequel il était et celui d'*Eternal Nations*. Mais pour ce point en particulier, il avait une fois de plus un avantage certain.

« Oooh, c'est vraiment grisant ! Si nous avons vraiment un puissant héros parmi nous, le moral des troupes va exploser et nos guerriers vont se jeter corps et âme au combat comme ils ne l'ont jamais fait ! N'est-ce pas, Gia ?

— Tu as entièrement raison, mon cher Moltar ! La puissance d'une armée se mesure au fer-de-lance qui la commande. On compte par dizaines les exemples historiques de combats gagnés par des forces en infériorité numérique uniquement grâce à la volonté de leur commandant. L'idée que notre cher roi puisse nous fournir une telle figure de proue me remplit d'enthousiasme ! »

La présence d'un héros était également un excellent moyen d'être reconnu aux yeux des autres nations. En tout cas, cela forcerait certains royaumes sauvages du continent sud d'Hydragia à y réfléchir à deux fois avant de s'en prendre à Mynoghra. Même dans les combats à grande échelle, un héros pouvait avoir une influence considérable sur le moral des troupes. Voir le héros adverse exécuter le commandant de son armée. Être témoin de ses exploits sur le champ de bataille. Entendre ses cris de victoire. Ce genre d'événements pouvait réduire à néant le mental des soldats les plus aguerris. On pouvait dire qu'un seul héros valait mille hommes. Dès lors, sa présence même dans une armée multipliait d'autant sa puissance totale. C'est en tout cas ce que Moltar et Gia étaient en train de s'imaginer dans leurs têtes… À tort, évidemment.

« Ah, j'ai oublié de vous le dire, mais je suis moi-même un “héros”. Ou plutôt une héroïne… Et je crois que vous vous trompez un peu sur la nature même des héros, alors laissez-moi vous montrer exactement ce que cela signifie… »

L'air de rien, Atô venait de faire une déclaration des

plus étonnantes. Moltar et Gia échangèrent un regard stupéfait, mais, après tout, le fait que le bras droit du Roi de la Ruine soit une héroïne n'avait rien de surprenant. Atô se leva soudain de sa chaise et se mit à marcher vers l'épaisse forêt juste à l'orée du palais royal de fortune. En effet, ce qu'on appelait le « palais royal » n'était pour l'instant qu'un toit sans aucun mur, meublé d'un trône, d'une table et de quelques chaises. Mais cette absence de cloisons permit justement aux elfes noirs d'être témoins de la démonstration d'Atô.

Elle se mit en position et d'étranges tentacules commencèrent soudain à apparaître dans son dos. Ils ressemblaient à de longs serpents aux mouvements insolites. Leur vision rappela soudain à Moltar et Gia que la jeune fille qu'ils côtoyaient normalement depuis désormais quelques jours était bel et bien une créature des ténèbres. Et soudain… les arbres derrière elle furent pulvérisés d'un violent coup de tentacules.

« Si les "héros" sont appelés ainsi, c'est parce qu'ils ont le pouvoir d'éliminer des armées entières à eux seuls.

— Oh… Ouah… »

Les arbres tranchés tombèrent au sol dans un grand fracas. Une seule frappe avait réussi à en déraciner plus d'une douzaine. Moltar s'exclama d'admiration, alors que Gia ne pouvait que rester pantois en comprenant enfin le sens des paroles de Takuto et d'Atô. Paroles qu'ils avaient tous deux si mal interprétées. Ils avaient compris que le héros n'était qu'un concept, qu'il s'agissait simplement d'un mot désignant un guerrier courageux et très habile. Mais cela allait en fait bien plus loin. Ces héros étaient de véritables monstres. Des armées ambulantes. Des êtres si puissants qu'ils pouvaient mener une

guerre à eux seuls. Voilà ce que le royaume de Mynoghra s'apprêtait à développer fièrement.

« Nous n'aurons donc aucun problème avec les nations environnantes. Quant aux deux superpuissances du continent, elles sont trop loin au nord d'ici. Elles n'ont aucune raison d'envoyer leurs armées jusqu'à nos terres. »

Les tentacules sur le dos d'Atô disparurent aussi mystérieusement qu'elles s'étaient manifestées, et elle revint s'asseoir autour de la table avec une démarche décontractée. Moltar et Gia l'accueillirent avec une admiration renouvelée.

« Et encore, ceci n'était qu'un centième de mon potentiel de puissance... Mais vous comprenez désormais mieux ce que les héros sont capables de faire ?

— C'est... c'est vraiment incroyable, dame Atô !

— Je n'ai jamais été témoin d'un tel déchaînement de puissance ! Je suis une fois de plus stupéfait par l'ampleur de votre pouvoir, et bien sûr celui de sire Ira également !

— Héhéhé... Je peux détruire les ennemis du roi d'un revers de tentacule, alors ne vous inquiétez pas de votre puissance militaire. Tant que je serai là, il ne pourra rien vous arriver ! »

Elle s'assit à table, torse bombé, regardant autour d'elle avec des yeux remplis d'orgueil. Effectivement, avec elle à leurs côtés, Mynoghra était sans aucun doute en sécurité. Quel que soit l'ennemi qui aurait la mauvaise idée de s'introduire sur leur territoire, elle pourrait lui régler son compte en quelques instants. Les yeux des elfes noirs étaient remplis d'exaltation. Une fois de plus l'inquiétude dans leur cœur venait d'être chassée par la grandeur absolue de leur nouveau roi.

« Atô.
— Oui, Votre Majesté ? Que puis-je faire pour vous ? »

Atô, qui tournait fièrement le dos à Takuto, se retourna vers lui avec un sourire rempli d'innocence puérile et lui répondit avec une bonne humeur désarmante. Elle s'attendait certainement à être complimentée…

« Qu'est-ce qui te prend de couper des arbres comme ça ? Va falloir nettoyer tout ça, hein !
— Oh… pardon… »

Un silence pesant s'installa dans la cour royale. Détruire la forêt en guise de démonstration de force avait effectivement été légèrement exagéré. Cela était même contre-productif, puisqu'il fallait maintenant retirer tous les amas de bois et gérer le désordre environnant créé. Atô marcha jusqu'aux arbres, recroquevillée sur elle-même. Eux-mêmes embarrassés par la situation, Moltar et Gia firent venir quelques soldats afin de l'aider à ramasser les morceaux d'arbres déchiquetés. Les grosses larmes dans ses yeux traduisaient de manière presque outrancière la déception qu'elle ressentait d'avoir été grondée. Moltar la regardait s'affairer tristement et réfléchit à ce qu'il venait d'observer. Cette jeune fille avait à elle seule le pouvoir de toute une armée, et ce pouvoir grandissait de jour en jour. Pondérant toutes les implications de cette information, il continua à regarder les elfes noirs ramasser les morceaux d'arbres, l'air un peu confus.

***

La capitale royale de Mynoghra n'était encore qu'une toute petite colonie, mais commençait enfin à s'animer.

Eterpedia

Héros

Capacité d'unité

- L'unité ne subit plus de malus psychiques.
- L'unité ne peut plus appartenir à un autre royaume.
- L'unité gagne +2 en EXP à chaque tour.

Peu à peu, le hameau se développait pour devenir une ville prestigieuse. Takuto, qui avait décidé ce matin-là de passer son royaume en revue, admirait tous les progrès faits en à peine quelques semaines.

« C'est génial !

— C'est une chose de voir la ville grandir dans le jeu, mais pouvoir observer ce phénomène de ses propres yeux, c'est vraiment différent…

— Effectivement ! »

Désormais régulièrement et suffisamment nourris, les elfes noirs s'étaient plongés dans le travail avec un enthousiasme rare. L'épaisse forêt avait été déblayée et du bois de construction était soigneusement empilé par endroits. Un elfe noir légèrement plus âgé que les autres donnait des instructions à ses congénères avec une voix pleine d'énergie. Au sommet de plusieurs arbres, des bâtiments étaient déjà sur le point d'être terminés. Ces édifices colossaux, tirant pleinement profit de la structure des arbres sans que ceux-ci soient abattus, étaient une spécialité des elfes. Ils n'avaient rien à envier à ceux qu'on pouvait construire au sol, de plain-pied, dans le monde réel. Avec les multiples ponts qui reliaient toutes ces structures entre elles, l'ensemble ressemblait à une véritable ville aérienne.

« Mais comment va-t-on grimper là-haut ?

— Moltar a dit qu'il nous fournirait un guide, mais je ne sais pas où cette personne se trouve…

— Votre Majesté ! Merci de nous accorder une visite aujourd'hui ! »

Takuto leva la tête en entendant une voix l'appeler au-dessus de lui. Il s'agissait d'Emhur, qui avait été promue en tant que responsable de la gestion du personnel du royaume.

« C'est moi qui vais avoir l'honneur d'être votre guide aujourd'hui ! »

Takuto, dont la timidité maladive ne s'était pas vraiment améliorée, était soulagé de voir ce visage familier. À l'opposé, Emhur avait l'air d'avoir le trac, probablement intimidée par la tâche qu'elle s'était vu confier.

« Entendu, c'est donc toi qui vas nous montrer l'avancée des travaux. Parfait. Sire Takuto, allons-y !

— Je vous suis. »

Et c'est ainsi que cette première inspection débuta. Cette ville dans les arbres… À quoi pouvait-elle bien ressembler depuis la cime de l'un d'eux ? Takuto suivait Emhur d'un pas enthousiaste.

La vue depuis la hauteur de l'un des bâtiments était absolument magnifique. Takuto craignait au départ d'être assailli par le vertige une fois en haut et de devoir piteusement redescendre au sol, mais il n'en était rien. Il profitait simplement de l'incroyable vision avec un plaisir à peine caché.

« Qu'est-ce que c'est ?

— Ah, une fois terminé, ce sera une habitation. Pour l'instant, nos efforts sont principalement focalisés sur les chairisiers, alors la fabrication des maisons n'avance pas très vite. »

Emhur guida Takuto et Atô vers les édifices pratiquement terminés. Ils admiraient les progrès des elfes noirs, qui accompagnaient leur inspection par des bruits animés de clouage de planches et d'instructions données sur des tons enjoués.

« Et où sont les chairisiers ?

— Ils sont là, juste en dessous de nous. Ils poussent sans aucun problème, et la construction du dépôt de stockage sera également bientôt terminée. »

Takuto et Atô se penchèrent au bord d'une rambarde pour voir les chairisiers en contrebas, entourés par un entrepôt encore en travaux.

« Tout l'espace que nous avons créé en déboisant est utilisé pour la création de terres arables, ainsi que de dépôts de nourriture. Nous gardons évidemment une partie de l'espace vide afin d'être prêts à implanter, sur tout le territoire, de nouvelles bâtisses dans un avenir relativement proche. »

Les elfes noirs n'avaient même pas reçu d'instructions à ce sujet et avaient fait preuve d'une brillante prise d'initiative. Takuto était impressionné par leur capacité à agir intelligemment sans avoir besoin d'ordres particuliers et ressentit un certain soulagement à l'idée de pouvoir leur confier des tâches sans avoir besoin de leur tenir éternellement la main.

« En ce qui concerne l'alimentation en eau, nous

avons découvert une petite source à proximité, nous ne devrions donc pas avoir de problème de ce côté-là, pour l'instant. Nous avons également déjà prévu de creuser quelques puits. »

Emhur avait manifestement tout fait pour apprendre son discours par cœur. Takuto écoutait attentivement chacune des paroles qu'elle débitait à un rythme clairement répété et légèrement maladroit. Pour un joueur comme Takuto, fanatique de la gestion, écouter et comprendre tous ces détails qui n'étaient pas expliqués dans le jeu était absolument passionnant.

« L'édifice que Sa Majesté occupe actuellement sera utilisé comme bâtiment administratif pour régler les questions bureaucratiques. »

Takuto, qui regardait encore les chairisiers en dessous de lui, se retourna. Depuis le balcon sur lequel il se trouvait, il avait justement une vue imprenable sur le bâtiment dont Emhur était en train de parler. Il était relativement grand pour une habitation, mais plutôt petit pour y mettre un bureau d'administration.

« À terme, nous vous offrirons évidemment une structure à la hauteur de la grandeur et de la majesté de votre nation, mais pour l'instant, vu notre population, cette dernière devrait suffire. »

Takuto était entièrement d'accord avec cette explication. De grands ouvrages aux décorations excessives étaient beaucoup trop chers en ressources pour les rares bénéfices qu'ils apportaient. Il fallait donc miser sur la fonctionnalité. Le Roi de la Ruine acquiesça avec entrain tandis qu'Atô pris la parole afin de faire part de leur satisfaction mutuelle.

« Bien vu. Nous avons besoin avant tout du strict

minimum pour fonctionner. Nous pourrons toujours ajouter d'autres bâtiments plus tard. »

Emhur continua ensuite à expliquer le rôle des différents bâtiments en construction autour d'eux. Comme tout était encore en travaux, il n'était pas encore possible d'offrir d'explications trop détaillées, et cette première inspection générale se termina devant le futur bureau administratif. Emhur ponctua sa dernière phrase en baissant la tête et en remerciant le roi d'être venu voir les efforts que ses sujets avaient prodigués.

« Alors, qu'en dites-vous, Majesté ? Toute la tribu des Mazaram a vraiment décidé de suer sang et eau et de n'épargner aucun effort afin de vous prouver notre gratitude pour votre incroyable bonté ! »

Emhur parlait avec un visage rayonnant. La puissante admiration et la dévotion presque fanatique qui émanaient d'elle touchèrent Takuto droit au cœur. Il regarda machinalement autour de lui. Les elfes noirs étaient tous en train de travailler avec une impressionnante assiduité. Dès qu'il croisait les yeux de l'un d'entre eux, celui-ci le saluait en baissant respectueusement la tête, avec un sourire empli de ferveur. Dire qu'il y a quelques semaines à peine, ils étaient tous aux portes de la mort, d'une maigreur squelettique. Ce qui se lisait sur leur visage n'est désormais plus l'accablement, mais la fierté et l'espoir. Takuto leur avait offert une chance de survie et ils l'avaient prise à bras le corps. La brillance des âmes, la force de volonté et l'incroyable potentiel de tous ces gens plongeaient Takuto dans une bienveillante fascination.

« Oui, c'est incroyable… »

Les mots s'échappèrent de sa bouche.

« Vous êtes incroyables. »

Un compliment simple et concis. Mais venu de la bouche de Takuto, qui ne parlait ou ne montrait pratiquement jamais la moindre émotion, c'était comme mille flèches qui transpercèrent le cœur d'Emhur au même moment. Elle sentit ses yeux se remplir d'un liquide chaud et se mit à les frotter machinalement. Ceci poussa Takuto à se montrer encore plus sincère.

« Je suis vraiment heureux que vous soyez devenus mes citoyens.

— Me… merci beaucoup ! »

Emhur ne pouvait désormais plus contenir ses larmes. Toutes ses souffrances passées étaient comme lavées par ses larmes de joies. Tous ses efforts étaient enfin récompensés.

« Le roi vient de vous faire un vrai compliment ! Assure-toi bien de le rapporter à tous tes frères et sœurs.

— Oui… Bien sûr ! »

Ses larmes résonnaient en tombant au sol. L'elfe faisait tout pour se retenir afin de ne pas embarrasser le roi.

« Je comprends ce que tu ressens, lui murmura Atô. Mais tu vas te déshydrater si tu pleures autant…

— Oui, tout va bien. Ce n'est pas la peine de te montrer si émotive. »

Ni Takuto ni Atô ne savaient pas vraiment comment réagir dans cette situation. Voyant leurs visages déconcertés, Emhur commença enfin à se calmer.

« Ah, je suis vraiment désolée ! Mon comportement n'était pas digne de ma position…

— Ce n'est pas grave, ne t'excuse pas. Notre roi est très touché par la force de ta réaction.

— Effectivement. »

Emhur finit enfin par retrouver sa contenance. En

temps normal, une telle démonstration d'émotivité face à une figure royale aurait pu lui porter préjudice. Mais Takuto, comme Atô, avait du mal à se montrer sévère envers la jeune elfe. Takuto en était même un peu confus.

Je ne m'étais jamais retrouvé face à une fille en pleurs... Je suis vraiment content qu'elle ait arrêté...

Takuto était certes touché par les larmes d'Emhur, mais cela l'effrayait quelque peu. Il n'aurait absolument pas su quoi faire pour la réconforter si elle avait continué à pleurer. Il en vint presque à se maudire intérieurement de ne pas avoir le bagage nécessaire pour consoler quelqu'un. Il avait si peu d'expérience en la matière qu'il ne savait même pas qu'il valait parfois mieux laisser une femme pleurer jusqu'à ce qu'elle se sente mieux, et que son comportement n'avait pas été, de fait, si terrible que cela.

« Bon, qu'en est-il de nos besoins quotidiens ? »

Désormais calmée, Emhur avait déjà repris un ton et une attitude professionnelle. Elle n'eut aucun mal à répondre au roi.

« Nous manquons encore de provisions et leur production n'est pas suffisante. Nous allons donc encore devoir nous reposer sur vous, Votre Majesté. »

Les citoyens avaient évidemment besoin de différentes ressources pour vivre. Les elfes noirs, qui avaient passé ces derniers mois à traverser le continent avec uniquement les vêtements qu'ils portaient sur le dos, manquaient cruellement d'objets du quotidien. Habits, vaisselle, ustensiles de cuisine... Tous ces objets vitaux avaient été créés par Takuto par le biais de sa production d'urgence.

« Hmm... Et pourquoi la production est-elle insuffisante ?

— Parce que nous manquons de main-d'œuvre, tout simplement. La fabrication de vêtements en coton requiert à elle seule des fermiers, des tisserands et des couturiers, sans parler de tous les outils nécessaires. Seul un nombre limité d'entre nous ont les compétences professionnelles requises, et nous sommes déjà trop occupés par la production de nourriture et la construction des bâtiments… »

Il n'y avait pas besoin de réfléchir longtemps pour comprendre le problème. Le royaume de Mynoghra manquait clairement de bras. Les elfes noirs étaient environ cinq cents au total. Si on excluait ceux qui étaient incapables de travailler, comme les enfants en bas âge ou les malades, ce nombre diminuait davantage. Ils n'avaient donc pas les moyens physiques de produire les provisions dont ils avaient besoin.

« Nous sommes donc encore loin d'atteindre une stabilité de production… Que devrions-nous faire, sire Takuto ? »

Atô s'était approchée de son roi et lui parlait à l'oreille, afin qu'il soit le seul à l'entendre. Emhur comprit qu'elle ne devait pas participer à cet échange, et fit machinalement quelques pas en arrière, tête baissée. Une fois assuré que l'elfe noire était suffisamment loin, Takuto se tourna vers Atô et lui répondit en reprenant son ton habituel.

« On n'y peut rien si on n'a pas assez de citoyens…

— Effectivement, contrairement à la nourriture, les êtres humains ne poussent pas sur les arbres…

— Créer des homoncules par production d'urgence nécessite trop de mana, et surtout ces créatures n'ont absolument aucun talent pour l'artisanat et la manufacture… »

Quand bien même, ils devraient rapidement trouver

un moyen d'augmenter leur population. Takuto inscrivit ce nouvel élément sur la liste mentale de problèmes à résoudre, et décida de s'en occuper dès qu'ils auraient réglé celui de la production de nourriture et de logement.

« Bon, je vais continuer de leur fournir de quoi se nourrir quotidiennement, c'est la meilleure solution. Nos concitoyens sont déjà entièrement mobilisés pour garantir l'agrandissement de la cité. De toute façon, continuer à cultiver les terres comme nous le faisons actuellement ne ferait qu'abaisser la qualité de la production…

— Franchement, que vous soyez capable de créer des outils ou matériaux en métal grâce à votre production d'urgence, c'est un peu de la triche, quand même ! »

Cette production miraculeuse était même la seule raison pour laquelle le développement de Mynoghra était aussi rapide. La qualité des outils était directement liée à la quantité et la qualité des ressources utilisées pour les produire. Être capable de concevoir une simple hache, objet d'apparence banale, mais qui, en vérité, représentait le fruit d'une multitude d'avancées technologiques inconnues au sein de cet univers, était un atout incroyable. Tous les progrès faits par le jeune royaume reposaient intégralement sur ces outils venus directement du Domaine des dieux, dont Takuto était originaire.

« Il faut bien avouer que ça facilite largement notre début de partie. Le bénéfice que nous parvenons à tirer de cette capacité de création est si grand que j'aurais eu honte de l'utiliser dans le jeu en temps normal.

— Mais nous ne sommes pas dans le jeu, nous sommes dans la réalité.

— Donc cela veut dire que… nous pouvons tricher à volonté !

— Hihi, vous êtes diabolique, sire Takuto !

— J'admets que c'est vraiment amusant de pouvoir *glitch* la réalité !

— Je ne vais pas vous contredire là-dessus ! »

Perdus dans leurs pensées, Takuto et Atô s'étaient de nouveau mis à flirter comme un jeune couple qui vient à peine de commencer à sortir ensemble. Malheureusement, cette fois-ci il n'y avait aucun longue-pattes pour les interrompre aux alentours. D'un autre côté, il n'était pas étonnant qu'ils se laissent enfin aller de cette manière. Après des débuts assez périlleux, ils avaient enfin réussi à stabiliser la gestion de leur royaume. Les elfes noirs produisaient suffisamment de mana pour que Takuto puisse utiliser la production d'urgence à volonté. Le niveau de bonheur des citoyens grimpait graduellement, augmentant en même la quantité de mana récupéré. Tant qu'ils fournissaient assez de nourriture et de provisions pour leur petite colonie, tout se passerait sans aucun problème.

À moins d'une catastrophe, ils ne pourraient désormais plus subir de *game over* à cause d'une banqueroute de précieuse puissance magique. L'un des plus grands dangers qu'un royaume pouvait affronter était un développement initial trop brusque. En effet, il s'agissait d'une erreur qui pouvait éventuellement mener à de grandes difficultés de gestion, ce qui pouvait même engendrer, par la même occasion, la perte du royaume si tout n'était pas contrôlé scrupuleusement. Takuto, bien que confiant quant à leurs progrès, savait qu'il ne fallait pas pour autant baisser sa garde et rester prudent. Le monde était toujours rempli de danger et de menaces potentielles. Takuto était un roi maléfique qui aimait la paix par-dessus tout et il était donc prêt à tout pour éviter le moindre conflit sanglant irrationnel.

« Enfin, on a beau avoir du mana en rab pour nos provisions, on va quand même éviter de tomber dans le gaspillage. Poser les bases de la fondation de notre nation, c'est ce qui compte le plus. »

Impossible de dire si cette petite séance de flirt l'avait simplement lassé, ou bien si elle l'avait contentée au point de retrouver son sang-froid, mais quoi qu'il soit Takuto avajt reprit tout son sérieux pour s'adresser à Atô.

« Vous avez évidemment raison, Votre Majesté. Très bien, Emhur, je vais te confier les instructions de notre roi. Vu la pauvreté de nos ressources actuelles, notre champ d'action est relativement limité. Notre politique n'a donc pas changé. Nous devons d'abord garantir en priorité le bon fonctionnement de nos industries primaires et de la vie de nos citoyens. »

En bon bras droit, Atô avait compris toutes les intentions de son roi et avait appelé de son propre chef Emhur afin de lui transmettre ses instructions.

« De plus, le roi va créer de lui-même les provisions dont vous aurez besoin jusqu'à ce qu'une méthode de production constante soit établie. Ceci représente un effort considérable pour Sa Majesté, alors une fois de plus, n'oubliez pas la bonté dont il fait preuve envers vous.

— N'hésitez pas à me le dire si vous avez besoin d'habits.

— Exactement. Si jamais il vous faut des vêtements particuliers, prenez les devants. Il suffira de dessiner des patrons et le roi s'occupera de les créer. Et surtout, évite de te remettre à pleurer, ça ferait des pâtés sur les croquis… »

Atô explicitait avec entrain les laconiques suggestions de Takuto. Emhur était, une fois de plus, admirative de la grandeur du Roi de la Ruine et envers ses incroyables

– et effrayants – pouvoirs, mais elle évita de formuler sa pensée à voix haute afin de ne pas se montrer irrespectueuse envers lui. Il était encore plus généreux, intelligent et miséricordieux que les elfes noirs se l'étaient imaginé. Chacune de leurs interactions poussait Emhur à l'estimer encore davantage. Elle n'avait jamais pensé un jour rencontrer, et encore moins côtoyer, une figure aussi illustre que lui. Takuto, sortant de sa torpeur habituelle, prit soudainement la parole :

« Nous sommes d'accord pour dire que nous n'avons pas encore besoin de vrai palais royal, n'est-ce pas ? »

Emhur ne pouvait évidemment pas accepter la phrase que le roi venait de prononcer nonchalamment. Elle intervint sans attendre.

« Mais non, Votre Majesté ! On ne peut pas vous laisser dormir à la belle étoile alors que nous aurons bientôt tous désormais un toit sur la tête, ce serait inconvenant !

— Dans ce cas, je peux vivre dans une de vos maisons ! »

À vrai dire, Takuto appréciait tout particulièrement ces habitations suspendues que les elfes avaient construites. Ayant lui-même été élevé dans un appartement – enfin surtout une chambre d'hôpital très étroite –, l'idée de posséder un grand palais ne l'intéressait absolument pas. Mais toutes les explications du monde n'auraient pas suffi à convaincre les elfes noirs que leur grand roi pouvait vivre comme un banal citoyen. Sentant que Takuto ne changerait pas d'avis par un simple dialogue, Emhur, dont le visage commençait à pâlir, se mit soudain à genou devant lui.

« Sire Ita, grand Roi de la Ruine ! Je vous en conjure ! Laissez l'honneur à vos sujets de vous ériger un palais royal digne de vous !

— Mais ça coûte cher en ressources…

— Alors nous dormirons tous sur le sol !

— Oh là là… »

Le coût d'une résidence royale était effectivement colossal. Au vu des capacités de production actuelles du royaume de Mynoghra, une telle entreprise représenterait une charge bien trop conséquente. Takuto, n'étant pas intéressé par ce type de monuments, préférait amplement se concentrer sur la bonne gestion de son royaume. Il pensait que l'estimation du prix de revient mettrait fin à cette conversation, mais il n'en était rien. Emhur semblait désormais bouleversée et des larmes recommençaient dangereusement à se former dans ses yeux.

Oh non, elle va se remettre à pleurer ! Ce n'est pas bon du tout !

Ce qu'il avait vécu quelques minutes plus tôt avait fait péniblement comprendre à Takuto que le point faible du terrible Roi de la Ruine qui allait mener le monde à sa perte était… les larmes d'une femme. Il dut immédiatement admettre intérieurement sa défaite. Il cherchait alors un moyen de se sortir de cette situation. Évidemment, il ne savait pas comment procéder. Inventer des excuses pourrait être risqué et refuser catégoriquement allait faire pleurer davantage Emhur, ce qu'il souhaitait éviter par-dessus tout. Il jeta un œil vers Atô, espérant qu'elle lui lance une bouée de sauvetage. Malheureusement, celle-ci était plongée dans ses pensées, comme si les paroles d'Emhur l'avaient poussée à une profonde réflexion. Takuto était actuellement seul au monde, et face au mur. Son salut arriva de manière incongrue.

« Oh oh oh… Très cher roi, laissez-moi vous donner mon avis sur cette question, je vous prie.

— Ah, Moltar ! »

Takuto appela le nom du vieil elfe avec une joie notable. Il devint soudainement la personne qu'il préférait par-dessus tout.

« Vous m'avez l'air de bien bonne humeur, Votre Majesté ! Oui, c'est bien moi, Moltar, votre humble serviteur. Concernant la question de votre palais, vous devez vous douter que nous avons bien trop de déférence envers vous pour vous laisser être traité comme un simple citoyen.

— Oui, mais…

— J'entends par là qu'aucun vassal digne de ce nom ne pourrait laisser son roi dormir dans une demeure semblable à la sienne, ce n'est simplement pas possible. Je dois donc très respectueusement vous demander de reconsidérer la question, en espérant que vous preniez cela comme la marque de l'immense estime que nous avons pour vous. »

Avoir des sujets aussi loyaux n'était pas toujours un avantage. Les elfes noirs avaient tout simplement bien trop de respect pour Takuto pour accepter tout comportement pragmatique de sa part. Il décida donc de se sortir du pétrin en utilisant une phrase qu'il avait apprise en regardant une série médiévale.

« Qu… Qu'il en soit ainsi, car tel est notre plaisir !

— Formidable ! À vos ordres, Votre Majesté. »

Takuto jeta un coup d'œil vers Emhur. Il semblait sorti d'affaire pour le moment.

« Bon, le coût de la construction d'un vrai palais royal serait effectivement bien trop lourd. Mais je pense moi aussi que le roi devrait vivre dans une habitation à la mesure de son statut.

— Ah… »

Atô sortit enfin de sa longue réflexion pour formuler son avis. Takuto se dit que si elle l'avait donné dès le départ, il aurait pu s'épargner cinq bonnes minutes d'embarras. Mais, ne voulant pas encore faire pleurer une autre femme, il garda sa remarque pour lui.

« D'un autre côté, un palais royal produit également des ressources. Ce n'est donc pas uniquement esthétique. En construire rapidement un peut donc également avoir des avantages sur le long terme.

— Ce n'est pas faux… »

Celui-ci pouvait effectivement fabriquer divers biens et produits en tout genre par son existence seule sur la carte. C'était, entre autres, un excellent moyen de récupérer du mana et de la puissance magique, sans parler des bonus conférés une fois le palais agrandi et renforcé. Sachant qu'il faudrait bien le construire un jour, l'idée de le faire tôt dans une partie n'était pas totalement folle. Il devenait impossible de savoir à l'avenir si les ressources et l'espace seraient suffisants. C'est finalement ce point qui eut raison de la réticence de Takuto et le convainquit de changer de plan. Initialement, il avait prévu de le bâtir une fois qu'il aurait un peu plus de temps à y consacrer, mais il accepta les suggestions des elfes noirs et d'Atô et décida de s'en occuper dès maintenant. Il comprit également que, contrairement aux jeux vidéo, dans la vie, ce n'était pas toujours la logique qui prévalait.

« Ça va demander un peu d'efforts, mais au final tout le monde sera content, pas vrai ? C'est dommage, j'aurai bien voulu un Château dans les Cieux.

— Ah oui, le Château dans les Cieux ! C'est le monument le plus élevé de notre arbre de construction, avec la meilleure attaque et la meilleure défense…

— Et puis, c'est le plus romantique, aussi.

— Absolument ! Et c'est important aussi, le romantisme, n'est-ce pas, Votre Majesté ? »

Takuto se mit à songer à son futur. Lorsque le niveau de la nation atteignait son maximum, la partie était déjà pratiquement gagnée, donc les avantages que prodiguait le Château dans les Cieux au combat n'avaient pratiquement plus d'intérêt, mais l'aura passionnelle qui s'en échappait avait un charme absolument irrésistible. Il se demanda s'il était vraiment possible de le reproduire dans la vie réelle et se mit à l'imaginer dans le ciel, au-dessus de sa forêt. Les elfes noirs à côté de lui étaient, une nouvelle fois, complètement perdus.

« Euh… Excusez-moi, Votre Majesté, je vais encore devoir poser une question en apparence idiote, mais… qu'est-ce donc que ce "Château dans les Cieux" ?

— Eh bien, c'est un château qui flotte dans le ciel. On ne peut pas faire plus explicite !

— Un… château qui flotte dans le ciel… »

Ce n'était pas la première fois que Moltar se trouvait pris au dépourvu par les propos que leur adressait le Roi de la Ruine. Sans compter que ces paroles étaient une fois de plus prononcées avec un ton insignifiant, comme si l'évidence même y transparaissait. Moltar avait déjà vu beaucoup de choses invraisemblables au cours de sa très longue vie, mais jamais un château capable de voler.

« Pour être exact, il s'agit d'une citadelle volante. Sa vitesse de mouvement est très lente, mais elle possède toutes les fonctions d'une ville normale. Donc on peut la déplacer directement au-dessus de la capitale ennemie pour la bataille finale.

— Et c'est tellement romantique !

— Absolument ! Et c'est important aussi, le romantisme !

— La bataille finale ? »

Moltar regarda lentement autour de lui. La capitale du royaume de Mynoghra avait à peine commencé à émerger, et elle occupait déjà une vaste étendue de terre, qui ne ferait que s'agrandir avec le développement de la ville. Et tout cela allait donc un jour flotter dans le ciel. C'était en temps normal bien trop invraisemblable, mais rien ne semblait impossible pour leur souverain. Tous ses citoyens connaissaient ses capacités. Même si l'idée dépassait complètement l'entendement. À terme, leur capitale deviendrait bien volante. Pour le roi, c'était simplement un fait.

Le vieil elfe était tellement ébloui par l'infinie puissance de Takuto qu'il commença à en trembler d'excitation. Emhur, quant à elle, ne pouvait que rester bouche bée, réalisant que l'immensité du Roi de la Ruine ne semblait véritablement pas avoir de limite.

« Mais il nous reste encore beaucoup de choses à faire avant cela. La priorité reste la production de nourriture et la construction de l'ensemble de vos maisons. Nous comptons sur vos efforts, souligna Atô avec fermeté.

— Absolument ! »

Takuto et Atô mirent fin à cette longue discussion en s'adressant aux deux elfes noirs avec leur ton décontracté habituel. Mais…

« Hahaha ! »

Moltar et Emhur se mirent soudain à genou, des sourires béats sur le visage. Ils semblaient rire d'admiration, dans la mesure où une telle chose fût possible.

« Moi, le vieux Moltar, je jure une fois de plus de dédier mon vieux cœur et mes os archaïques à votre service, ô grand Roi de la Ruine !

— Moi aussi, je me donnerai corps et âme pour vous ! Vivre Sa Majesté, Vive sire Ira ! Vive le royaume de Mynoghra !

— Hein ?

— Mais qu'est-ce qui vous prend encore, tous les deux ? »

Les deux elfes noirs se mirent soudain à se prosterner devant Takuto et à lancer des cris d'acclamation. Complètement abasourdis et même légèrement effrayés par cette nouvelle démonstration d'adoration impromptue, Takuto et Atô cherchèrent le meilleur moyen de quitter les lieux en faisant de leur mieux pour ne pas montrer leur embarras à leurs subalternes.

Eterpedia

Château dans les Cieux

Monument national

Puissance de combat :
Dépend du niveau de la ville

Déplacement : 1

<< Ignore les effets de terrain >>

<< Unité inanimée >>

<< Combat continu >>

No Image

Description

Si les oiseaux peuvent voler, alors pourquoi pas les villes ?

Une nation ne peut pas construire plus d'un Château dans les Cieux.

C'est un monument qui possède l'essence d'une unité et devient capable de combattre tout en gardant ses caractéristiques de ville.

Même si c'est une unité extrêmement puissante, ses capacités de combat direct restent inférieures aux héros de rangs élevés. De plus, ses capacités de production diminuent une fois que la ville prend son envol, il faut donc savoir rester prudent lors de son utilisation.

CHAPITRE 9
Prémonition

L'État méridional du royaume sacré de Qualia était composé d'une immense ville, qui concentrait en son sein toutes les fonctions administratives nationales. L'ensemble de la région, extrêmement fertile, servait également de grenier au reste des trois États. Dans l'immense cathédrale qui trônait au milieu de la ville, un paladin était en train de marcher d'un air résolument mécontent.

« Eh, Launius ! Launius ? T'es là ?

— Oui, je suis là. Qu'y a-t-il, paladin Verdel ? »

Verdel venait d'ouvrir la porte de ce lieu de culte dans un violent fracas, interrompant la prière du jeune Launius. Son visage était aussi rustre que ses manières, contrastant entièrement avec l'apparence élégante et raffinée du paladin qu'il interpellait.

Les paladins de Qualia profitaient d'un statut social bien supérieur à celui des simples soldats. Le royaume lui-même était une théocratie menée par le Roi Béni. Tous les citoyens de Qualia partageaient la même religion et priaient tous les jours. On disait même que près d'un tiers de la population travaillait pour la Sainte Église. Il n'y avait donc rien d'étonnant à ce que la force militaire du pays soit elle-même dogmatiquement religieuse. Dans ce contexte, les paladins faisaient partie des hommes les plus respectés et les plus populaires. Séparés en différentes classes, c'étaient non seulement des combattants d'élite ayant subi de rigoureux entraînements et épreuves, mais également des érudits aux vastes connaissances académiques et techniques. De plus, ils venaient généralement tous de familles nobles et estimées. Capables de réaliser des miracles presque aussi impressionnants que ceux des saintes, ils faisaient office de figures de proue au sein du royaume sacré. On les envoyait régulièrement en mission aux quatre coins du continent pour vaincre divers démons et monstres, ou bien assurer la protection de personnes importantes. Leurs existences étaient entièrement dédiées à leur devoir.

L'un de ces paladins aguerris, pourtant censés être d'une volonté sans faille et d'une telle piété qu'ils pourraient guider toutes les brebis égarées sur la voie du Seigneur, était en train de se faire remarquer par son comportement résolument béotien. Il s'agissait de Verdel, le paladin supérieur. Launius, paladin inférieur de son état, regardait l'homme s'approcher sans rien dire. Le bruyant cliquetis de son armure aurait à lui seul suffi à interrompre n'importe quelle prière, mais Verdel avait tenu, en prime, à apostropher son collègue alors que celui-ci se trouvait en plein recueillement.

« Nous sommes dans un lieu de culte, paladin Verdel. Essayez de faire un peu moins de bruit, je vous prie.

— Le Continent sombre, Launius ! Tu te rends compte ? Bon, il ne s'agit que de la partie nord, mais on va quand même m'envoyer dans cette contrée de sales sauvages ! Moi ! »

Verdel ne prit même pas le temps de disposer des politesses d'usage avant de se lancer dans une lamentation.

« Certes, mais si cette mission se révèle être un succès, vous gagnerez sans aucun doute les faveurs du Conseil. Sans compter que nous parlons d'une mission directement liée à la prémonition de Sainte Soalina de la Majestueuse Sépulture. Il n'y a pas de plus grand honneur imaginable pour nous.

— Pff, si tu le dis… »

Contrairement à Verdel et ses manières qui le feraient plus passer pour le tenancier d'une auberge mal famée que pour un chevalier, Launius était l'image même du raffinement. Il semblait être le summum de l'essence des paladins. Son sang-froid visible sur son visage traduisait une immense puissance, et son uniforme lui allait comme s'il lui avait toujours été destiné. Launius considéra quelques instants ce que Verdel venait de lui dire. Au sud du Continent d'Hydragia se trouvait le Territoire maudit, une immense forêt corrompue. Quelques jours auparavant, Sainte Soalina, qui avait eu le présage d'une grande catastrophe originaire de cette région, avait demandé à ce qu'une mission y soit envoyée. On décida d'abord de confier cette mission à un groupe mené par Launius, mais la plupart des soldats étant occupés, il fut décidé de demander des renforts extérieurs. Cependant, le fait que ce paladin à l'apparence aussi problématique que son comportement ait été introduit de force dans le groupe en disait long sur ce qui se tramait dans les coulisses du pouvoir.

Le royaume sacré de Qualia était effectivement en proie aux rumeurs les plus folles. Même les prêtres les plus pieux et les bonnes sœurs les plus innocentes avaient commencé à se laisser aller à d'inquiétantes messes basses. Mais impossible de dire s'il s'agissait d'un problème bien réel ou bien une conséquence de l'inconnu qui entourait toutes les décisions d'une organisation aussi grande que l'Église.

Si cette mission était couronnée de succès, c'était Verdel qui en récolterait tous les lauriers. Mais évidemment, s'il y avait le moindre problème, Launius en serait tenu pour unique responsable. Né dans une famille de roturiers et destiné, de fait, à rester éternellement un paladin inférieur, il représentait le bouc émissaire parfait – un fait dont il n'avait que peu conscience.

Après tout, c'est bien que Verdel vienne quand même avec nous…

La présence du paladin supérieur allait sans aucun doute augmenter les chances de survies de l'expédition, ce qui était déjà mieux que rien. Aussi repoussant pouvait-il être, ses capacités martiales étaient bien réelles. C'est la seule chose qui mettait du baume au cœur de Launius, pour qui ceci allait être la toute première excursion dans le Territoire maudit. Quoi qu'il advienne, il ne pouvait se permettre de mourir pendant cette mission. Une image de sa chère femme et de son bébé qui venait de naître lui traversa l'esprit. Pour quelqu'un d'aussi pieux que Launius, ceci était, sans aucun doute, la volonté du Seigneur.

« Bon, combien tu veux d'hommes pour cette mission ?

— Grâce à votre influence, je pense qu'on pourrait demander à l'État de nous fournir une poignée de soldats.

— Ils sont tous occupés, ça va être juste toi et moi sur

ce coup-là. Un des pontes du Conseil a dit qu'on n'avait qu'à engager des mercenaires à la place des soldats.

— Des mercenaires ? Mais pourquoi ?

— J'en sais rien moi, merde ! Je sais même pas comment je suis censé les contacter ! J'y peux rien si tout le monde est parti régler ce bordel dans l'État septentrional ! Donc on doit faire comme ça et puis c'est tout ! »

Au fond de lui Launius partageait tous les doutes et critiques de Verdel. Mais contrairement à lui, il avait le sang-froid nécessaire pour ne pas sortir de ses gonds. Il décida donc de plutôt réfléchir immédiatement à un moyen de contacter lesdits mercenaires.

« Bien, je m'occupe de tout, paladin Verdel, ne vous en faites pas. J'ai une vieille connaissance parmi les mercenaires, je vais lui parler pour voir si on peut organiser quelque chose.

— Quoi ? T'as un contact chez eux ? Ben, fallait le dire plus tôt ! Bon, c'est tant mieux ! Je compte sur toi, mon gars !

— Oui, pas de problème. »

Verel mit de grandes tapes dans le dos de Launius, qui se mit à tousser. Le grossier paladin s'éloigna en riant, sans se préoccuper de son jeune collègue. Malgré son caractère malotru, Verdel n'était pas une mauvaise personne. On disait même qu'il était très apprécié de la plupart des prêtres du royaume, et Launius crut comprendre un peu mieux la raison de cette affection.

Toutefois, Launius avait une mission à mener à bien et la situation était des plus inhabituelles.

Sainte Soalina dirige la juridiction sur l'État septentrional. C'est donc de là qu'est venu l'ordre de mission d'exploration. Mais le Territoire maudit se trouvant à la frontière sud du continent, il est sous la responsabilité de l'État méridional. Sainte Soalina est donc passé outre l'avis du Conseil...

Launius se plongea encore plus profondément dans sa réflexion.

Étant donné que la Sainte de la Majestueuse Sépulture est occupée au nord du royaume, les autres saintes se doivent de rester disponibles. D'ailleurs, il paraît même que la Sainte de la Prosternation va également être envoyée en renfort dans l'État septentrional. Ce n'est donc vraiment pas le moment pour les disputes internes.

Les troubles dans la région nord du continent se faisaient plus sérieux de jour en jour. Les attaques de gobelins maléfiques, les apparitions de démons et autres incidents divers ne faisaient que se multiplier. Historiquement, des événements si graves qu'ils nécessitaient l'intervention de non pas une, mais deux saintes pouvaient se compter sur les doigts d'une main. Launius sentit une terrible angoisse monter en lui.

Sainte Soalina aurait eu la vision d'une catastrophe imminente. Cette mission est sacrée. J'espère pouvoir revenir en vie...

Le paladin Launius se mit à prier intérieurement, espérant calmer la peur qui s'était installée dans son âme.

***

« Les chairisiers ont tous fini de pousser selon votre planning ! Les dépôts de nourriture ont également tous été construits. Nous allons donc pouvoir désormais fournir une source de nourriture constante aux citoyens de Mynoghra. »

Emhur, l'ancienne subalterne de Gia, et désormais fonctionnaire dans le gouvernement de Mynoghra, était en train de faire son rapport sur le développement de la ville à Atô au beau milieu d'une forêt remplie d'arbres aux formes inquiétantes. Plusieurs mois avaient passé depuis la toute première inspection des travaux de la ville. Les chairisiers avaient atteint leur croissance maximale et produisaient régulièrement des fruits qui, grâce aux dépôts de nourritures, pouvaient être récoltés, stockés et traités par des employés désormais parfaitement entraînés. Tout le processus était réglé comme une horloge.

Les problèmes initiaux liés à l'apparence repoussante des chairisiers, ainsi que le tiraillement moral du cannibalisme – imaginaire – de la consommation de ses fruits, n'avaient pas entièrement disparu. Toutefois, comme les humains, les elfes noirs étaient des créatures capables de s'adapter à tous types de situations et ils avaient fini par s'habituer à manger ces denrées au goût de chair humaine, malgré leurs réticences.

Atô posa diverses questions sur de possibles améliorations à apporter aux bâtiments logistiques, ainsi que sur leur gestion future, et acquiesçait d'un air satisfait à chaque réponse exhaustive qu'Emhur lui donnait.

« Bien, bien, bien ! La production de nourriture est désormais sur les rails, il ne reste plus qu'à terminer la construction de toutes les habitations et nous pourrons passer à celle du palais royal ! »

Takuto et Atô faisaient tout pour guider les elfes noirs à chaque étape de leur plan de développement de la nation. Le Roi de la Ruine avait le pouvoir de garder tout son territoire à l'œil et pouvait contacter directement n'importe quel citoyen s'il le voulait. Cependant, pour une raison encore mystérieuse, et probablement liée à leur apparition simultanée dans ce nouveau monde, Takuto et Atô étaient unis par un lien spécial, qui leur permettait de partager des informations par le biais de la télépathie. C'est la raison pour laquelle Atô pouvait se rendre seule aux inspections des travaux de Mynoghra. Les elfes noirs savaient eux aussi qu'ils obtiendraient réponse à toutes leurs questions, et ne voulaient surtout pas déranger le roi avec des interrogations triviales. Mais la conseillère du roi n'était pas non plus parfaite, et il lui arrivait même souvent de ne pas remarquer des choses plutôt évidentes. C'était d'ailleurs le cas cette fois-ci…

Emhur regarda nerveusement autour d'elle, puis prit son courage à deux mains. Même si son statut d'ex-bras droit du capitaine des elfes noirs et ses vastes connaissances lui avaient permis d'accéder à divers postes d'importance au sein du royaume, elle n'avait pas encore assez confiance en elle pour poser sa question sans tremblements dans la voix.

« Hum… Euh… Dame Atô ?

— Oui ? Qu'y a-t-il, Emhur ?

— C'est un sujet que nous n'avons pas encore abordé ensemble, mais… euh… »

Elle pointa fébrilement son long doigt blanc vers le paysage face à eux. Ce qui n'était encore qu'une accumulation hasardeuse de quelques bâtiments il y a quelques semaines s'était désormais transformé en véritable ville. Chaque élément de la forêt avait été pensé et exploité afin de créer un environnement à la fois ergonomique et agréable : les branches avaient été taillées et aménagées de telle sorte à former des ponts, reliant les dizaines de maisons – perchées dans les arbres géants – entre elles.

Au sol, dans une partie nettement délimitée qui avait été déboisée afin de permettre la fabrication des planches, se trouvaient désormais des champs dans lesquels diverses cultures alimentaires avaient été plantées. On y avait également installé des clôtures défensives ainsi qu'un puits. Ce territoire, inhospitalier il y a quelques mois encore, était désormais le lieu d'une civilisation naissante qui, en dépit de balbutiements hasardeux, n'avait rien à envier aux nations limitrophes du Continent légitime. Pour autant, une étrange atmosphère se dégageait de ce lieu.

L'épaisse verdure qui enveloppait autrefois la forêt du Territoire maudit avait laissé place à ce qui ne pouvait être décrit que comme un maléfice grandissant. Les arbres géants avaient pris des formes aberrantes et leurs feuilles avaient des couleurs effrayantes. Les plantes au sol étaient devenues d'horrifiques sculptures végétales et la ville entière était recouverte d'une sorte de brume inquiétante. Le liquide qui s'écoulait près du puits, formant un petit étang au milieu de la ville, ressemblait à tout sauf à de l'eau potable, et voir régulièrement les jeunes elfes y barboter ne pouvait que susciter l'inquiétude. Pour dire les choses simplement, la capitale du royaume de Mynoghra était en train de se corrompre radicalement.

« Quoi, tu parles de la forêt ? Huhuhu… On dirait bien que j'ai oublié de t'expliquer certaines choses ! Désolée ! »

Atô essaya d'adoucir la gravité de cet oubli avec un petit rire forcé. Emhur, habituée au côté étourdi du bras droit du Roi de la Ruine, décida d'expliciter sa question.

« Non, ne vous excusez pas, ce n'est pas grave. Je voulais simplement savoir pourquoi la forêt avait cette apparence si… singulière. Je me demandais s'il fallait qu'on s'inquiète…

— Absolument pas, tout cela est normal. Comme tu le sais, en intégrant notre royaume, votre peuple est devenu maléfique. Cela n'a pas fondamentalement modifié vos caractères, mais la puissante influence de sire Takuto a bien changé votre alignement. Et cette influence ne s'étend pas uniquement aux créatures vivantes, mais également à l'environnement.

— Ah ! C'est donc pour ça que l'atmosphère est si différente… »

La réponse d'Atô fut étonnamment simple. Mynoghra rendait non seulement ses citoyens maléfiques, mais impactait la nature également. Emhur, qui n'avait pas vu son caractère changer en dépit du temps passer à Mynoghra, mis quelques instants à accepter cette nouvelle information.

« On appelle ça le "sol corrompu". Celui-ci offre des bonus à toutes les unités d'alignement mauvais et octroie des malus considérables aux unités neutres et bonnes. C'est un sol absolument formidable, parfaitement adapté aux stratégies défensives.

— Ça alors… Mais, une seconde… ce sol offre-t-il vraiment des avantages aux gens maléfiques ? »

Les doutes d'Emhur étaient parfaitement compréhensibles. Certes, l'idée qu'un sol corrompu soit bénéfique auprès d'un peuple malfaisant semblait cohérente, mais elle n'en ressentait aucun effet jusqu'à présent. Au contraire, la première chose qui lui venait à l'esprit en voyant le paysage face à elle était un dégoût prononcé.

Atô, qui s'attendait déjà à cette question, esquissa un sourire en coin.

« Essaie donc de respirer un grand coup.

— Respirer ? Très bien… Hmm… Pfiouu…

— Alors ? Comment te sens-tu ?

— C'est bizarre… Tout cet air a l'air vicié et pourtant j'ai l'impression soudaine d'être rafraîchie !

— C'est la preuve que tu es d'alignement maléfique. Mais ce n'est pas étonnant de ne pas remarquer ce genre de changements, tu sais, c'est toujours comme ça… »

Emhur hocha la tête en laissant échapper un petit « Oh ! » d'étonnement. Maintenant qu'elle y repensait, le fruit de chairisier qu'elle avait mangé quelques jours auparavant l'avait moins dégoûté que lors de ses premières tentatives de dégustation. Elle s'était même dit que sa chair était un peu trop dure, et que la prochaine fois elle devrait le mijoter à feux doux un peu plus longtemps. Comme Atô venait de le dire, il était effectivement difficile de se rendre compte d'un changement intérieur aussi subtil. Désormais, plus Emhur regardait le paysage face à elle, plus elle sentait qu'il n'était pas si horrible que cela. Au contraire, le fait qu'il puisse repousser la majorité des gens signifiait qu'il resterait probablement toujours aussi tranquille et isolé. Plus elle y pensait, plus elle en était convaincue. La corruption qui s'installait en elle au fur et à mesure la transformait sans que cette dernière ne s'en rende compte.

« En revanche, il y a effectivement un petit problème… Tous ces changements rendent cet endroit dix fois plus suspect… »

Emhur se tourna vers Atô et se força à ne pas lui répliquer « Ça vous pouvez le dire ! », mais n'en pensait pas moins. Cela était effectivement un problème inédit. Plus la corruption s'étendrait dans la forêt, plus la capitale du royaume de Mynoghra deviendrait voyante. Mynoghra ne pourrait plus être dissimulé pendant bien longtemps. Heureusement, ils se trouvaient encore dans le Territoire maudit et pouvaient donc jouir de la protection que leur offrait la forêt touffue. Cependant, ils finiraient par être obligés, à un moment ou à un autre, d'agrandir leur territoire. Une nation qui s'expose au monde extérieur devait s'attendre à une augmentation directe des problèmes, *a fortiori* quand la nation en question était d'alignement mauvais.

« Enfin, quoi qu'il arrive, il faudra forcément que le monde apprenne notre existence… alors, pour l'instant, profitons du moment présent ! On s'inquiétera de ces petits détails plus tard ! »

Emhur trouvait cette nonchalance légèrement inquiétante, mais se retint de le dire. Elle se trouvait tout de même face au bras droit du Roi de la Ruine. Ce n'était pas parce qu'elle était désormais habituée à lui parler qu'elle pouvait se permettre de l'insulter non plus. Et même si elle avait critiqué la désinvolture d'Atô, elle n'avait de toute façon pas de meilleure solution à proposer. Elle finit donc par se dire que cette dernière avait entièrement raison. Mynoghra finirait bien par se faire connaître du reste du continent, mais cela ne mènerait à rien de s'en inquiéter avant même que cela n'arrive. Et avant Mynoghra, c'était probablement d'abord l'existence du grand roi Takuto Ira qui serait découverte. Mais Emhur n'était pas inquiète une seconde pour ce fait particulier. Après tout, ce dernier allait mener le monde à la ruine. Sa présence seule était la source d'un soulagement infini, et Atô, sa subordonnée, promettait inlassablement aux citoyens de la nation un avenir où tous leurs ennemis seraient éliminés. Pour Emhur, les elfes noirs étaient réellement devenus la race la plus chanceuse au monde. Elle regarda autour d'elle les enfants en train de jouer, les guerriers qui s'entraînaient et les jeunes qui discutaient joyeusement. Elle esquissa un sourire rempli d'une confiance infinie. Mais elle savait également que la route serait encore longue, et se jura intérieurement de continuer à faire de son mieux afin que son roi adoré atteigne tous ses objectifs.

Eterpedia

Corruption

Attribut national

- Le territoire de la nation devient un « Sol corrompu »
- [redacted]

No Image

Description

Le monde atteindra bientôt l'heure de la destruction. Le sol lui-même sera alors corrompu par les forces maléfiques.

La corruption fait partie des attributs des nations d'alignement maléfique.

Sa caractéristique principale est de transformer le territoire de cette nation en « Sol corrompu ».

Un sol corrompu offre divers bonus aux unités d'alignement mauvais, et de lourds malus aux unités neutre et bonnes.

Contrairement à ce que son apparence révoltante pourrait laisser penser, le sol corrompu n'offre que des avantages domestiques et défensifs.

CHAPITRE 10
Affrontement

Verdel et Launius avaient finalement réussi à engager une cinquantaine de mercenaires, qu'ils menaient désormais vers le Territoire maudit. Il était habituel de faire appel à des aventuriers et à d'autres soldats en tout genre, qui proposaient leurs services au plus offrant. En effet, le continent d'Hydragia était loin d'avoir été entièrement exploré, et toutes ces zones encore mystérieuses étaient emplies de dangereux monstres et démons divers. Engager un combattant volontaire pour toutes sortes de situations, qu'elles soient publiques ou bien privées, était de fait monnaie courante. Le groupe d'hommes qui suivait désormais les deux paladins était formé de ces mercenaires aux origines aussi disparates que leurs apparences. Ils n'avaient jamais connu les champs de bataille, mais ils avaient parcouru les endroits les plus inhospitaliers et reculés du continent afin d'exterminer les monstres qui y vivaient, ce qui en faisait donc des recrues idéales pour cette sainte expédition. Ils semblaient tous bien intégrés et obéissants, mais cela n'était en rien une garantie que la mission se déroulerait sans aucun souci.

Verdel, au départ agréablement surpris et satisfait par le professionnalisme et l'efficacité de Launius, commençait à se plaindre de plus en plus souvent à mesure qu'il progressait dans la forêt que le groupe était en train de traverser.

« Mais quelle plaie… Pourquoi on m'a confié une mission pareille ? J'ai envie de rentrer chez moi… Je préférerais encore cent fois me taper les sermons interminables de l'archevêque de Qualia plutôt que d'être là…

— C'est probablement en raison des troubles au nord du royaume. En temps normal, nous aurions dû avoir une escouade un peu plus fournie que la nôtre, mais c'est la preuve qu'actuellement Qualia ne possède ni hommes ni ressources à gaspiller.

— Ouais, tu dois avoir raison… »

Verdel mit fin à la discussion d'un revers de la main et continua à marcher avec un air complètement défait. La vitesse à laquelle il réussissait à avancer en dépit de la lourde armure qu'il portait était le signe qu'il était un paladin d'élite, un homme à la discipline et au talent largement supérieur à celui du commun des mortels. Admirant du coin de l'œil ce chevalier qui était censé à lui seul valoir cent soldats, Vargo, le chef des mercenaires qui accompagnaient les paladins, décida de se joindre à la conversation.

« Les troubles au nord du royaume… Apparemment, ça ne rigole pas du tout par là-bas, je suis plutôt content qu'on aille dans la direction opposée.

— Tiens, j'aurais plutôt cru que vous vous battriez tous pour y aller, vu ce que ça peut vous rapporter.

— Un gros salaire ne sert pas à grand-chose si on meurt et qu'on ne peut pas en profiter par la suite. De toute façon, la situation semble si critique que de banals guerriers comme nous ne serviraient à rien.

— C'est vrai que même si les mercenaires comme toi sont juste bons à obéir aux ordres, vous avez tous un sacré sens de la survie…

— Et puis surtout… il paraît que là-bas, au nord, ils ont affaire à… une sorcière. »

Verdel et Vargo se parlaient avec un ton aussi grossier l'un que l'autre. Launius poussa un soupir en écoutant leur dialogue, dépité par l'idée qu'il serait impossible de deviner lequel est le paladin et lequel est le mercenaire si on ne les observait pas. Mais il fronça soudain les sourcils en entendant le dernier mort prononcé.

Une « sorcière ».

Aucun doute, c'était bien ce que Vargo venait de dire. Launius n'avait jamais entendu ce mot auparavant. Ce qui se passait dans l'État septentrional paraissait encore plus mystérieux que ce qu'il pensait. Il décida de se joindre à la conversation afin d'en savoir plus.

« Que venez-vous de dire, Vargo ? “Une sorcière” ? Je n'ai jamais entendu ça auparavant.

— Bah, c'est qu'une rumeur…

— Ben, arrête de la propager, alors ! s'énerva Verdel. Cette mission est déjà assez pénible comme ça, j'ai pas envie de me farcir tes histoires à dormir debout par-dessus le marché.

— Désolé, m'sieur le paladin…

— Je veux en finir avec cette expédition le plus vite possible afin de pouvoir rentrer chez moi ! »

Montant sur ses grands chevaux, Verdel mit brutalement fin à la conversation. Il était connu pour avoir des sautes d'humeur, mais il était inhabituel qu'il se montre aussi pressant. Ce n'était pas par hasard qu'il refusait de continuer à parler de cette fameuse sorcière, Launius le savait bien. Pour autant, il décida de garder le silence, car il savait pertinemment qu'insister ne le mènerait à rien.

« Allons, m'sieur le paladin, pas la peine de vous fâcher comme ça… Bon, on sera bientôt dans la dernière grande ville de la zone neutre avant d'entrer dans le Continent sombre, alors on devrait y passer la nuit. Ce sera bien mieux que de devoir établir un camp.

— Mouais… C'est pas faux.

— Et pis, vous en faites pas, on va torcher cette expédition vite fait bien fait, comme on dit chez nous ! »

Le chef des mercenaires semblait avoir réussi à calmer Verdel, qui s'était apaisé. Launius, quant à lui, commençait à ressentir une certaine angoisse monter en lui, prenant conscience qu'il lui serait impossible d'en savoir plus sur cette fameuse enchanteresse.

« Ça vous va aussi, m'sieur Launius ?

— Hmm ? Ah… Oui, bien sûr. »

Qui pouvait donc bien être cette « sorcière » ? Il était évident que Verdel en savait plus sur elle qu'il ne le laissait paraître. Selon leurs grades, les paladins pouvaient avoir accès à différents types d'informations. Cependant, les informations dites « sensibles » requéraient une habilitation que seuls les hauts gradés pouvaient obtenir. En raison de sa qualité de paladin supérieur, il ne serait pas étonnant que Verdel soit au courant de secrets d'État dont Launius ne pourrait même pas se douter. C'est donc le cœur empli de nouvelles questions qu'il continua sa marche jusqu'à la dernière zone civilisée, avant de pénétrer dans l'inconnu.

Une expédition dans le Continent sombre n'avait rien de simple ou de facile. Même s'il était parsemé de quelques villages qu'il était possible de visiter, la majorité de la région – qui n'était rien d'autre qu'un immense désert – était contrôlée par de féroces sauvages. En plus du risque évident d'attaque, le manque de vivres pouvait devenir lui aussi rapidement un problème. Le continent lui-même était pourvu d'innombrables dangers : des marécages, dont les gaz hautement toxiques pouvaient mener à une mort certaine, des forêts emplies de maladies inconnues pour lesquelles il n'y avait aucun remède, des routes impraticables, un climat intransigeant… Y entrer était, de fait, strictement interdit pour la majorité de la population. Toutes ces raisons faisaient qu'une préparation rigoureuse et minutieuse était nécessaire pour toute tentative d'expédition, et ce même pour les vaillants et compétents paladins du royaume sacré de Qualia.

Les paladins et leur groupe de mercenaires se trouvaient désormais au sein de la dernière ville neutre, frontalière du Continent sombre. Celle-ci constituait une véritable plaque tournante qui faisait le lien entre des royaumes comme Faunkavenn ou Sutherland et les nations du Continent légitime. Ils profitaient tous du dernier repas chaud qu'ils pourraient manger avant un bon bout de temps.

« Aaaaah ! C'est aussi notre dernière chance de boire de l'alcool, alors faut en profiter ! »

Verdel venait d'engloutir d'une traite une chope de bière, dont la qualité était plus que discutable. Il frappa violemment celle-ci sur la table, comme s'il était déjà ivre, bien qu'il soit difficilement envisageable qu'un homme de sa corpulence puisse l'être aussi rapidement.

« Z'êtes sûr qu'un paladin comme vous a le droit de boire comme ça, m'sieur Verdel ? »

Bien que les paladins soient des chevaliers dont la mission était de combattre les forces du mal, ces derniers étaient avant tout de fervents croyants entièrement dévoués au dieu Aaros. De fait, à Qualia, tous les hommes pieux ne buvaient généralement pas d'alcool. Vargo ne put ainsi cacher sa surprise lorsqu'il observa la rapidité avec laquelle s'était abreuvé Verdel.

« Épargne-moi ces remarques mesquines, Vargo ! Le Seigneur lui-même a bien dit qu'il était naturel pour un prêtre d'enlever sa robe une fois qu'il était rentré chez lui. Tu sais ce que ça veut dire ? Qu'Aaros nous conseille de nous détendre après une bonne journée de boulot ! »

Vargo trouvait cette déclaration plus que louche, mais il préféra ne pas y répondre. Même s'il avait été engagé par Launius, Verdel se trouvait être le supérieur de celui-ci – et donc le sien par extension – et il n'avait pas l'intention de se disputer avec lui. Quand on lui demandait quelle était la qualité la plus importante pour un mercenaire, la réponse de Vargo était sans appel : ne pas froisser la personne qui verse le salaire. Au bout du compte, ceux qui exerçaient cette profession n'étaient ni plus ni moins que des marchands. Même s'il y avait bien des criminels et autres personnes peu recommandables parmi eux, en tant que chef, Vargo savait que le client était roi et qu'il valait mieux éviter de l'énerver, sous peine de se faire congédier. Launius, en revanche, ne pouvait pas rester silencieux face à de telles paroles.

« Vous parlez bien du troisième verset du quatrième chapitre du troisième livre des Saintes Écritures d'Aaros, n'est-ce pas ? Ce passage nous apprend uniquement qu'un prêtre a le droit de se détourner temporairement de ses fonctions pieuses lorsqu'il est auprès de sa famille.

Mais celui-ci ne donne en aucun cas le droit de consommer de l'alcool à volonté…

— Hmm… On dirait bien qu'on possède une interprétation différente du message transmis ! Je crois que ça mérite bien un petit débat théologique ! Hahaha ! »

Launius cherchait à réprouver la consommation de Verdel, mais ses paroles n'eurent aucun effet sur sa bonne humeur légèrement enivrée. Boire de l'alcool n'était pas strictement interdit dans leur religion, mais on attendait simplement des hommes de foi qu'ils se désaltèrent avec modération, que ce soit en quantité ou bien en fréquence. Profiter d'un verre de vin lors qu'un dîner chez soi n'avait rien de problématique, mais voir un paladin engloutir des chopes de bière dans une auberge insalubre pourrait mener les gens à remettre sa piété et son caractère en question. Launius se demanda une fois de plus comment un tel personnage avait bien pu mériter le titre de paladin supérieur, et changea piteusement de sujet lorsqu'il se rendit compte que cette discussion n'irait nulle part.

« Enfin bref, paladin Verdel, pouvez-vous m'en dire plus sur la situation dans le Territoire maudit ? Et qu'en est-il de cette fameuse vision de la sainte ?

Le voyage vers le Territoire maudit allait leur prendre beaucoup de temps. Ils allaient devoir marcher jour et nuit, et devaient donc économiser leurs forces au maximum. Sachant pertinemment que ce serait la dernière occasion d'obtenir des réponses, Launius décida de poser la question qui le taraudait le plus depuis qu'il s'était vu confier sa mission. Mais dès qu'il termina sa phrase, Verdel prit un air des plus sévères. Il appréciait peu l'indiscrétion dont son subalterne faisait preuve. Vargo, qui grignotait à côté d'eux, grimaça également. Verdel s'enfonça dans sa chaise. Il regarda discrètement autour de lui afin de s'assurer que personne ne les écoutait, puis se mit à parler.

« Eh, Vargo…

— Je suis un mercenaire. Vous vous doutez bien qu'on plaisante pas sur la confiance, dans ma branche. »

Le chef des mercenaires avait anticipé ce que Verdel allait lui demander et répondit sans même attendre qu'il finisse sa phrase. Il savait que le reste de cette conversation ne devait en aucun cas s'ébruiter et tenait à rassurer Verdel sur son professionnalisme. Et sa réponse avait suffi à convaincre le paladin supérieur. Comme il l'avait dit, la confiance était l'une des priorités principales des mercenaires. Trahir celle-ci leur ferait perdre des clients et les pousserait vers la pauvreté et le banditisme. Rassuré, Verdel croisa les bras, ferma les yeux et se mit à réfléchir à ce qu'il allait dire. Launius attendait patiemment à côté de lui qu'il prenne enfin la parole. Il avait besoin d'informations, et son supérieur était actuellement la seule personne à pouvoir en lui fournir.

Après quelques secondes, Verdel ouvrit de nouveau les yeux. Il jeta un nouveau regard autour de lui, puis chuchota :

« Ça concerne cette sorcière… »

Une atmosphère pesante se fit immédiatement ressentir. C'est le même mot que Launius avait entendu plus tôt dans la journée et qui l'avait plongé dans le doute. Ne comprenant toujours pas le sens de cet étrange terme, il intervint timidement.

« C'est quoi, une sorcière ?

— Aucune idée ! »

Verdel ponctua sa phrase en portant une nouvelle fois sa chope de bière à sa bouche. Malheureusement pour lui, elle était déjà vide, et il appela le tenancier pour la lui remplir. Launius connaissait Verdel depuis peu de temps, mais il commençait à bien cerner le personnage. Il comprit immédiatement à son attitude que lui poser d'autres questions serait inutile et se mordit machinalement la lèvre, signe de réflexion. Sentant qu'il pouvait s'attirer les bonnes grâces du jeune homme, Vargo lui fit part de quelques révélations.

« Selon la rumeur, tout ce chaos dans le nord du continent est causé par une sorcière.

— Mais est-ce le nom d'une créature seule ? Ou bien…

— Certains croient que c'est le nom d'un groupe maléfique, d'autres que c'est le nom d'une bête démoniaque… Pour l'instant, il est impossible de savoir qui dit vrai. »

Sa condition de chef d'un groupe de mercenaires obligeait Vargo à être bien informé. Son quotidien n'était fait que de violence et c'est par l'épée qu'il gagnait sa vie. Dans ces circonstances, un manque d'informations pouvait le menait à une mort certaine. C'est la raison pour laquelle il cherchait toujours à en savoir le plus possible sur n'importe quelle situation, et était actuellement mieux informé que Launius, pourtant paladin de son état.

« Donc même les mercenaires n'ont pas plus d'informations sur ce sujet ? Personne ne sait ce qui se passe ?

— J'imagine que vous êtes au courant, m'sieur Launius, mais la frontière nord du Continent légitime est un endroit très dangereux, en ce moment. Le peu de personnes que je connaissais s'y étant aventurées ne m'ont plus donné signe de vie… »

L'État septentrional de Qualia, autrefois un simple désert de glace sans histoires, était désormais en proie au chaos le plus total en raison de cette fameuse « sorcière ». Le gouvernement offrait des primes faramineuses aux mercenaires pour se rendre dans cette région et enquêter sur le sujet, mais peu étaient assez fous pour le faire. La majorité d'entre eux accordaient plus d'importance à leur survie qu'à un sac rempli d'or. Le groupe engagé par Launius en était le parfait exemple.

« Donc voilà la situation. J'ai pas vraiment envie d'aller voir ce qui se passe au nord de mes propres yeux, au contraire. Quand vous m'avez donné l'occasion d'aller à l'autre bout du monde, j'ai saisi ma chance et j'ai pas honte de le dire. J'ai aucune envie de mourir prématurément, moi. »

C'est grâce à ce genre de décisions que Vargo et ses hommes avaient pu survivre aussi longtemps, alors que leur métier faisait partie de ceux possédant le taux de mortalité le plus élevé du royaume. Le ton qu'il avait employé montrait bien qu'il n'avait pas peur d'être perçu comme un lâche. Légèrement impressionné par l'aplomb du mercenaire, ou bien simplement enchanté par la nouvelle chope de bière qui venait d'arriver sur la table, Verdel semblait avoir retrouvé sa bonne humeur.

« T'as raison, la vie compte plus que tout le reste. Mais ça, on ne s'en rend seulement compte qu'une fois qu'on a vu la mort en face !

— Pour être franc, m'sieur Verdel, y a pas que ça. Y a aussi le fait que j'ai rencontré un beau brin de femme, y a pas longtemps. Une marchande très talentueuse et aussi jolie qu'une fleur… »

Les joues de Vargo s'empourprèrent légèrement.

Manifestement amusé par le léger embarras de ce dernier, Verdel se mit à lui taper gaiement dans le dos en riant.

« Mais il fallait le dire tout de suite, dis donc ! Petit cachottier, va ! Alors comme ça, tu t'es trouvé une chérie ? Dans ces circonstances, je comprends pourquoi tu ne veux plus prendre de risques ! À ta place j'éviterais toutes les missions dangereuses à partir de maintenant. Tu veux de l'aide ? J'ai quelques contacts dans l'État méridional qui pourraient te donner des boulots tranquilles !

— Héhé… Je comptais travailler encore un peu, mettre de côté et changer de boulot, mais c'est si gentiment proposé que je pourrais bien accepter votre proposition…

— Ben oui, fais donc ça ! »

Malgré son caractère en apparence si bourru, Verdel avait manifestement commencé à se rapprocher de Vargo et discutait joyeusement avec lui. Launius ne pouvait qu'admirer l'aisance avec laquelle il pouvait communiquer avec le monde qui l'entourait. Il était impossible de savoir si Vargo avait véritablement une compagne qui l'attendait dans sa ville d'origine, mais Verdel n'avait pas hésité une seconde à lui offrir son aide pour qu'il la rejoigne au plus vite. Au fond de lui, Launius pensait que le véritable but de Vargo était simplement la collecte d'informations, et qu'il avait voulu détendre l'atmosphère avant de repasser aux choses sérieuses. Et, l'instant qui suivit lui donna raison, car après s'être gratté la tête d'un air embarrassé, il tourna la tête vers Verdel et se remit à parler sur un ton plus sérieux.

« Mais d'ailleurs, m'sieur Verdel, si jamais vous me dites qu'on pourrait croiser une sorcière pendant cette mission, je vais peut-être choisir de rentrer chez moi tout de suite… Ma marchande, elle s'appelle Sarasa… Je suis plus tout jeune et j'ai plus envie d'être avec elle que de combattre des créatures inconnues…

— Hmm ? Ah, je vois. Ne t'en fais pas pour ça. Notre objectif pour cette expédition est clair. »

Il était sur le point de leur révéler l'un des secrets les mieux gardés du royaume sacré de Qualia. Launius se pencha machinalement vers lui, réjouit à l'idée que sa curiosité allait enfin être assouvie.

« Ah bon ? Et c'est quoi, cet “objectif clair”, alors ?

— Les elfes noirs ont fui dans le Territoire maudit. Il m'est d'avis que ce sont eux qui préparent un mauvais coup et que le présage qu'a eu la sainte le lui a révélé. »

On disait que ce peuple avait choisi de s'éloigner de la lumière divine et qu'il marchait désormais sur la route du mal. L'idée insensée que des gens pouvaient sciemment refuser l'amour du Seigneur avait paru si incroyable à Launius que cela l'avait fait rentrer dans une colère folle la première fois qu'il avait entendu ces rumeurs. Le fait qu'ils soient bien à l'origine de la prédiction catastrophique de la sainte n'aurait de fait rien d'étonnant.

« Les elfes noirs ? J'ai entendu dire qu'ils avaient été chassés d'El-Nar, mais je n'aurais pas cru qu'ils finiraient dans le Territoire maudit…

— Ils ne sont pas vraiment connus pour être digne de confiance, donc ça n'aurait rien d'étonnant qu'ils soient bien en train de fomenter quelque chose…

— Fomenter quelque chose ? En temps normal, cela m'aurait fait rire, mais je dois avouer qu'avec eux, c'est tout à fait possible. Après tout, c'est un peuple spécialisé en assassinats et en malédictions. Je crois que deux d'entre eux ont leur tête mise à prix. S'ils ont fui ensemble, ça n'augure vraiment rien de bon.

— Tu parles du vieux Moltar et de Gia le meurtrier ? Il s'agit effectivement des primes de premier choix. J'ai déjà eu affaire à Moltar dans le temps, c'est loin d'être un enfant de cœur... »

Launius écoutait la conversation avec intérêt. Le danger auquel ils allaient devoir faire face était désormais explicite. Si un groupe d'elfes noirs, spécialisé en assassinat et magie noire, en était venu à s'exiler dans une région reculée, c'était sans aucun doute afin de parfaire leurs compétences malfaisantes jusqu'au jour où ces derniers pourraient s'en prendre directement au royaume sacré de Qualia et à l'alliance spirituelle d'El-Nar. Si jamais ils mettaient leur plan à exécution, des centaines d'innocents pourraient périr, si ce n'est plus. Launius serra machinalement le poing.

« Enfin, tout ce qu'on a à faire pour l'instant, c'est mener notre petite enquête. Si jamais on tombe sur ces fameux elfes noirs, il faut éviter de les provoquer à tout prix. Au contraire, ordre est donné de fuir, quoi qu'il arrive.

— Je crois que mes hommes seront tous soulagés d'entendre ça. »

Vargo acquiesçait avec un sourire rempli de soulagement. Il avait vraiment un don évident pour la conversation. Même s'il n'avait pas réussi à en savoir plus sur la sorcière, il avait au moins réussi à se rassurer sur sa propre survie. Launius était impressionné par la gouaille du mercenaire, mais le discours que son supérieur venait de déclarer le scandalisa.

« Une seconde, sire Verdel. Des paladins comme nous

ne peuvent pas tenir de telles paroles. Si nous faisons face aux forces du Mal, nous nous devons de les affronter, pas de fuir la queue entre les jambes ! »

Launius était convaincu que tout ce qui menaçait la vie des innocents devait être éradiqué dès son identification. Il avait déjà été témoin de bien trop de scènes lors desquelles l'incapacité à prendre une décision rapide avait mené à une tragédie. Il ne pouvait pas supporter l'idée que le royaume sacré de Qualia puisse fuir devant toutes formes de Mal en raison de vulgaires raisons politiques. Son puissant sens de la justice provenait en partie de la fougue de sa jeunesse, mais il était d'un autre côté difficile de lui donner tort sur le principe. Verdel le savait bien, et ce fut pour cette raison qu'il se tourna vers lui et lui répondit le plus sérieusement possible.

« Launius…

— Oui ? Je vous écoute, paladin Verdel.

— Je sais ce que tu ressens. Quand j'avais ton âge, moi aussi j'étais impatient de faire mes preuves. Mais il n'y a pas que les médailles et les louanges de nos supérieurs, dans la vie. Si tout ce qui t'intéresse c'est le résultat final, tu cours uniquement au désastre. Tu dois apprendre à prendre du recul. »

Launius n'était absolument pas satisfait par cette réponse. Il ne comprenait pas où Verdel voulait en venir. Et même s'il était certes impatient de faire ses preuves, sa priorité était de satisfaire uniquement le Seigneur et non pas ses supérieurs. Il sentait la révolte monter en lui, mais Verdel continua son explication.

« En tant que fidèles serviteurs de notre Seigneur, on doit parfois mettre nos vies en danger pour combattre les forces du Mal, c'est vrai. Mais ce choix ne doit pas se faire par-dessus la jambe non plus. On a tous une raison de rester en vie. Toi, moi, Vargo… Et tous les autres. »

Verdel regarda les mercenaires tout autour de lui dans l'auberge, puis se tourna de nouveau vers Vargo et Launius. Ils le regardaient tous les deux avec des airs stupéfaits. Verdel secoua la tête et attrapa, contre toute attente, un verre d'eau. Il le vida d'une traite.

« Pff ! Plus je vieillis, plus je me mets à sermonner comme ces vioques de l'Église ! Haha ! »

C'est ainsi que cette étrange conversation prit fin, noyée dans le joyeux brouhaha animé de l'auberge.

***

Le lendemain, les membres de l'expédition firent enfin leurs premiers pas dans le Continent sombre. Quelle ne fut leur surprise quand ils découvrirent que celui-ci n'était qu'en réalité qu'un vaste désert aride, constitué de sable et de rochers rouge sang. Le ciel au-dessus d'eux pouvait paraître bleu de prime abord, mais semblait prêt à s'assombrir à tout moment. Toute la zone était dépourvue d'humidité, atteinte par la sécheresse, et si une pluie venait à tomber, elle serait probablement torrentielle et provoquerait des inondations. Cet environnement, hostile à toute présence humaine, avait hérité d'un patronyme parfaitement approprié. Ceux qui s'aventuraient au sein du « Continent sombre » n'avaient aucune chance d'y apercevoir la moindre once de lumière et d'espoir.

« Ce désert à perte de vue… Il y a bien quelques plantes ici ou là, mais cette région est manifestement défavorable à toute forme de vie… »

C'était la première fois que Launius y mettait les pieds. Verdel, qui regardait pensivement au loin, lui répondit sans même le regarder.

« Le reste de ce continent est tout aussi hostile. On pourrait croire qu'il y aurait des zones un peu moins rudes, mais entre le Territoire maudit, la Prairie aux vipères ou le Marais ivre… C'est vraiment pas un monde fait pour accueillir qui que ce soit.

— Mais il existe quand même des royaumes neutres sur ce continent, n'est-ce pas ?

— Effectivement. Mais ils sont loin d'avoir la vie facile. »

Launius regarda autour de lui et se dit que cela n'avait vraiment rien d'étonnant. Quelques regards suffisaient à comprendre qu'aucune récolte ne pouvait pousser sur ces terres. Il se demanda non seulement comment les gens pouvaient survivre dans un tel endroit, mais surtout pourquoi ils choisissaient de le faire.

« Dire que ces tous ces peuples pourraient recevoir la bénédiction du Seigneur s'ils acceptaient simplement de marcher dans ses pas… »

Launius ne reçut aucune réponse. Il leva les yeux et constata que Verdel était en pleine discussion avec Vargo et établissait le meilleur moyen d'atteindre le Territoire maudit. Quelques minutes plus tard, ils informèrent le reste du groupe de mercenaires de l'itinéraire qu'ils avaient choisi et se mirent à avancer dans ce désert qui n'offrait aucun chemin fiable. Il ne semblait pas non plus y avoir de repères autour d'eux et il était difficile d'établir dans quelle direction ils marchaient. Les seules choses qui rendaient cette expédition possible étaient l'expérience de Verdel et de Vargo, et une préparation sans faille.

« C'est quand même un bon petit groupe de mercenaires que tu nous as trouvés là ! »

Le groupe marchait en silence depuis de longues minutes lorsque Verdel se mit finalement à parler. Son compliment était sincère. Launius jeta un coup d'œil aux hommes derrière lui, puis acquiesça d'un air convaincu.

« Oui, ils sont vraiment très compétents. Ils feraient d'excellents soldats, sans aucun doute. Cependant ils préfèrent apparemment largement être libres de leurs mouvements plutôt que d'appartenir à une structure quelconque, c'est pour cela qu'ils ont choisi cette vie…

— Bah, je suis sûr qu'un bon entraînement bien sévère les remettrait dans le droit chemin ! D'ailleurs je me ferais un plaisir de m'en charger… »

Verdel s'imagina déjà ce qu'il pourrait faire subir aux mercenaires avec un grand sourire, où ceux-ci n'auraient pas leur mot à dire. Il est vrai que s'il venait prendre le rôle de sergent-instructeur, il transformerait ces mercenaires en soldats d'élite. Mais la formation des soldats ne faisait pas partie des tâches d'un paladin et les personnes de sa profession étaient déjà bien trop occupés. Il n'existait qu'une douzaine de paladins supérieurs dans chacun des États de Qualia, et ils avaient tous mieux à faire qu'entraîner de nouvelles recrues potentielles. Quelles que soient ses intentions, les paroles de Verdel allaient donc rester du domaine du fantasme.

« Je me doute que ce serait un plaisir pour vous, mais vous devez avoir déjà bien trop de choses à faire, n'est-ce pas ? »

Launius parla d'une voix lasse et laissa échapper un petit soupir. Mais Verdel n'eut même pas le temps de lui répondre.

« Un géant des collines !

— Oh non ! »

L'un des mercenaires à l'avant du groupe cria d'une voix paniquée. Verdel et Launius sortirent immédiatement leur épée de leur fourreau. Tout le groupe de mercenaires s'arrêta sur place et Vargo, leur chef, vint immédiatement se placer à côté des deux paladins. Un énorme monstre humanoïde se révéla lentement à eux derrière un immense rocher. Il s'agissait bien d'un géant des collines, un membre de cette race hostile du Continent sombre qu'on appelait généralement les « sauvages ». Il les dominait de quelques mètres. Un seul coup de son immense poing suffirait à tuer n'importe quel humain. De plus, sa peau était extrêmement dure et peu d'épées étaient capables de la trancher. Même une escouade entière d'une armée régulière aurait du mal à vaincre un tel ennemi, alors pour un petit groupe de mercenaire, c'était une mission qui relevait de l'impossible.

« Argh ! Quelle plaie ! Eh, les gars ! Préparez-vous à combattre ! Éloignez le chariot et sortez vos arcs ! »

Tous les mercenaires se mirent à bouger comme un seul homme en entendant les ordres de Vargo. Le chariot de vivres fut rapidement placé à l'arrière-garde et des cavaliers vinrent s'ajouter au front. Les fantassins avaient sorti leurs épées et les archers grimpèrent sur des rochers pour pouvoir viser le géant plus facilement. Launius regardait celui-ci s'approcher d'eux avec un air de plus en plus jovial. N'importe quel guerrier digne de ce nom aurait pu comprendre à ses mouvements qu'il se préparait à faire un massacre.

« Il n'a même pas fallu une heure pour qu'on tombe sur une créature maléfique… Le Continent sombre n'a vraiment pas volé sa réputation… »

Même s'il n'était qu'un paladin inférieur, Launius s'était vu confier la mission sainte de vaincre les forces du Mal par le Roi Béni lui-même. L'apparition d'une telle menace ne suffisait donc pas à effrayer ou bien même faire douter son cœur parfaitement préparé. Cependant, il était également de nature réaliste, et savait donc que vaincre un géant des collines tenait de la gageure. La puissance des paladins du royaume sacré de Qualia pouvait à peu près être mesurée à leurs classes respectives, et même un paladin inférieur pouvait se targuer d'une force bien au-dessus de celle du commun des mortels. Mais pour les sauvages, un paladin inférieur ne correspondait qu'à un simple ogre. Un géant des collines leur était, de fait, bien plus que supérieur.

« Excusez-moi m'sieur le paladin, mais je crois qu'on va avoir besoin de votre aide. Ce gros machin est bien trop fort pour des mercenaires comme nous.

— Mais bien sûr, Vargo ! Dis à tes hommes d'utiliser leurs arcs comme diversion ! »

Vargo demanda de l'aide, exactement comme Launius l'avait prévu. Le contrat qu'il avait passé avec les mercenaires stipulait simplement que ceux-ci devaient les guider et les escorter jusqu'au Territoire maudit. Verdel et Launius étaient censés être de simples voyageurs et n'avaient aucune obligation de se battre. Mais ils se trouvaient actuellement dans une situation dépassant largement leurs prévisions et rendant complètement caduc n'importe quel contrat. Les sauvages du Continent sombre étaient bien plus féroces et bien plus cruels qu'on ne pouvait le croire. Launius, qui pensait qu'ils ne croiseraient pas plus dangereux que quelques ogres, se préparait désormais mentalement à mener un rude combat.

Quand soudain…

« Non, c'est bon… Je m'en charge. »

Un homme s'avança dans un cliquetis de métal immédiatement reconnaissable. Il s'agissait de Verdel, le meneur de cette expédition, que Launius regarda sans même dissimuler son étonnement.

« Vous… vous êtes sûr ?

— Mais oui. Je n'ai pas envie que du menu fretin dans son genre nous fasse perdre du temps. »

Launius avait du mal à croire que l'égoïste et acariâtre Verdel proposait de se charger seul du géant des collines. Il avait pensé à demander son aide, mais s'était ravisé en se disant que le paladin supérieur le remettrait probablement vivement à sa place. Au fond de lui, il n'était pas mécontent, car il voulait également voir de quoi Verdel était capable.

« M'sieur Verdel, on va d'abord envoyer une volée de flèches ! Restez en arrière pour ne pas être touché !

— Économisez vos flèches, on n'en a pas besoin. Et je n'ai pas envie que l'ennemi soit distrait par les archers. Dis à tes hommes de reculer, je m'occupe de tout.

— T… Très bien. On vous laisse faire, alors… »

Vargo regardait Verdel avec un air inquiet. Il avait évidemment entendu de nombreuses rumeurs sur les paladins. Ils étaient censés valoir au moins cent soldats et être plus forts que n'importe quel expert en arts martiaux. On disait même des paladins supérieurs que leur puissance était surhumaine. Mais il paraissait impossible qu'ils aient pu réussir tous leurs exploits sans aucune aide extérieure. Le sens aiguisé du danger du mercenaire était en train de lui crier que Verdel commettait une grossière erreur. Et la situation était urgente. Contrairement à la discussion animée qu'ils avaient eue la veille, le chef des mercenaires n'avait pas le temps d'amadouer le paladin avec ses paroles. Ne voulant certainement pas avoir la mort d'un paladin supérieur sur les bras, Vargo se tourna vers Launius, les yeux implorants. Mais malheureusement, le paladin inférieur se contenta de fermer les yeux et de faire non de la tête.

« Faites ce que Verdel dit, Vargo.

— Mais il… Ah… Très bien, à vos ordres… »

Vargo comprit immédiatement qu'il n'y avait aucun recours et décida de ne pas insister. Après tout, il n'était qu'un simple mercenaire et se disputer avec son employeur était le meilleur moyen de ne pas recevoir sa paie. Il se contenta d'observer la situation, non sans repérer le meilleur chemin possible pour s'échapper en cas de problème.

« Ô Seigneur, donnez-moi la force de vaincre les forces du Mal ! »

Dès que Verdel eut fini son incantation, il sembla soudain enveloppé d'une aura sanctifiée. Le géant des collines, sentant que l'atmosphère avait changé, se tourna immédiatement vers le paladin. C'est ainsi que leur affrontement débuta. Verdel fit virevolter son épée à deux mains avec des gestes caractéristiques. Vargo, qui le regardait à distance, se tourne vers Launius.

« Est-ce que c'est la fameuse "escrime sainte" dont j'ai tant entendu parler ?

— C'est bien ça, oui. C'est une technique secrète de Qualia qui permet de renforcer l'esprit par la prière et le corps par le pouvoir divin, tout en se battant à l'épée. Elle ne fait pas que consolider le corps, elle octroie également un avantage contre les créatures maléfiques. »

C'était grâce à cette escrime que le royaume sacré de Qualia avait réussi à devenir une nation aussi puissante, aussi bien du point de vue religieux que militaire. Relativement simple à apprendre et enseignée même aux plus basiques des gardes, elle était extrêmement efficace contre toutes les créatures d'alignement mauvais, surtout entre les mains des paladins les plus talentueux. Même le terrible géant des collines semblait désormais légèrement hésiter à attaquer Verdel.

« Mais c'est vraiment si efficace que ça ? En temps normal il faut une escouade entière pour vaincre un géant des collines. M'sieur Verdel a peut-être beaucoup d'expérience, mais il reste un simple être humain… »

Vargo n'avait pas encore réussi à déterminer la puissance de Verdel. Par nature, les mercenaires sont tous prudents, et Vargo l'était particulièrement. Pour lui, quoi qu'il arrive, affronter un géant des collines seul était bien trop dangereux. Mais le déroulement du combat allait rapidement le faire changer d'avis.

« Regarde, ça va commencer. »

Vargo se tourna de nouveau vers le paladin supérieur et son immense ennemi. Le géant des collines serra le poing et l'envoya directement vers Verdel à une vitesse stupéfiante.

« Attention !

— Pas la peine de crier comme ça… »

Le premier échange se termina en un instant. Verdel esquiva le coup du géant avec une facilité et une souplesse déconcertantes au vu de l'armure qu'il portait, puis contre-attaqua instantanément pour entailler le corps de son adversaire avec un mouvement minimal.

« Pathétique ! Tu crois pouvoir me vaincre simplement parce que tu es plus gros que moi ? »

Les yeux du géant des collines se remplirent de rage alors que du sang se mit à couler abondamment de son bras. Il serra une nouvelle fois le poing et tenta d'écraser Verdel dans un mouvement brusque, mais…

« Arghhh ! »

Il se retrouva soudain genoux à terre. Tout était allé si vite qu'il ne s'était même pas rendu compte de ce qui venait de se passer. Sans qu'il le réalise, Verdel s'était déplacé derrière lui, à une vitesse stupéfiante, et lui avait tranché les tendons.

Ce n'était pas vraiment un combat, mais plutôt une exécution. Chaque coup du géant des collines était facilement esquivé, et chaque contre-attaque lui était peu à peu fatale. Il avait déjà perdu un bras et ses intestins pendaient de son abdomen. L'épée de Verdel semblait avoir été créée pour éradiquer toute créature provenant du Continent sombre. Bien vite, le combat toucha à sa fin. Le géant des collines, à qui il manquait désormais un pied, commença à perdre conscience à cause de ses trop nombreuses hémorragies et s'affaissa au sol. Verdel courut vers lui à une vitesse effarante et abattit le tranchant de sa lame dans le crâne de la créature.

La puissance des paladins du royaume sacré de Qualia pouvait être mesurée à leurs classes respectives.

Un paladin inférieur était à peu près aussi fort qu'un ogre. Un paladin intermédiaire était à peu près aussi fort qu'une liche. Et un paladin supérieur…

« Prends ça !

— Bwwarrrghhh… »

Un paladin supérieur valait à lui seul un dragon mineur.

« Fantastique… »

Launius laissa échapper malgré lui une exclamation admirative. Le coup fatal que Verdel venait de porter était encore plus puissant que toutes ses attaques précédentes., Le crâne du géant explosa en mille morceaux comme si une immense massue s'était abattue sur la tête de la créature. L'incroyable puissance du paladin supérieur et la bénédiction de son Seigneur lui avaient permis de venir à bout en l'espace de quelques secondes. Verdel secoua vivement son arme afin de la nettoyer, signalant ainsi la fin du combat à toute l'assistance.

« Oh la vache, vous êtes incroyable, m'sieur Verdel ! Vous avez tué le géant des collines comme si c'était un banal gobelin !

— C'est pas une raison pour oublier ton boulot. Si vous avez le temps de vous réjouir, il en va de même pour vous préparer à partir. L'odeur du sang va probablement attirer d'autres monstres, alors il faut qu'on fiche le camp illico. »

L'enthousiasme de Vargo redescendit aussitôt, bien que le groupe de mercenaires autour d'eux poussait des hourras admiratifs et festifs. Malgré son agacement face à ces démonstrations de joie – qui lui semblaient futiles –, Verdel comprit que ses tentatives pour les calmer seraient vaines, et se contenta de rouler des yeux.

« Magnifique combat, paladin Verdel. Avec une telle puissance, rien ne pourra vous résister dans le Territoire maudit !

— Mouais… On verra ça… »

Verdel ne semblait pas vraiment apprécier le compliment.

Eterpedia

Verdel, Paladin supérieur

Unité de combat

Puissance : 7

Déplacement : 1

<< Saint >>

<< Escrime divine >>

<< Foi >>

Description

Un chevalier de lumière d'une armée de lumière

Le paladin supérieur est une unité du royaume sacré de Qualia.

Il est doté d'une important bonus de puissance contre les unités maléfiques qui lui permet d'affronter aisément des créatures normalement plus puissantes que lui.

Cependant, c'est là son unique avantage, et ses capacités face aux unités neutres ou bonnes sont relativement banales.

***

Entre l'emplacement du futur palais du Roi de la Ruine et la zone où vivaient les elfes noirs se trouvait désormais une salle dédiée à la pratique de rituels, taillée dans la forêt elle-même. C'était un espace très rudimentaire où Atô avait, à l'aide de ses pouvoirs, déraciné quelques arbres afin que des rochers les remplacent, éparpillés çà et là. En dépit de son aspect primitif, un événement des plus important allait se dérouler ici-bas.

« Tout est prêt, sire Takuto. Toute la nourriture que vous aviez demandée a été réunie !

— Entendu, merci, Atô ! »

Diverses denrées se trouvaient au centre de la salle. Il s'agissait en majeure partie des fruits de chairisiers que le peuple de Mynoghra consommait désormais quotidiennement, agrémentés de quelques fruits et légumes des nouvelles récoltes agricoles que les elfes noirs avaient plantées. Takuto s'approcha de cet amas et leva doucement la paume vers lui. Les différents fruits commencèrent alors à s'amalgamer et une sorte de pulsation, tel le tambour d'un cœur, se fit entendre. Un mince rayon émanant de sa main enveloppa la composition, qui commença peu à peu à muer et à prendre forme vivante. Quelque chose était sur le point de naître. Touchée par le phénomène auquel elle était en train d'être le témoin, Atô ne pouvait s'empêcher d'être émue. La lumière magique finit finalement par se dissiper et une forme gluante commença à bouger au sol.

« Gyyyyeeeeh !!! »

La créature poussa son cri caractéristique. Il s'agissait d'un longues-pattes, une des unités les plus utiles de Mynoghra, bien que repoussante par son apparence.

« Excellent travail, Votre Majesté, comme toujours ! Je suis fière d'avoir pu assister à la création de cet être ! Cette nouvelle technique va nous permettre d'augmenter efficacement nos rangs.

— Je n'étais pas sûr que ça marcherait, alors je suis vraiment content, je dois l'admettre. »

Takuto se tapota le torse d'un air soulagé alors qu'Atô s'approchait de lui pour pouvoir l'aider si jamais la fatigue venait à le submerger. Maintenant que le royaume de Mynoghra reposait sur des bases stables et profitait d'une production de nourriture plus que suffisante, Takuto avait décidé de mener une petite expérience. Il avait été un peu nerveux à l'idée d'échouer, mais grâce à d'étranges souvenirs enfouis dans sa mémoire, il réussit à atteindre son objectif sans heurts.

« Je ne pensais pas que c'était possible dans le jeu, mais le fait de pouvoir donner vie à de nouvelles unités de cette manière est plutôt intéressant, non ?

— Absolument ! S'il suffit juste de réunir la nourriture requise et d'y projeter un peu de pouvoir magique… Mais, au fait, comment fonctionne ce système, exactement ?

— Bonne question. Ce n'était pas écrit dans mon Eterpedia mental… »

Depuis sa résurrection en tant que Roi de la Ruine, s'il avait réussi à reproduire différents systèmes d'*Eternal Nations*, qui n'auraient pas dû fonctionner dans ce monde, c'était uniquement grâce aux étonnantes informations qui semblaient flotter dans son esprit. Takuto avait décidé de les appeler « Eterpedia mental », en référence à l'*Eterpedia*, l'encyclopédie intégrée dans le jeu. C'est donc grâce à cet Eterpedia mental qu'il avait trouvé cette nouvelle méthode de production d'unités. Dans le jeu, il suffisait de sélectionner l'unité voulue dans une liste, puis de cliquer sur l'icône de production, mais dans ce nouveau monde, un rituel entier semblait nécessaire. Pour autant, Takuto ne savait absolument pas comment ce dernier marchait précisément. Tout comme il ne savait pas non plus pourquoi ou comment il avait été réincarné dans cet univers. Toutes ces indications, pourtant capitales, ne daignaient pas figurer dans son Eterpedia mental.

« Ah bon… Vous savez donc comment exécuter cette technique, sans connaître la façon dont elle fonctionne. Ça veut dire que l'on va devoir étudier ce sujet et réaliser diverses expériences dans un futur plus ou moins proche.

— Tu as raison, oui… Bien, petit longues-pattes ! Tu vas aller coopérer avec tes amis pour continuer à explorer les alentours, d'accord ?

— Gyyyyeeeeh !!! »

Le longues-pattes disparut immédiatement dans la forêt, son horrible cri continuant à résonner au loin. Atô le regarda s'éloigner, puis se tourna Takuto, curieuse de savoir pourquoi il avait créé une nouvelle unité de reconnaissance, alors qu'il en possédait déjà plusieurs.

« Au fait, sire Takuto, vous venez de produire une nouvelle unité individuelle, mais est-ce que vous comptez bientôt passer aux groupes d'unités ?

— Si j'en crois mon Eterpedia mental, les groupes d'unités nécessitent des citoyens natifs comme base. Par exemple, si je veux créer une cavalerie entière, il me faut mille chevaux, mille citoyens, ainsi que toutes les ressources et le mana nécessaires pour leur équipement et leur entraînement. Sans compter que les besoins en nourriture vont augmenter pour la maintenance de tout ce beau monde.

— C'est donc assez déséquilibré, comme je le pensais… Ça veut donc dire qu'il est encore plus simple pour nous d'utiliser des unités individuelles… Ah, j'ai compris ! C'est pour ça que vous avez créé un nouveau longes-pattes !

— Eh oui ! On peut faire évoluer le longues-pattes en "mante diabolique" grâce au développement technologique. Ses capacités de combat sont légèrement inférieures aux unités de cavalerie, mais au niveau qualité-prix, c'est imbattable ! »

Certaines unités comme le longues-pattes pouvaient effectivement évoluer. L'acquisition de nouvelles technologies ainsi que de certaines ressources permettait de les rendre plus puissantes. Le longues-pattes pouvait même évoluer en deux versions plus puissantes une fois les conditions nécessaires remplies. Et comme il restait une unité basique, et insecte de surcroît, son coût de maintien restait proportionnellement très faible. Les yeux d'Atô se mirent à briller quand elle comprit ce qui allait se passer.

« Oooh, mais alors, Votre Majesté… Cela signifie que ce prochain héros que vous comptez créer…

— Oui, tu l'as deviné, c'est bien "Isla, la Reine de tous les insectes" ! J'ai beaucoup hésité, mais c'est le meilleur choix, à mon avis.

— Je le savais ! Elle aussi, elle est sacrément forte… »

Isla, la Reine de tous les insectes, faisait partie des meilleures unités héroïques du royaume de Mynoghra. C'était une créature de type insectoïde avec des attributs extrêmement puissants. L'un de ceux-ci était un bonus de puissance permanent de +2 à toutes les unités insecte du royaume, sans aucun coût ou malus en contrepartie. Ce bonus seul permettait de transformer les ignobles longues-pattes en unités de combat de première classe, aussi utiles au début d'une partie que lors des combats finaux. Elle offrait également d'autres bonus divers à différentes unités insectes, rendant sa présence pratiquement indispensable. De fait, la plupart des joueurs d'*Eternal Nations* qui utilisaient Mynoghra choisissaient d'invoquer Isla bien avant Atô elle-même. Elle n'était pas seulement une héroïne incroyablement puissante, mais correspondait également parfaitement bien au style de jeu si particulier de la nation du Mal.

« En plus de renforcer les autres unités, Isla peut également pondre des unités larves. Même si elle n'est pas très puissante en soi, tous ces attributs la rendent vraiment aussi utile sur le champ de bataille que pour les affaires domestiques.

— C'est un excellent choix, sire Takuto ! Et une solution parfaite pour pallier notre problème de main-d'œuvre ! »

Même si les larves pondues par Isla nécessiteraient une grande quantité de nourriture durant leur croissance, elles allaient permettre à Takuto d'entreprendre bien plus de tâches sans avoir besoin d'attendre que sa population augmente naturellement. Il n'avait jamais vraiment utilisé Isla au cours de ses parties et ne pouvait donc pas s'en rendre compte, mais il s'agissait de l'unité rêvée à invoquer dans la phase où il se trouvait. Même s'il avait à sa disposition d'autres héros potentiels, leur utilisation était d'autant plus complexe. Atô félicita ce choix judicieux en l'applaudissant. Takuto acquiesça d'un air satisfait.

« Isla fait partie des unités que pratiquement tous les joueurs invoquent au début de leur partie. Cela suffit à prouver sa fiabilité.

— Je la trouve un peu trop conformiste à mon goût, mais bon, nous n'avons pas les moyens de nous lancer dans des stratégies extravagantes non plus.

— Vous avez raison. Mais d'ailleurs, que comptez-vous faire une fois que vous l'aurez invoquée ? »

Atô appréciait discuter avec Takuto des diverses tactiques et stratégies qu'ils allaient employer, mais elle aurait aimé pouvoir davantage s'impliquer afin de lui être la plus utile possible. Takuto, qui ne se rendait manifestement pas compte de ce qui motivait sa subalterne, se contenta de lui répondre de façon ordinaire.

« Ce que je vais faire après ? C'est très simple. Une fois que nous aurons augmenté nos capacités de production grâce aux larves d'Isla, je vais créer quelques belpoux.

— Ah oui ! Les unités sanitaires ! Elles nous aideront grandement. Et puis ce sont des unités individuelles, donc leur coût de maintenance reste très faible. »

Les unités sanitaires avaient le pouvoir de soigner les combattants blessés sur le champ de bataille. De plus, les placer dans une ville permettait d'en augmenter largement l'hygiène. Même si cela ne faisait pas partie des principales priorités d'un royaume maléfique, une bonne hygiène permettait de contribuer à la bonne santé de la population et donc, par extension, à son degré de satisfaction.

« Avec quelques mantes démoniques et belpoux dans nos rangs, l'aspect militaire ne représentera plus une source de préoccupation. Cela dit, même avec Isla pour les renforcer, j'ai quand même un peu de doutes sur les capacités de combat réelles de nos longues-pattes… »

Fonder sa stratégie militaire sur Isla était effectivement pratique en début et en fin de partie, mais pouvait laisser à désirer dans la phase intermédiaire. Les unités de Mynoghra ne pouvaient pas vraiment suivre la montée en puissance des unités des autres nations, et Takuto en avait pleinement conscience. La question d'Atô le faisait maintenant douter.

« En effet, oui… L'unité de combat insecte la plus puissante qu'on puisse produire est la chenille vorace, la troisième évolution du longues-pattes… Mais elle est non seulement très lente, mais en plus on ne peut qu'en avoir un nombre limité, ce qui, en somme, n'est pas des plus pratiques.

— Oh, je les aime bien moi, ces petites chenilles !

— Je les apprécie aussi, ce n'est pas le problème. Mais si on considère qu'à ce moment de la partie les joueurs commencent normalement à créer des troupes d'archers magiques ou de cavaliers d'élite en grand nombre, je pense que des shoggoths ne seraient pas un mauvais choix… »

Atô entra en pleine réflexion. Comme il l'avait précisé, dans cette phase de jeu, il était plutôt normal de créer de nombreuses unités supérieures à faible coût plutôt que des shoggoths, qui valaient beaucoup plus cher. Mais cette stratégie faisait uniquement sens dans un cadre où les ressources étaient effectivement limitées.

« Ah, je pense saisir ce que vous voulez dire. Contrairement au jeu, dans ce monde, les shoggoths possèdent un coût total moins élevé, puisque ce sont également des unités individuelles, et non pas un groupe !

— Précisément. Bien que leur production soit onéreuse, leur coût de maintenance est bien plus faible que celui d'escouades entières, donc son rapport utilité-prix en fait un meilleur investissement sur le long terme.

— Là où, en temps normal, les shoggoths ne peuvent être utilisés qu'en fin de la partie, cela veut dire que nous allons pouvoir en disposer à volonté. C'est formidable ! »

Une fois encore, Atô ne pouvait cesser de se réjouir. Toutefois, elle oubliait que cette unité qu'on appelait « shoggoth » avait une apparence encore plus repoussante que le plus mal formé des longues-pattes.

« On va donc pouvoir établir toute notre stratégie défensive sur les trois barons shoggoths que le jeu nous autorise à créer. Une fois qu'ils seront prêts et si vous donnez vie à l'ensemble des héros qui pourront vous servir, nos rangs devraient être complets. »

Le shoggoth était une unité pouvant être produite vers le milieu d'une partie normale, mais qui se rendait extrêmement utile en fin de partie grâce à l'augmentation de ses pouvoirs par amélioration technologique. Son coût de production nécessitait que le joueur fasse beaucoup d'économies ou de sacrifices, mais pour Takuto, cela n'aurait rien d'un problème. Atô peinait à cacher son enthousiasme face cet incroyable stratagème.

« Tout ceci me rappelle de bons souvenirs ! Les nuées de shoggoths qui pleuvent depuis le Château dans les Cieux sur la pauvre capitale ennemie, leur nombre et leur puissance augmentée par celui-ci… Les défenses adverses qui fondent comme une pitoyable neige au soleil… Les chenilles voraces qui dévorent les citoyens par dizaines… Quel plaisir c'était d'écraser complètement les forces du Bien avec une puissance irrépressible… Négocier une trêve ? Pourquoi un dragon ferait-il une trêve avec des fourmis ? »

Atô tapait dans ses mains et parlait avec un grand

sourire plein d'entrain. Cette ferveur contagieuse toucha également Takuto, qui se remémora ses meilleurs moments du jeu.

« Oui… À chaque fois, tu battais le capitaine ennemi, ça te rendait encore plus forte et te permettait de balayer des milliers de soldats d'un revers de la main… Je formais une véritable armée invincible, entièrement composée d'unités d'élite, au meilleur de leur capacité, qui pouvait plonger le monde dans le chaos en quelques secondes à peine. C'était vraiment amusant !

— Vous aviez parfois tellement d'unités que l'ordinateur venait à planter ! On pourrait essayer de faire pareil dans ce monde, non ?

— Euh, je préfère éviter de faire bugger ce monde malencontreusement en créant des centaines de milliers de shoggoths… Je veux être juste assez fort pour vaincre nos hypothétiques ennemis, c'est tout. »

La discussion était devenue joyeusement animée. N'importe quel témoin aurait pu trouver ridicule de s'épancher autant sur de banals souvenirs, mais pouvoir échanger ainsi ce qu'ils avaient vécu dans *Eternal Nations* au cours de leurs innombrables parties faisait partie des plus grands plaisirs de Takuto et d'Atô. Ils étaient dans leur monde, et ils n'avaient jamais été plus heureux de leur vie.

« Aaaah… Regarder le monde sombrer depuis la tour de votre palais royal, au sommet du Château dans les Cieux… Il n'y a vraiment rien de plus beau !

— Oui… Enfin, j'espère vraiment qu'on n'en arrivera pas là !

— Oui, bien sûr. Le mieux est de vivre en paix. Moi aussi, je préfère largement pouvoir discuter

Eterpedia

Chenille vorace

Unité de combat

Puissance : 10

Déplacement : 0.5

<< Maléfique >>
<< Consommation de citoyens >>
<< Capture de villes >>

**Cette unité peut consommer des citoyens pour rétablir ses PV.*

**Cette unité peut consommer des citoyens pour rétablir les PV des unités alliées.*

**Mynoghra ne peut pas posséder plus de 5 chenilles voraces à la fois.*

Description

« Je suis la chenille vorace ! Je suis très forte ! Et j'adooore manger des humains ! »

La chenille vorace est une unité insecte spéciale de Mynoghra.

Elle est très lente et possède des capacités de combat restreintes, mais profite d'un gros bonus de capture de ville.

Elle peut également soigner ses blessures et celles de ses alliées en mangeant les citoyens ennemis.

C'est un atout de poids pour prendre le contrôle d'une ville adverse.

tranquillement ainsi avec vous plutôt que d'être sur un champ de bataille… »

Pour eux, la domination du monde n'était pas une fin en soi, mais uniquement le moyen d'atteindre leur véritable objectif : vivre paisiblement ensemble dans leur propre royaume.

« Je suis vraiment heureux que tu partages le même rêve que moi…

— Après tout, il y a des tas de héros qui ne rêvent que de conquérir le monde ou bien de semer la mort et le chaos partout !

— Et on finira bien par devoir les invoquer un jour… On a besoin de leurs compétences et je dois admettre que j'aimerais bien les rencontrer comme j'ai pu te connaître “réellement”… Mais j'espère simplement qu'ils ne nous créeront pas trop de soucis…

— C'est vrai qu'à part Isla, tous les autres ont des caractères un peu… difficiles. »

Takuto et Atô passèrent en revue tous les autres héros de Mynoghra. On ne pouvait pas dire que tous étaient sains d'esprit, bien au contraire. Certains pouvaient même être considérés comme fous à lier, ce qui, à long terme, pouvait devenir nuisible, si ce n'est dangereux. Un ange passa. L'atmosphère joviale fut graduellement remplacée par une inquiétude palpable.

« J'espère qu'on pourra continuer à vivre en paix…

— J'espère qu'on continuera à vivre paisiblement… »

Ils prononcèrent pratiquement la même phrase au même moment, regrettant légèrement de partager le même pessimisme. C'est alors que le visage d'Atô se décomposa peu à peu, comme si elle venait de se souvenir d'une information troublante.

« Euh… Sire Takuto ?
— Oui, Atô ?
— Est-ce que le royaume de Mynoghra a déjà remporté une partie pacifique ? »

Elle venait de pointer du doigt une triste réalité. Une issue pacifique faisait partie des possibilités de victoire dans *Eternal Nations*. Le moyen d'y parvenir était de créer des liens d'amitié assez forts avec toutes les autres nations, et c'était l'objectif que tous les joueurs pacifistes tentaient d'atteindre. Takuto garda le silence pendant de longues secondes. Il lui répondit alors d'une voix hésitante :

« Une fois ou deux fois, je crois… Enfin, disons que c'est déjà arrivé… Peut-être…
— Euh, arrêtons de parler de ça ! Changeons de sujet ! Parlons d'autre chose ! »

En dépit de toutes ses déclarations pacifistes, pratiquement toutes les parties de Takuto se terminaient inévitablement dans un bain de sang. Sentant qu'elle aurait mieux fait de se taire, Atô tentait péniblement de changer de sujet. De menaçants nuages noirs se formèrent dans le ciel bleu du futur de Mynoghra…

L'invocation de la nouvelle unité se déroula sans encombre et la future stratégie militaire de Mynoghra commença à prendre davantage forme. Bien que Takuto et Atô avaient longuement discuté pendant ce qui leur avait semblé être une éternité, c'était encore le matin. Takuto, que l'angoisse avait poussé à se lever dès l'aube pour réaliser ses expériences, fut surpris que leur échange ait duré si peu de temps, et décida donc de retourner au site de son futur palais royal afin de profiter d'un agréable petitdéjeuner avec sa subalterne. Atô, elle, était plus que ravie de pouvoir passer un peu plus de temps auprès de celui qu'elle appréciait plus que tout, après plusieurs jours passés loin de lui, où elle était occupée par la supervision de divers projets royaux. Sa démarche trahissait son excellente humeur.

Une grande quantité de matériaux avaient été apportés au lieu où le futur palais allait être construit – à savoir la petite clairière où le trône de pierre de Takuto se trouvait encore –, et les préparatifs pour la construction avançaient à grands pas. Comme le nombre d'elfes noirs disponibles pour ces travaux était limité, il avait été décidé que l'édifice prendrait la forme d'un immense manoir plutôt que celui d'un château, mais les croquis qu'il en avait été faits promettaient déjà quelque chose de magnifique. La petite ville du Roi de la Ruine deviendrait bientôt une véritable capitale royale, dont le palais constituerait le plus beau joyau. Rêvant de pouvoir observer celle-ci un jour depuis une tour qui la surplomberait, Takuto entra dans la tente montée au milieu de la clairière et s'assit en tailleur devant la table qui sied en son centre.

« Mangeons notre petit-déjeuner ! Les elfes nous ont fabriqué ce beau tapis et cette belle table, ce serait dommage de ne pas les utiliser.

— Je trouve cet ameublement un petit peu trop simpliste pour être digne de votre stature, sire Takuto… »

La table en question avait été réalisée à l'aide d'un simple morceau de bois, grossièrement taillé, tandis que le tapis était à peine plus confortable que du gravier. Contrairement à Takuto, Atô semblait déçue par ce mobilier plus que primitif, mais évitait de se montrer trop critique pour ne pas refroidir l'enthousiasme du roi.

« Simpliste ou pas, l'important c'est que ça soit utilisable ! D'autant plus que les elfes noirs y ont consacré du temps, dans le seul but de me faire plaisir. C'est l'intention qui compte. »

Takuto préférait la simplicité aux démonstrations de richesse ostentatoires. Atô, quant à elle, souhaitait simplement prouver au monde entier la grandeur de son roi par tous les moyens inimaginables et trouvait sa désapprobation des signes d'opulence un peu décevante.

« Oui, vous avez raison. Qu'ils aient pris le temps d'élaborer ces objets avec le peu de matériau qu'ils ont à leur disposition montre vraiment à quel point ils vous sont dévoués. Je ne peux que les féliciter pour ça.

— Nous aurons des meubles plus luxueux par la suite, j'en suis sûr. Mais pour l'instant, ceci suffit largement…

— Très bien. Tout ce qui compte, c'est que vous soyez satisfait ! »

Takuto passait sa main sur la table en se disant qu'en plus le mobilier artisanal valait beaucoup d'argent dans son monde d'origine. Face à lui se trouvait un set complet de petit-déjeuner d'une célèbre chaîne de fast-food qu'il avait lui-même invoqué. Les elfes noirs s'étaient proposés de lui servir de cuisiniers et de serviteurs, mais il avait évidemment refusé. Il préférait qu'ils dépensent leur temps et leur énergie pour la fondation du royaume. Cela lui permettait également de passer un moment en tête à tête avec sa ravissante conseillère.

« Mais dites-moi, sire Takuto… Maintenant que vous avez une bonne quantité de mana, pourquoi ne pas invoquer des mets un peu plus raffinés ? »

Takuto était en train de joyeusement engloutir un hamburger bon marché et avait du ketchup sur la joue.

En réalité, invoquer ce type de plat requérait plus de mana que pour des aliments basiques, mais il préféra gardait ceci pour lui.

« Parce que, pour moi, c'est ça, de la nourriture raffinée ! Comparé à ce que je mangeais tous les jours à l'hôpital, on peut même dire que c'est un festin…

— Mais je préférerais que vous vous alimentiez de façon plus saine et que l'ensemble soit plus nourrissant…

— Je suis le Roi de la Ruine, je ne vais quand même pas me nourrir correctement ! Quand on est d'alignement mauvais, il faut manger de la mauvaise nourriture. D'ailleurs, tu veux un peu de mon burger ? Ou bien tu préfères juste ta salade ?

— Non merci, mon plat me convient davantage. Il correspond mieux à une jeune fille comme moi.

— Je vois ça. Que diraient les gens s'ils voyaient une héroïne maléfique picorer une salade comme celleci… »

Takuto ne comprenait pas le plaisir qu'on pouvait éprouver à déguster un mélimélo de feuilles de laitue, mais préféra ne pas lancer de débat inutile. À l'aide de sa paille, il aspira plusieurs gorgées de soda, avant de changer de sujet.

« Au fait, comment vont nos elfes noirs ? Est-ce que la construction des installations et des bâtiments se passe bien ?

— Elle se déroule à merveille, Votre Majesté ! Cela dit, certains elfes noirs ne ménagent pas leurs efforts afin de vous prouver leur loyauté, ce qui les amène parfois à en faire bien plus qu'ils ne le devraient. Ils pourraient réellement se tuer à la tâche. »

La volonté des elfes noirs à se montrer à la hauteur de la miséricorde dont le Roi de la Ruine avait fait preuve envers eux était véritablement impressionnante. Leur désir de contenter Takuto ne faisait que grandir depuis qu'ils étaient devenus citoyens de Mynoghra, au point où cela commençait même à l'inquiéter un petit peu.

« J'apprécie vraiment tous leurs efforts, mais il ne faut surtout pas qu'ils blessent ou tombent d'épuisement… »

Si les elfes noirs travaillaient trop, ils mettraient leur santé en danger. S'ils ne travaillaient pas assez, ils seraient démoralisés à l'idée de ne pas pouvoir être suffisamment utiles. Takuto savait que ce problème n'avait pas de solution simple et qu'il ne pouvait pas simplement ordonner à ses citoyens de prendre du repos forcé.

« Mais on ne peut pas freiner la construction des installations pour autant… En plus d'être efficaces, ils sont extrêmement motivés, donc ce n'est pas simple de leur conseiller de se calmer un peu…

— On les obligera à prendre du repos quand la construction des édifies dont on a le plus besoin sera terminée. Pour l'instant, laissons-les travailler à leur rythme.

— J'espère que ça ira… Mais vous savez, quelques paroles de leur roi seraient une récompense plus belle que n'importe quels bijoux, pour eux.

— Oh là là, ne dis pas ça, tu vas me mettre la pression… Enfin, je pense qu'on peut dire qu'on approche enfin de la fin du “didacticiel” de ce monde.

— Effectivement ! Il ne reste qu'à agrandir les installations selon vos plans et construire votre palais royal. Vous avez déjà prévu vos prochains coups, j'imagine ?

— Je compte d'abord recueillir l'avis de nos concitoyens afin de pouvoir réfléchir sereinement à notre politique de développement. »

Atô leva un sourcil étonné en entendant la déclaration de Takuto. L'avis du Roi de la Ruine faisait loi et ses décisions étaient définitives. Il était donc impensable qu'il ait besoin de l'opinion de tierces personnes concernant la gestion de son royaume.

« Vraiment ? Je sais que nous les avons accueillis également en tant que sources d'information, mais je ne suis pas certaine que leur avis soit nécessaire à vos prises de décision concernant le développement de Mynoghra… »

Moltar et Gia s'étaient déjà vu confier des postes importants dans l'administration du royaume. Atô pensait que cela était largement suffisant et qu'introduire de nouveaux éléments dans leur gouvernement ne ferait que semer la confusion. Mais son roi n'était manifestement pas de cet avis.

« C'est évidemment moi qui prendrais les décisions finales. Mais j'ai simplement remarqué qu'entendre des opinions aussi diverses que variées pourrait également nous avantager. »

Takuto s'inquiétait de différents éléments qui n'étaient pas présents dans le jeu qu'il connaissait si bien, mais qui avaient manifestement leur importance dans le monde dans lequel il se trouvait. En particulier les émotions, la santé et le quotidien de ses citoyens. Le problème qu'ils venaient d'aborder, à savoir le surmenage des elfes noirs, n'était pas le genre de détails programmé dans *Eternal Nations*. Mais dans cette réalité, ne pas y prêter attention pourrait entraîner des conséquences désastreuses à long terme. C'est la raison pour laquelle Takuto avait décidé d'impliquer davantage ce peuple dans la gestion de Mynoghra. Avec leur aide, il pourrait identifier et solutionner d'éventuels problèmes que même Atô ne remarquerait pas.

« Mais d'ailleurs, tu ne trouves pas qu'on a tous beaucoup plus de travail, ces derniers temps ?

— Si, je me disais justement que mes tâches avaient récemment augmenté. »

En fait, de nombreux problèmes qui ne pouvaient pas figurer dans le jeu avaient récemment fait leur apparition. Même si la résolution de ces derniers avait été partagée au sein de toute la population, chacun avait désormais un peu trop de pain sur la planche et Mynoghra approchait dangereusement du point de rupture. La transmission d'informations et d'instructions diverses ou bien les travaux d'inspection étaient tous, entre autres, remis à plus tard.

« Si ça continue, on court à la ruine, et pas du tout celle dont on rêve. On a beau être une nation maléfique, nous devons quand même pouvoir fonctionner…

— Oui, tous ces petits soucis n'étaient pas présents dans le jeu, donc c'était impossible de prévoir qu'ils allaient arriver et qu'on allait devoir les gérer…

— C'est aussi exactement pour ça qu'on doit plus se concerter avec les elfes noirs. Plutôt que de leur donner des ordres de façon unilatérale, il serait mieux pour tout le monde qu'on leur permette de participer au processus pour les convaincre de prendre des décisions eux-mêmes.

— Honnêtement, je pensais que vos citoyens devaient simplement vous obéir au doigt et à l'œil sans poser de questions… Mais je pense que votre idée pourrait effectivement mieux fonctionner. »

Atô acquiesça avec un grand sourire en comprenant enfin le cheminement mental de Takuto. Sentant que ses joues allaient commencer à rougir devant l'air adorablement enchanté de sa subalterne, il se dépêcha de continuer à parler.

« Tu vois ? C'est exactement ce que je viens de faire là ! Je t'ai convaincue !

— Euh… Ah ! Ben oui, tiens… »

Atô posa le doigt sur son menton et écarquilla les yeux. Il venait effectivement de lui prouver le bien-fondé de son raisonnement en l'utilisant comme exemple. S'il lui avait simplement ordonné qu'il allait consulter les elfes noirs, elle aurait probablement été contrariée par cette décision. Elle ne l'aurait évidemment pas refusée, mais cela aurait sans aucun doute engendré une certaine frustration en elle. C'était pour faire disparaître ce type de sentiment qu'il était nécessaire de parlementer afin de parvenir à un terrain d'entente, sans faire appel à la force. Atô était un peu embarrassée de ne pas s'en être rendu compte plus tôt. Une fois encore, c'était non seulement la sagesse de Takuto qui était sans limites, mais également la bienveillance dont il était capable de faire preuve envers ses sujets.

Bien vite, nos deux jeunes gens terminèrent leurs repas ainsi que leur discussion. Ils avaient finalement passé un long moment à parler seul à seul, et Atô se sentait comblée de bonheur.

Une fois la table rangée, Takuto s'assit sur son trône de pierre et se mit à parler joyeusement à sa subalterne, qui se tenait patiemment à ses côtés.

« Bien, maintenant que nous avons terminé de manger, appelons le vieux Moltar et les autres pour qu'ils nous expliquent plus en détail tout ce qui se trouve autour de nous. Ils nous ont déjà donné les grandes lignes, mais maintenant qu'on a un peu plus de temps, on va pouvoir évaluer les hypothétiques dangers qui nous entourent. La vigilance est de mise ! Je n'ai évidemment aucune intention d'attaquer des nations environnantes, mais il faut qu'on discute de notre situation géopolitique avec tout le monde.

— La vigilance, effectivement… Je pense qu'il faut qu'on soit très prudent avec les villes humaines qui se trouvent près du Territoire maudit, Votre Majesté.

— Ah oui, tu veux parler de ce royaume sacré de Qualia, c'est ça ? Mais il n'est pas près de nous, si ?

— Pas du tout, il est très loin d'ici au nord. Non, je vous parle de ce village neutre qui se trouve à l'est de cette forêt, par exemple. Il s'agirait, apparemment, d'une petite colonie qui se serait installée làbas, mais vous ne trouvez pas cela étrange que des personnes aient choisi de s'établir dans un tel endroit ? Il se pourrait bien qu'ils découvrent notre existence dans un futur très proche. »

Le tout premier longues-pattes que Takuto avait créé au début de sa « partie » n'avait pas chômé. En dépit de son apparence horrible et son cri répugnant, c'était un travailleur aussi assidu qu'efficace. Il avait déjà permis d'obtenir une carte mentale de l'intégralité du Territoire maudit, zone la plus mystérieuse de tout le continent, et avait également exploré les alentours de cette forêt. Parmi ses découvertes figurait le village humain dont Atô venait de parler. Cela semblait être une colonie relativement nouvelle, car même les elfes noirs n'en avaient pas connaissance, mais sa proximité à Mynoghra était source d'inquiétude. Sachant que la stratégie principale de Takuto était de rester coupé du monde le plus longtemps possible, être découvert pouvait être source d'ennuis.

« Bon, cela dit, c'est au moins une ville neutre, c'est déjà un peu rassurant. Ce serait évidemment mieux s'il s'agissait d'une nation sur laquelle nous avons déjà des informations, mais bon… De toute façon, pour l'instant, nous n'avons pas encore le temps de nous focaliser dessus.

— Heureusement pour nous, les habitants de ce village semblent terrifiés par la forêt et l'évitent comme la peste. Mais je peux au moins demander aux longues-pattes d'essayer de réunir autant de renseignements que possible à leurs propos… »

Takuto signifia son accord en acquiesçant à la suggestion d'Atô.

« Je pense que l'on peut même en conclure que tant que nous resterons bien cachés, si des personnes se permettent de pénétrer ou ne serait-ce qu'approcher de cette forêt, c'est que cellesci ne le font pas par pur hasard…

— Oui, vous avez raison…

— Enfin, la forêt reste terrifiante pour le commun des mortels et les humains qui traquaient les elfes noirs ne donnent aucun signe de vie depuis plusieurs mois, donc je pense qu'on peut dormir sur nos deux oreilles, pour l'instant. »

Takuto tapota son trône avec un sourire et regarda Atô, semblant attendre son approbation. Ravie de le voir de si bonne humeur, elle se mit à rire avant de lui répondre :

« Ne dites pas ça, sire Takuto, vous allez nous porter malheur !

— S'il y a quelqu'un qui porte malheur ici, c'est plutôt toi, Atô ! Hahaha ! »

Mais soudain, l'expression de Takuto changea complètement. Il cessa immédiatement de rire et prit un air grave.

« Que se passe-t-il, Votre Majesté ?
— Je viens vraiment de nous porter malheur, on dirait… »

Atô devint aussi pâle que de l'albâtre.

« Un groupe d'hommes armés se dirige vers cette forêt. »

L'un des longues-pattes de Takuto venait de lui transmettre ces images par télépathie. Celui-ci regretta immédiatement les paroles qu'il avait prononcées quelques instants plus tôt, et sentit une colère froide monter en lui. Si les elfes noirs avaient été là pour voir l'expression du Roi de la ruine et de sa subalterne, ils auraient tous fini pétrifiés par la peur, comme ils l'avaient été à leur première rencontre.

Takuto et Atô souhaitaient simplement vivre en paix. Vivre sans avoir à faire la guerre. Mais dans leur univers, être pacifiste ne signifiait pas être à l'abri du danger et des conflits. Un torrent maléfique noir de jais sembla les remplir tous les deux en l'espace d'un instant.

Pour la première fois, le royaume de Mynoghra allait entrer en contact avec des représentants du Bien…

Eterpedia

Royaume sacré de Qualia

Nation

Alignement : Bien

Seigneurs :
- Sainte de la Majestueuse Sépulture
- Sainte de la Prosternation
...

Attributs :
- Religion
- Puissance militaire
- Empire

No Image

Description

Qualia est une théocratie qui vénère Aaros, le dieu du Bien.

C'est une nation qui repose sur une vaste puissance militaire basée sur la foi.

Elle profite d'un large bonus de combat contre les forces du Mal et d'importants bonus d'administration dédiés à la gestion de vastes territoires.

En plus de son importante force militaire, elle jouit de la présence des saintes, des armes humaines extrêmement puissantes, mais peut voir ses coûts de gestion et de maintien exploser en raison de l'immensité de son territoire.

CHAPITRE 11
Sorcière

Après avoir essuyé plusieurs attaques de tribus sauvages, le groupe d'expédition du royaume sacré de Qualia approchait enfin de sa destination.

« Nous y sommes ! La forêt corrompue qui repousse toute vie humaine… Le Territoire maudit ! Ce qu'on voit n'en est qu'une infime partie, mais commençons déjà par inspecter les alentours…

— Ah… Voici donc ce lieu tant redouté… »

Comme Vargo venait de le souligner, une immense forêt sombre et menaçante faisait face au groupe. Selon la carte obtenue par Launius, cette forêt était si vaste qu'il serait impossible de l'explorer complètement, faute de ressources aussi bien humaines que temporelles. Cependant, ils avaient prévu de faire une inspection rapide des lieux et, si jamais un élément problématique venait à se déclarer, ils reviendraient accompagnés avec un groupe bien plus important : telles étaient les instructions de Launius. Finalement, la mission lui parut bien plus simple que prévu. Pour autant, une chose lui semblait désormais évidente : cet endroit n'était pas une simple forêt lugubre, mais plutôt un repaire de monstres horribles et sanguinaires. Il continuait à fixer l'inquiétante étendue d'arbres devant lui, incapable de détourner les yeux…

« Halte ! »

Verdel cria d'une voix ferme et le groupe entier s'arrêta comme un seul homme. Ils étaient en plein préparatifs et certains discutaient pour établir le meilleur moyen de commencer leur exploration. D'autres, quant à eux, sortaient leur équipement tout en cherchant la meilleure façon de s'introduire dans la forêt. D'un seul tenant, ils se tournèrent vers l'endroit que regardait fixement Verdel. Ils virent soudain une silhouette se former dans l'ombre des arbres menaçants.

« Mais… c'est ? »

Il s'agissait d'une jeune fille. Sa peau était aussi blanche que la neige et elle avait des cheveux ondulés de couleur argentée. Elle portait un manteau en lin usé qui couvrait l'intégralité de son corps. Il en émanait une aura particulièrement inquiétante et ses yeux d'un rouge vif renforçaient cet aspect. Si n'importe quel citoyen de Mynoghra aurait pu immédiatement reconnaître la conseillère du Roi de la Ruine, qui était de surcroît une des héroïnes les plus puissantes de la nation, le groupe venu du Continent légitime ne pouvait l'identifier en aucun cas.

« Qu'est-ce que tu en dis, Launius ?

— Je pense qu'il s'agit probablement de l'un de ces elfes noirs dont vous nous avez parlé, paladin Verdel. Je suis un peu surpris qu'une fille seule comme elle ait pu survivre dans un environnement aussi hostile, mais elle doit avoir beaucoup de chance…

— De la chance ? Foutaises… »

Verdel semblait ne pas partager l'avis de son disciple

et ne pouvait cesser de regarder la jeune fille avec des yeux pleins de méfiance. Ne sachant absolument pas ce qu'ils devraient faire, Launius et Vargo décidèrent de laisser Verdel, responsable de leur groupe, prendre en charge la situation. De longues minutes passèrent avant que quiconque ne bouge de sa position. Mais lorsque la jeune fille s'approcha suffisamment près d'eux, ce dernier se mit à crier :

« Eh, gamine ! Qui es-tu ? On est ici pour inspecter cette forêt, tu peux nous expliquer ce que tu faisais dans le Territoire maudit ?

— Vous semblez être des paladins du royaume sacré de Qualia… Je fais partie des elfes noirs qui ont trouvé refuge dans cette forêt. Pourriez-vous me dire ce que vous êtes venus chercher ici, exactement ? »

Ses paroles étaient étonnamment ordinaires et sa voix agréablement douce, contrairement à ce qu'elle laissait paraître – ce qui ne la rendait que plus suspecte encore. Mais Verdel ne se laissa pas attendrir pour autant et décida de la questionner sans attendre. L'atmosphère autour d'eux était d'une lourdeur palpable, comme si tout pouvait sombrer dans la violence en un instant.

« Il m'est impossible de te dire ce qu'on fait là. C'est une mission secrète. Mais commence par répondre à ma question, gamine. Qu'est-ce que tu fais dans cette forêt ?

— Nous avons été chassés de notre patrie et avons trouvé refuge dans ce lieu maudit, que personne n'ose approcher. Et nous y vivons enfin en paix.

— Ben, je sais pas comment vous pouvez vivre en paix dans un lieu aussi lugubre… Enfin bon, on est bien des paladins de Qualia, comme tu l'as deviné. Et on a un truc à vérifier dans la forêt. Est-ce qu'on peut y entrer ?

— Non, vous ne pouvez pas, paladins de Qualia. Je suis désolée.

— Nous sommes ici en mission divine ! Nous refuser l'entrée est une insulte envers… s'exclama Launius.

— Je suis en train de parler, Launius, alors ferme-la !

— Tss… Veuillez m'excuser, paladin Verdel… »

Launius sursauta, surpris par la remontrance de son supérieur. Il n'aurait effectivement pas dû interrompre leur conversation, mais cela justifiait-il vraiment une réaction aussi brusque ? Il fit machinalement un pas en arrière, décidant de ne plus se mêler de la discussion entre l'elfe noire et Verdel, mais se jura tout de même qu'il ferait un rapport complet sur l'attitude indigne du paladin supérieur une fois rentré à Qualia.

La jeune fille jeta un coup d'œil rapide vers Launius, puis vers le groupe de mercenaires derrière lui. Ses inquiétants yeux rouges semblaient tous les mettre au défi d'oser parler de nouveau. Était-elle vraiment une simple elfe noire ? Elle se tut pendant de longues secondes alors que tous les hommes face à elle tentaient de déterminer si elle disait bien la vérité ou pas. Désormais assurée que plus personne n'interromprait leur conversation, elle se tourna vers Verdel et continua à parler d'une voix monocorde.

« Tout mon peuple est terrifié. Nous avons traversé de rudes épreuves et fait un long voyage pour arriver jusqu'ici et trouver enfin un peu de repos. Alors, laissez-nous tranquilles, je vous prie…

— Désolé, mais on a une mission à accomplir. Honnêtement, si je pouvais rentrer chez moi dans l'immédiat, je le ferais, mais j'ai reçu des ordres auxquels je dois obéir…

— Je comprends que vous ayez une mission à accomplir, mais je ne peux pas vous laisser pénétrer dans notre forêt. »

La jeune elfe noire parlait avec une politesse désarmante et, en somme, sa requête était tout ce qu'il y avait de plus logique. Mais Verdel savait qu'il se trouvait face au Territoire maudit, une zone aussi mystérieuse que dangereuse, et qu'il y avait quelque chose d'inexplicablement étranger dans la présence de cette fille. Il était donc évident pour lui qu'elle essayait de cacher quelque chose. Quelque chose comme… ce fameux désastre que la sainte avait prédit.

« Qu'est-ce qu'il y a dans cette forêt ?

— Un peuple qui vit en paix, tout simplement. Et rien qui pourrait représenter une menace pour vous. Alors pourquoi est-ce que vous vous intéressez autant à cet endroit perdu au milieu de nulle part ?

— Hmm… Une sainte a prédit qu'un désastre se préparait ici. Donc je dois vérifier si c'est vrai ou pas.

— Ve… Verdel ! Notre mission est secrète, vous ne pouvez pas parler de la vision de la sainte à cette elfe noire !

— Mais tu vas la fermer, oui ? Je t'ai dit de te taire, Launius, combien de fois vaisje devoir me répéter ? »

Launius n'avait une fois de plus pas pu s'empêcher d'intervenir, mais baissa la tête et serra les dents face à cette nouvelle admonestation violente. Verdel venait de révéler un secret d'État à une inconnue complète. Et qui plus est une elfe noire suspectée d'appartenir à un groupe maléfique. En temps normal, cette action aurait été considérée comme une trahison, crime sévèrement châtié, mais le paladin supérieur semblait savoir exactement ce qu'il faisait : il avait trouvé ici un moyen de rentrer en négociation. Et cela avait probablement fonctionné car, pour la première fois, la jeune fille parut décontenancée et répondit :

« Une vision ? Je ne sais pas vraiment de quoi vous parlez, mais je vous assure que personne ici ne veut de mal à qui que ce soit.

— Et tu peux me le prouver ?

— Je n'ai que mes mots pour le faire.

— Dans ce cas, laisse-moi jeter un coup d'œil à l'intérieur de cette forêt. Juste quelques minutes. Cela nous satisfera amplement.

— Désolée, mais je dois refuser.

— Nous sommes ici parce que nous craignons que ton peuple n'extermine le nôtre…

— Cela n'arrivera jamais. Au contraire, c'est notre peuple qui a peur du vôtre, ce qui est parfaitement légitime au vu des expériences que nous avons vécues.

— Tu es très éloquente pour une simple gamine, dis donc. Tu n'as même pas le trac et tu as l'air d'être habituée aux négociations.

— Je vous promets que je ne vous veux aucun mal, et mon peuple non plus. »

La discussion commença à tourner en rond. La jeune fille continuait à maintenir le même discours, sans décliner son identité ou bien ce qu'il y avait dans la forêt, mais les paladins et les mercenaires avaient compris qu'il ne s'agissait pas d'une simple elfe noire, comme elle semblait le prétendre. Plus ils l'écoutaient parler, plus ils étaient d'ailleurs convaincus que ce n'était pas une elfe noire du tout, mais quelque chose de bien plus anormal et inquiétant. Verdel réalisa que quoi qu'il puisse dire, il n'arriverait pas à faire parler cette inconnue qui dégageait une aura indubitablement maléfique. Il décida de lui poser une dernière question avant de mettre fin à leur échange.

« Tu le jures sur Dieu ?

— Je le jure sur mon dieu, oui. »

La fille non humaine venait de jurer solennellement sur un dieu que Verdel ne pouvait pas imaginer être le même que le sien. Il ferma les yeux, se mit à réfléchir pendant quelques secondes, puis s'adressa à son groupe.

« Très bien, rentrons chez nous.

— Hein ? Vous plaisantez, j'espère ! »

Launius se tourna vers Verdel avec un air stupéfait. Il s'attendait à beaucoup de choses de sa part, mais pas à ce qu'il abandonne aussi facilement. Leur interlocutrice était manifestement une servante du Mal. Elle venait de mentir à un paladin. Comment pouvait-il envisager d'en rester là ? C'était presque comme s'il tournait le dos à Aaros lui-même. Launius, d'habitude si calme et posé, ne pouvait plus s'empêcher de hausser le ton.

« Mais qu'est-ce qui vous prend, paladin Verdel ? Cette fille est on ne peut plus suspecte ! Je refuse de croire que vous ne voyez pas l'aura maléfique qui s'échappe d'elle !

— Je ne vois aucune aura s'échapper de qui que ce soit, ici. Cette gamine soutient que son peuple veut vivre en paix, eh ben je la crois. Donc mission accomplie, on rentre à la maison. J'en ai marre de ce Continent sombre et en plus j'ai la dalle. »

Verdel semblait entièrement convaincu, et avait déjà commencé à s'éloigner d'un air détendu, en étirant son dos probablement fatigué par sa lourde armure. Launius, qui était dans l'incompréhension totale, comme le reste du groupe de mercenaires, se mit à le suivre en parlant d'un air révolté.

« Et donc vous allez laisser cette créature malfaisante s'en sortir ?

— Je ne “laisse” rien du tout. Nous sommes venus ici pour une inspection, et le résultat de celle-ci est qu'il n'y a aucun problème. C'est simple comme bonjour.

— Mais cette fille nous ment ! Êtes-vous vraiment prêt à endosser la responsabilité si elle cause la destruction de notre royaume ?

— Ne laisse pas tes craintes mal placées troubler ton jugement, Launius. Les Saintes Écritures nous apprennent qu'il n'y a rien de plus important que la confiance mutuelle. Ne me dis pas que tu l'as déjà oublié. »

Les suppliques de Launius tombaient toutes dans l'oreille d'un sourd. Verdel était bien décidé et rien ne pouvait le faire changer d'avis. Le jeune paladin se rendit compte qu'essayer de raisonner avec lui ne mènerait à rien, et poussé par sa frustration et le dégoût qu'il avait développé pour Verdel tout au long de leur voyage, décida de l'attaquer frontalement en utilisant l'atout qu'il avait gardé si la situation venait à s'envenimer.

« J'ai entendu dire que vous aviez parfois les mains un peu trop baladeuses avec les femmes… Ne me dites pas que celle-ci a simplement réussi à vous charmer ? »

Verdel fronça les sourcils et regarda Launius d'un air écœuré.

« T'es débile ou quoi ? Non mais de quoi tu parles, là ? Pourquoi tu me sors soudain cette rumeur sans preuve ou fondement ? Même le bureau administratif n'y a pas donné suite parce qu'il n'a jamais découvert d'où elle sortait. En plus, ça a aucun rapport avec cette situation. Si tu viens de me dire ça pour m'énerver, ben t'as réussi. Répète ça et je te garantis que je t'en colle une. »

L'homme face à Launius était coupable d'activité criminelle. Launius en était désormais fermement convaincu après avoir été témoin de son attitude plus que douteuse pendant plusieurs jours, et surtout après l'avoir vu détaler la queue entre les jambes face à une représentante du Mal. Il décida donc de faire confiance en son sens de la justice et de prendre les choses en mains.

« Paladin supérieur Verdel, je me vois dans l'obligation de vous relever de vos fonctions pour rejet de vos responsabilités. Je prends immédiatement la tête de cette opération à votre place.

— Comment ça ? T'as perdu la tête ou quoi ? Il va vraiment falloir que je te fasse toute une leçon sur l'utilisation des rumeurs à des fins politiques ? Ou bien sur les dangers de l'excès de vertu ? J'ai pas que ça à faire. Réfléchis deux secondes à la situation et tu verras que j'ai raison. T'es en train de perdre ta faculté de jugement, là ! »

Pour la première fois, le ton de Verdel trahissait un début d'affolement. Jusqu'ici son attitude désinvolte prouvait une certaine maîtrise des situations dans lesquelles il se trouvait, mais il semblait désormais au bord de la panique. Malheureusement, ceci ne fit que conforter Launius dans ces doutes.

« Paladin Launius. Ne prenez pas de décisions hâtives, je vous en prie. Le conflit ne mène à rien. Discutons de tout ceci calmement. »

La jeune fille intervint soudain, prouvant que Verdel n'était pas le seul à sentir que la situation était sur le point de dégénérer. Mais une fois de plus, ces paroles eurent un effet contraire sur le paladin inférieur. Il laissa exploser sa rage alimentée par son sens de la justice mal placé.

« Silence, suppôt du Mal ! »

Launius sortit son épée de son fourreau et la pointa vers la jeune fille. L'atmosphère changea en une seconde. Discuter n'était manifestement plus une option et la situation allait devoir se régler par la violence, d'une façon ou d'une autre.

« Eh, Vargo ! Dis à tes hommes d'arrêter ce timbré !

— Je suis vraiment désolé, m'sieur Verdel, mais c'est votre collègue qui m'a engagé et qui paie mon salaire… Même si vous êtes son supérieur, c'est uniquement à lui que je dois obéir…

— Bordel ! »

Verdel regretta soudain amèrement son dégoût pour les formalités administratives. S'il n'avait pas laissé Launius s'occuper de leur trouver des hommes, il aurait eu une issue de secours. Vargo, quant à lui, était évidemment du même avis que Verdel, mais il ne pouvait pas aller à l'encontre de ses principes en trahissant la confiance de son employeur. Lever la main sur lui aurait un effet désastreux sur sa réputation et donc son futur de mercenaire. Il était donc obligé de refuser l'ordre du paladin supérieur. Et celui-ci était désormais le seul au monde. La jeune fille aurait probablement voulu, elle aussi, calmer le jeu et résoudre la situation sans prendre les armes, mais c'était vers elle que les épées étaient pointées. Elle ne pouvait donc rien faire.

« Paladin Verdel, je m'occuperai de vous plus tard. On va commencer par toi, sale gamine. Tu vas nous dire tout ce que tu sais. Quelle force maléfique tu sers, ce que tu fais dans cette forêt, tout ! On va te ramener à la capitale et t'interroger comme il se doit, face à Dieu ! Mercenaires ! Capturez cette mioche et attachez-la ! »

La jeune fille sursauta et grimaça. Même pourvu des meilleures intentions du monde, Launius était aveuglé par sa rage et avait décidé qu'elle était malfaisante dès la seconde où il l'avait aperçue. Vargo jeta un dernier coup d'œil vers ce dernier. Celui-ci avait non seulement déjà dégainé son épée, mais s'était également mis en position de combat. Malgré son apparence de jeune fille frêle, la personne devant eux n'était manifestement pas humaine. Il était évident qu'elle ne se laisserait pas faire sans combattre. Une cinquantaine de mercenaires contre une fille seule. Sur le papier, elle n'avait aucune chance. Mais si elle se révélait être un démon, il était impossible de prévoir l'issue de l'affrontement.

« Faites ce que je vous dis ! Et soyez prudents. Mais n'hésitez pas à la violenter un peu si elle résiste…

— Launius, arrête ! Tu ne peux pas attaquer une jeune femme innocente ! »

Verdel criait, mais son discours était vain. Il ne représentait plus pour Launius une quelconque figure d'autorité. Il était donc libre de ne plus l'écouter. Les mercenaires encerclèrent la jeune fille, en avançant peu à peu vers elle.

« Nos négociations ont donc échoué… »

La jeune fille poussa un soupir de lassitude.

« Tu es encore bien effrontée ! Attends un peu, tu vas voir…

— Mais que ? »

Launius ne comprit même pas ce qui lui arriva. Il y eut un grand choc, puis sa vision se troubla l'espace d'un instant. Il cligna des yeux et se rendit compte qu'il était désormais à terre, le regard fixé vers le ciel. Il avait été projeté sans s'en rendre compte.

« Launius ! Tu n'es pas blessé ?

— Euh… Non, je ne crois pas… Mais qu'est-ce qui vient de…

— Ce qui vient de se passer c'est que cette jeune fille est un suppôt du Mal, exactement comme tu l'as dit ! Et ce n'était vraiment pas une bonne idée de s'en prendre à elle ! Alors dépêche-toi de te lever, espèce de crétin ! »

Launius sembla voir une sorte de tentacule lui passer sous les yeux. Un appendice lisse et inhumain, avec une extrémité aussi pointue qu'une lance, sur lequel apparut soudainement une grande balafre. L'épée de Verdel, quant à elle, était couverte d'un liquide gluant de couleur violette. Launius se leva à la hâte, se rendant compte que le paladin supérieur venait de lui sauver la vie en empêchant le tentacule de le transpercer.

« Les choses se passent rarement comme on veut dans la vie... »

La jeune fille poussa un nouveau soupir, puis tourna la tête pour regarder les deux paladins.

« Eh, Vargo ! Envoie vite l'un de tes hommes à la capitale, n'importe lequel ! Qu'il leur dise qu'on a trouvé une sorcière !

— Dé… désolé, m'sieur Verdel, mais notre messager vient de se faire avoir… »

Verdel entendit la voix piteuse de Vargo derrière lui. Il se tourna et observa une scène cauchemardesque : plusieurs tentacules venaient de transpercer le messager et le maintenant en suspension, sans que celui-ci ait la capacité de se débattre. Pris de violentes convulsions, il cracha du sang puis tomba au sol en poussant un râle funeste alors que les tentacules s'échappaient de son corps. Près de lui, leurs moyens de locomotion avaient été abattus sans la moindre hésitation. Le groupe avait décidé de n'emporter qu'un petit nombre de chevaux avec eux, afin d'éviter de devoir transporter l'eau et le fourrage nécessaires pour les nourrir. Mais sans montures, leur hypothétique nouveau messager allait devoir revenir au Continent légitime à pied. Enfin, s'il parvenait à échapper au courroux de la jeune fille, ce qui semblait de l'ordre de l'impossible. Ses tentacules semblaient déjà à la recherche de nouvelles proies, bougeant impatiemment dans son dos.

« Argh ! Elle vise bien, cette démone !

— C'est la créature malfaisante dont tu rêvais tant, Launius ! Tu es content, maintenant ? Tu tiens enfin l'horrible représentante du Mal que ta saleté de sens de la justice t'a poussé à débusquer avec tant de zèle !

— Pa… paladin Verdel…

— C'est pas le moment de balbutier, Launius. Il va falloir l'affronter. En position, tout le monde ! Vous n'avez pas intérêt à vous déconcentrer, ou bien vous allez y laisser la vie ! »

Les mercenaires s'enhardirent en entendant les paroles de Verdel. Ils savaient désormais tous qu'ils allaient devoir se battre pour survivre, et se préparèrent en conséquence.

« Oh, vous comptez vraiment m'affronter, les paladins ? C'est un choix irréversible que vous risquez bien de regretter… Car vous n'avez pas un simple monstre face à vous, mais une véritable catastrophe… »

Le manteau de la jeune fille commença à se dissoudre.

Une aura maléfique se dégagea de son corps et l'enveloppa lentement, jusqu'à la vêtir de tout nouveaux vêtements. Elle portait désormais une robe aussi noire que les ténèbres, couverte de décorations étranges. Ses cheveux étaient d'un gris troublant et ses yeux aussi rouges que des flammes infernales. De nouveaux tentacules apparurent dans son dos, prêts à attaquer de nouvelles cibles. Elle regardait ses adversaires avec un rictus à glacer le sang.

« Vite, prions !

— Ô Seigneur, donnez-nous la force de vaincre les forces du Mal… »

Verdel et Launius se mirent à prier à l'unisson. Les mercenaires sortirent leurs arcs et visèrent immédiatement la jeune fille. Celle-ci fit un pas en avant, tout en continuant à sourire.

Atô de la Bourbe, l'héroïne de Mynoghra et fidèle bras droit du Roi de la Ruine, allait pour la première fois montrer sa puissance au monde.

Une rencontre fortuite, des négociations ratées et maintenant un combat à mort. L'expédition de Launius avait pris un virage aussi soudain que dramatique, qu'aucun des membres du groupe n'aurait pu ou même voulu prévoir. Verdel s'approcha lentement de la « sorcière », la regardant désormais comme si elle était une envoyée du diable lui-même.

« Misère… Tout se passait parfaitement bien… Quelle plaie…

— Je suis entièrement d'accord. Moi non plus, je ne… »

Une volée de flèches interrompit les paroles d'Atô. D'un signe de la tête, Verdel avait donné l'ordre aux

mercenaires de tirer, sans même attendre que la jeune fille termine sa phrase. Une pluie de flèches était sur le point de s'abattre sur elle, mais ses tentacules firent rempart et les balayèrent comme si c'était de simples feuilles. Ses réflexes étaient résolument surhumains. Elle fit un sourire malicieux.

« Eh bien, vous n'avez pas de pitié, dites donc ! C'est bien… Ça me plaît beaucoup !

— Pff… Je vois qu'on ne te fait même pas peur…

— Pa… paladin Verdel… Vous dites que c'est une sorcière, mais… qu'est-ce que c'est, à la fin ? »

Attaquer la sorcière avec des flèches était manifestement inutile. Elle n'avait pas une seule égratignure. Verdel se tourna vers le pauvre Launius, qui était clairement troublé par le fait qu'il ne comprenait toujours pas vraiment ce qui était en train de se passer. Peut-être pensait-il encore que, comme Vargo l'avait dit, les sorcières étaient un groupe maléfique ou bien une bête démoniaque. Ou bien que c'était une simple humaine qui pratiquait la magie noire. Peut-être qu'au fond Verdel aurait dû lui expliquer dès le départ la crise dans laquelle le royaume sacré de Qualia se trouvait et qu'on lui avait strictement interdit de révéler. Se sentant légèrement coupable, il décida d'être franc avec le paladin inférieur.

« Selon la vision de la sainte et les recherches de nos érudits, une sorcière est l'incarnation d'un cataclysme à grande échelle. Pour l'instant, le royaume de Qualia en a identifié deux, et nous venons probablement de trouver la troisième… Si je te dis que tous les troubles au nord de notre continent sont uniquement causés par deux de ces sorcières, tu devrais comprendre la gravité de la situation dans laquelle on se trouve…

— Ce… ce n'est pas possible…

Une « sorcière ». Verdel venait enfin d'expliquer le danger que représentait la jeune fille, qui se trouvait face à eux. Tous les désastres qui avaient lieu dans l'État septentrional et que leur puissante armée peinait à calmer avaient tous été causés par deux femmes seules. Launius ne s'attendait certainement pas à ce que le secret le mieux gardé de Qualia lui soit révélé dans des circonstances pareilles. La jeune fille continuait à les regarder avec un regard des plus oppressants, ses tentacules se mouvant lentement derrière elle. Elle semblait les inviter à venir s'amuser avec elle, s'ils l'osaient. Et elle ne leur laissait pas vraiment le choix. Elle se tourna vers Launius et lui montra ses crocs, menaçant de l'attaquer à une vitesse que même le paladin supérieur Verdel aurait du mal à suivre.

« Il faut tenter le tout pour le tout ! Mercenaires, restez en arrière et couvrez-nous ! »

Verdel aboya ses ordres et Launius agrippa son épée de toutes ses forces. Ils étaient tous les deux habitués à combattre des démons et connaissaient les techniques nécessaires pour gagner ce combat. Leur escrime sainte leur permettait de chasser la terreur de leurs cœurs. Il ne leur restait plus qu'à attaquer de toutes leurs forces, et avec leurs âmes entières.

« Avec moi, Launius ! Yaaaaaarh ! »

Verdel se mit à courir à la vitesse de l'éclair, émettant un violent fracas alors que ses pas lourds frappaient le sol. Launius le suivit immédiatement. Leur véritable combat contre le cataclysme personnifié avait commencé. Tout alla si vite que les mercenaires ne se rendirent même pas compte de ce qui s'était passé. Les mouvements des paladins et de la sorcière étaient bien trop rapides pour leurs yeux déroutés. Ils réussirent simplement à apercevoir Launius en train de sauter vers la créature, à une vitesse dépassant l'entendement humain.

Comme les combats précédents l'avaient prouvé, les paladins supérieurs pouvaient se targuer d'être les meilleurs combattants au monde contre les monstres maléfiques. La puissance de Verdel était équivalente à celle d'un dragon mineur, et s'il était accompagné de Launius, paladin inférieur de son état, on pourrait comparer leur force à celle d'un désastre à petite échelle. Mais ce qu'ils affrontaient était un véritable cataclysme.

« Ce que vous êtes lents… et faibles, en plus ! »

La sorcière venait de subir une attaque des paladins de plein fouet et, malgré cela, celle-ci semblait avoir échoué. Ses tentacules avaient bloqué leurs deux épées sans effort. Elles formaient un véritable mur défensif bien trop solide pour les deux hommes. Il était difficile de croire qu'ils pourraient faire quoi que ce soit pour la vaincre. Et pourtant…

« Tu es un peu trop sûre de toi…

— Hmm ? »

Soudain, un tentacule tomba au sol, laissant échapper un jet de sang violet qui se répandit sur le sol. Les deux paladins sautèrent immédiatement vers l'arrière pour ne pas être souillés par ce liquide qu'ils imaginaient empoisonné. Le tentacule au sol continua à bouger comme s'il était doué de vie, et s'éleva jusqu'à la jeune femme afin que celle-ci puisse observer les dégâts causés. Elle fronça les sourcils et prit un air légèrement contrarié.

« Ah, je vois que vous utilisez une technique spéciale de bénédiction divine sur vos armes. Elle augmente votre puissance d'attaque et de défense contre les créatures maléfiques, j'imagine ? Voilà pourquoi je n'aime pas les unités humaines, elles ne se battent jamais à la loyale…

— Je ne comprends rien à ce que tu racontes, mais je ne vais pas laisser passer cette occasion ! », répliqua Launius.

Les paladins se remirent à courir et levèrent leurs épées. Leurs ombres bougeaient de façon parfaitement synchronisée et ils frappèrent comme s'ils n'étaient plus qu'un seul homme. Une nouvelle gerbe de sang fut projetée dans les airs.

« Hmm, on peut donc te découper, n'est-ce pas ? »

Un deuxième tentacule venait d'être tranché, mais les paladins ne comptaient pas se reposer leurs lauriers. Verdel profita de la giclée de sang pour se rapprocher encore davantage de la sorcière. Elle essaya de le transpercer avec deux de ses quatre tentacules restants, mais les parades expertes de son épée l'en empêchaient. Verdel était désormais si près d'elle que ses armes vivantes n'étaient plus aussi efficaces. La frustration se dessina sur son visage alors qu'elle se rendit compte que l'art martial des deux paladins était plus dangereux qu'elle ne le pensait.

« Tu fais déjà moins la fière ! »

La sorcière perdit instantanément son sourire lorsqu'elle remarqua que Verdel avait réussi à passer au-dessus d'elle, sans que ses tentacules ne puissent réagir. Un grand bruit de sectionnement résonna dans la forêt. La créature n'avait plus que trois tentacules, et se vit pour la première fois obligée d'esquiver.

« Maintenant ! Tirez !

— Je vous avais un peu sous-estimés, paladins. Vous êtes assez forts… »

Maintenant que la sorcière avait trois tentacules en moins, elle eut plus de mal à bloquer cette nouvelle volée de flèches. Les deux paladins avaient beau s'entendre comme chien et chat dans la vie courante, au combat, leur collaboration était absolument parfaite. Launius profitait de sa vitesse pour créer des ouvertures, et Verdel profitait de cellesci pour frapper de toutes ses forces. Les mercenaires, eux, restaient à distance pour ne pas les gêner et se contentaient de tirer des flèches afin de les appuyer comme ils le pouvaient. S'ils réussissaient à trancher tous ses tentacules, ils devraient pouvoir gagner. Mais ils avaient la fatalité incarnée face à eux, ils étaient loin d'imaginer l'étendue de sa perfidie.

« Très bien, alors que dites-vous de ceci ?

— Quoi ? »

Acculée, la jeune fille décida de changer de tactique et étendit ses tentacules sur les côtés. Verdel comprit immédiatement ce qu'elle faisait et était sur le point de lancer un avertissement, mais c'était déjà trop tard. Il entendit des cris et vit les tentacules envelopper deux mercenaires qui se trouvaient près de la jeune fille.

« Ce que j'aime bien chez les humains, c'est qu'ils sont faibles et fragiles, et qu'ils adorent s'entraider… Donc ça fait des boucliers humains parfaits !

— À… à l'aide… Non…

— Taisez-vous, vous deux.

— Argh… »

Les pointes des tentacules s'enfoncèrent dans la gorge des deux mercenaires pour les empêcher de parler. Leurs corps tremblaient frénétiquement de peur, signe qui indiquait qu'ils n'étaient pas encore morts. Le stratagème utilisé n'était peut-être pas original, mais il avait le mérite d'être efficace. Cependant, jamais un paladin ne s'abaisserait à utiliser une manœuvre aussi lâche. L'espace d'un instant, une intense colère se dessina sur le visage de Verdel, mais il se força à contrôler ses émotions. Ce n'était qu'une provocation. Perdre son sang-froid signifierait compromettre leur unique chance de remporter le combat. Il serait insensé d'attendre une réaction humaine de la part d'une créature maléfique. Ces êtres n'étaient pas comme les humains ou les elfes. Qui pourrait comprendre quelqu'un qui semble prendre plaisir à faire souffrir des soldats désarmés et sans défense ?

« Espèce de monstre !

— Launius ! Contrôle-toi ! Ne la laisse pas te provoquer ! Le fait qu'elle ait pris des otages prouve qu'elle est au pied du mur ! Attaquons-la en même temps.

— Oooh ! Vous allez m'attaquer ? Vous êtes prêts à sacrifier les hommes que j'utilise comme boucliers ? Ah, mais ce ne sont que des mercenaires, j'imagine que vous vous fichez de leur sort, en fait… »

Les deux mercenaires pris en otage allaient bientôt mourir dans une explosion sanglante. Verdel le savait, mais, pour autant, il n'hésita pas une seule seconde. Sachant pertinemment qu'il devait faire honneur au sacrifice des deux hommes, il concentra toute sa puissance pour frapper non seulement un autre tentacule de la sorcière, mais également son corps, sur lequel il réussit enfin à laisser une coupure.

« Plus que deux… Plus que deux tentacules et nous réussirons à vaincre cette immonde créature…

— Oui, paladin Verdel… »

Ils avaient parfaitement analysé toutes les tactiques de leur ennemie. Encore un peu et ils pourraient donner le coup de grâce à cet atroce monstre malfaisant. Le sang qui s'écoulait de la coupure sur sa joue contrastait avec la troublante beauté immaculée de sa peau. S'ils gagnaient, ils prouveraient que ces suppôts du Diable pouvaient être tués. Ils offriraient une véritable lueur d'espoir à leur royaume.

« Prépare-toi… On y va. »

Launius et Verdel s'élancèrent pour la dernière fois. Plus qu'une attaque, et tout serait fini.

« Ah oui, j'ai oublié de vous dire ! »

La jeune fille écarquilla les yeux d'un air innocent, comme si elle venait de se rappeler quelque chose. Puis elle fit un grand sourire, comme celui d'un enfant malicieux devant un tas de bonbons. Et, juste au moment où elle allait recevoir le coup d'épée ultime qui allait fendre son crâne en deux…

Elle transperça le corps de Verdel avec d'innombrables tentacules.

« En fait… J'ai des tentacules à volonté. Pour vous expliquer les choses simplement, je suis à peu près aussi forte qu'une armée entière. Il vous faudrait à peu près cinq mille d'entre vous pour espérer m'arrêter. »

Un immense sourire se dessina sur son visage. Une multitude de nouveaux tentacules apparurent dans son dos alors qu'elle parlait. Depuis le départ, elle avait complètement manipulé les paladins. Verdel fit une grimace en réalisant à quel point il avait été idiot de penser qu'ils auraient pu gagner. L'estomac perforé et se sachant condamné, il utilisa ce qu'il lui restait de force pour les attraper et les garder serrées contre lui. Il cracha du sang avant de parler :

« Enfuis-toi, Launius…

— Verdel…

— Dépêche-toi… de fuir ! »

La sorcière pencha la tête sur le côté, puis transperça le crâne du paladin supérieur avec l'un de ses appendices. Verdel convulsa pendant quelques secondes avant de finalement s'affaisser. Son corps tomba au sol comme un pantin. Il n'était plus de ce monde.

« À ton tour, paladin Launius ! J'ai abrégé les souffrances de ton ami en lui octroyant une mort rapide, mais, malheureusement pour toi, tu ne seras pas aussi chanceux que lui… »

Ses innombrables tentacules virevoltaient autour d'elle, scellant le caractère inéluctable de la menace qu'elle venait de formuler. Launius n'avait absolument aucune chance de gagner. Maintenant que Verdel n'était plus là, il ne pourrait même plus découper un seul des nouveaux appendices de la sorcière.

L'abattement commença à se propager parmi les mercenaires. Une fois Launius vaincu, ce serait à leur tour. L'un d'entre eux se mit à crier lorsqu'il s'en rendit compte.

« Aaaah ! On va tous crever ! »

Quelques mercenaires jetèrent leurs arcs au sol et se mirent à courir… pour être immédiatement transpercés par des tentacules sortis du sol. La sorcière jeta un regard vers eux, avant de se tourner de nouveau vers Launius. La fuite était impossible. Ils n'avaient plus aucun espoir. Mais Launius ne pouvait pas s'empêcher de s'interroger. Pourquoi la jeune fille avait-elle été inquiète en voyant les mercenaires fuir ? En y repensant, elle avait aussi tenu à tuer leurs chevaux et briser leur chariot avant même de commencer à les attaquer eux-mêmes… Commençant à suspecter ce qui la motivait, Launius se mit à crier :

« Vite, dispersez-vous et fuyez ! Il faut qu'au moins l'un d'entre vous retourne à la capitale prévenir tout le monde !

— Tss… Tu n'aurais jamais dû dire ça… »

L'expression de la sorcière trahissait un énervement manifeste. Launius comprit qu'il avait vu juste. Elle fit un geste de la main et, instantanément, des dizaines de tentacules se mirent à poursuivre les fuyards. Un par un, ils furent transpercés avec un atroce bruit sourd, comme si une pluie de lances s'était abattue sur eux. Leurs cris d'horreur et râles mortels résonnaient dans toute la clairière. Launius en profita pour passer à l'action.

« Ô Seigneur, donnez-moi la force de vaincre les forces du Mal… »

Enveloppé par l'aura de puissance d'Aaaros, il fonça vers la jeune fille pour la frapper de toutes ses forces. Elle était trop occupée à chasser les mercenaires et ne le regardait même plus. Elle ne pouvait plus utiliser ses tentacules pour se défendre et, en l'espace d'un instant, Launius se plaça face à elle. Il leva son épée. La déesse de la victoire allait finalement lui sourire, aujourd'hui. Rien ne pouvait plus bloquer l'attaque qu'il allait porter. Bien décidé à lui asséner le coup fatal, il eut une pensée pour Verdel lorsqu'il abattit son épée sur ce monstre qui l'avait assassiné.

Mais soudain, il y eut une grande lueur. Il entendit un bruit incongru. Le bruit du métal qui frappe le métal. Launius cligna plusieurs fois des yeux, abasourdi, et dut se reprendre pour éviter de laisser tomber son épée.

« Mais… quoi ?

— Tu es très rusé toi, dis donc ! Et rapide, en plus. Je dois le reconnaître.

— Co… Comment peux-tu ?

— Comment quoi ? Comment je peux manier l'épée de feu de ton supérieur ? »

La jeune fille n'avait plus aucun tentacule disponible et aurait dû être sans défense. Mais elle avait simplement ramassé l'épée de Verdel qui se trouvait au sol et bloqué avec l'attaque de Launius. En temps normal, une créature maléfique ne pouvait pas toucher et encore moins utiliser les armes d'un paladin. C'était une réalité immuable, un fait que tous les citoyens du royaume sacré de Qualia connaissaient. Et pourtant, ce monstre tenait bien une épée bénite dans sa main. Elle se mit à la faire tourner de manière experte, en riant d'un air de plus en plus amusé. Ses mouvements étaient exactement les mêmes que ceux que le paladin supérieur avait utilisés au cours du combat.

« C'est simple, j'ai volé les capacités de ce paladin quand je l'ai tué. Toutes ses techniques qu'il a mis des années à apprendre, toute son expérience. Même sa dévotion envers son dieu ! Je lui ai tout pris ! »

Launius resta bouche bée, totalement incrédule. Qu'elle ait pu voler les techniques de Verdel était déjà surréaliste, mais qu'elle ait également pu s'approprier sa foi était horrifique. Verdel n'avait pas seulement été tué : ce démon avait souillé sa mémoire. Si elle était capable d'entacher aussi facilement la pureté de la lumière divine dans le cœur d'un paladin, quel espoir restait-il pour la justice dans ce monde ? Launius se mit à trembler de peur en réalisant que plus cette sorcière tuerait de gens, plus elle deviendrait puissante.

« Apparemment, ce Verdel était vraiment un grand combattant. Je pense qu'il était probablement destiné à faire de très grandes choses… Mais il est mort par ta faute. C'est dommage, non ? »

Les cris de douleur des mercenaires continuaient à résonner aux alentours. Ce n'était pas par hasard si cette créature laissait Launius en vie alors qu'elle éliminait un par un tout le reste de son groupe. Elle tenait manifestement à lui faire comprendre le véritable sens du mot « désespoir ». Elle voulait non seulement détruire son honneur de paladin, mais aussi son honneur d'homme.

« En plus d'avoir gagné votre précieuse "escrime sainte", j'ai également volé toutes les émotions de ton collègue. Il se demandait ce qui allait t'arriver, si jamais il mourait ici. Ce qui allait arriver à ta famille. Ta femme Masha et ta fille Mina, qui vient de naître. Il s'inquiétait aussi pour les familles des mercenaires qui vous accompagnaient. Il n'a pas arrêté de se dire qu'il ne devait surtout pas mourir, afin de vous protéger. Surtout qu'il avait lui aussi quelqu'un qui attendait son retour à la capitale… Ah, il avait vraiment l'air d'avoir été un homme aussi noble que courageux…

— Non… Ce n'est pas possible… »

La sorcière venait bien de prononcer les noms de sa chère fille et de sa femme adorée. Launius en avait parlé à Verdel une seule fois au cours de ce voyage. Et Verdel avait retenu leurs noms. Ce paladin en apparence si mal élevé, rustaud et égoïste avait en réalité un cœur d'or et une âme d'une pureté indescriptible. Launius poussa un cri de tristesse à moitié étouffé par ses sanglots. Les souvenirs, la noble fierté et même l'âme entière de ce grand paladin qui avait combattu à ses côtés appartenaient désormais à une immonde servante du Mal qui semblait se délecter de pouvoir s'amuser avec.

« Alors, qu'est-ce que tu en dis ? Ce paladin t'était non seulement supérieur en rang et en puissance, mais manifestement également en dignité et en bravoure… Que ressens-tu maintenant ?

— Je… Je sais que quelques mercenaires ont réussi à t'échapper… Ils vont prévenir les autres à Qualia… Notre armée sacrée entière va venir ici pour t'éliminer… pour venger le paladin supérieur Verdel ! »

Le plan de Launius n'avait pas totalement échoué. Même si ce monstre avait décimé la majorité du groupe de mercenaires, ses tentacules n'avaient pas réussi à tous les traquer alors qu'ils s'étaient mis à courir dans autant de directions différentes. Il ne savait pas exactement qui ces mercenaires étaient, mais il savait qu'au moins une dizaine d'entre eux étaient désormais déjà loin. Il était donc convaincu que même si c'était la fin pour lui, la sorcière finirait par être punie pour tout ce qu'elle venait de faire.

« Eh oui, c'est vrai que je n'ai pas pu rattraper tous les fuyards… Mais heureusement… Vous les avez eus ?

— Hein ? »

Launius laissa échapper malgré lui un cri de surprise presque nerveux. Une douzaine d'ombres apparurent soudainement autour de lui, l'observant avec des yeux perçants. Ils avaient des cheveux argentés et des oreilles pointues immédiatement reconnaissables. Launius comprit immédiatement à qui il faisait face.

« Les… les elfes noirs ? »

Launius marmonna avec un air stupéfait. Atô pencha la tête sur le côté et fit une moue surprise.

« Ben quoi ? Je n'ai jamais dit que j'étais venue à votre rencontre toute seule, n'est-ce pas ? »

La jeune sorcière se mit à glousser avec un air diabolique alors que Launius sombrait définitivement dans un désespoir total.

« Ah, mais quelle malpolie je fais, je n'ai même pas fait les présentations ! Paladin Launius, je te présente les elfes noirs, peuple qui apprécie la paix plus que tout au monde ! »

L'un des elfes noirs, qui dégageait une aura de puissance bien supérieure à celle des autres, lança soudain quelque chose vers Launius, qui roula doucement jusqu'à lui.

« Va… Vargo… »

Lorsqu'il vit la tête décapitée de Vargo à ses pieds, il comprit que son plan avait été un échec total. Les elfes noirs s'avancèrent pour se placer face à la sorcière. Puis ils s'agenouillèrent et l'un d'entre eux s'adressa à elle avec une déférence évidente.

« Nous avons éliminé tous les fuyards.

— Parfait ! Beau travail, je vous félicite. »

Quelle pouvait bien être la relation entre cette sorcière et les elfes noirs ? Auraient-ils, comme Verdel l'avait suspecté, formé une secte et invoqué cette sorcière lors d'un rituel maléfique ? Launius ne le saurait certainement jamais. Tout ce qu'il pouvait désormais faire, c'était regretter amèrement l'erreur fatale qui avait mené à cette tragique issue. Verdel, qui avait pourtant tout fait pour le prévenir, avait été assassiné et tous les mercenaires qui pouvaient témoigner sur ce qui venait de se passer avaient été exterminés. Et il n'avait plus que quelques secondes à vivre. Il regarda sa piteuse main tremblante peiner à tenir son épée alors que les derniers espoirs qu'il lui restait s'évanouissaient peu à peu.

« Pardon de t'avoir fait attendre ! C'est enfin à ton tour. Je vais d'abord te corriger avec l'épée de Verdel, que tu semblais considérer comme indigne d'être un paladin… »

La sorcière se remit à faire tournoyer l'épée, copiant les mouvements de Verdel à la perfection.

« Parlons un peu d'un avenir parallèle, toi et moi… »

Le soleil couchant plongeait l'atmosphère dans une lumière orangée, signalant la fin de ce combat à sens

MESSAGE SYSTÈME

Atô de la Bourbe a acquis la compétence suivante :

« Escrime sainte »

- Elle peut désormais équiper des armes bénies.
- Attaque contre les unités de type maléfique : x1,2
- Défense contre les unités de type maléfique : x1,2

OK

unique. Le miracle tant espéré par le paladin Launius n'avait pas eu lieu et l'affrontement avait finalement connu une fin tristement prévisible.

« Je te parle d'un avenir où tu aurais écouté les conseils du pauvre Verdel, qui gît ici avec la tête fendue en deux… »

Launius avait été suspendu par les pieds à l'aide des tentacules. La jeune fille ne pouvait s'empêcher de sourire. Le corps du paladin, désormais couvert de blessures, était méconnaissable. Il n'avait même plus la force de parler. Être ainsi vaincu par l'escrime sainte avait non seulement détruit son corps, mais également son esprit. Il ne pouvait donc qu'écouter la créature parler avec une voix douce, mais inexorable. Elle s'adressait à lui comme si elle était obligée de le faire. Comme si elle ne souhaitait que le tuer immédiatement, mais, qu'avant cela, il était de son devoir de lui faire la leçon.

« Si tu l'avais écouté, tu aurais pu retourner tranquillement dans ta ville, sain et sauf. Tu aurais fait ton rapport à tes supérieurs, comme d'habitude… Bon, ils t'auraient certes reproché de m'avoir laissée partir, mais au moins tu aurais été encore en vie. Tu serais ensuite rentré chez toi, auprès de ta femme et de ta fille. Dans ta maison chaude et accueillante, qui dégage une délicieuse odeur de soupe tous les soirs. Tu aurais pu serrer ta famille dans tes bras en leur disant que tu les aimes. Tu aurais remercié ton Dieu de t'avoir aidé à finir ta mission et tu aurais juré de continuer à le servir du mieux que tu le pouvais… Et moi aussi, j'aurais pu continuer à vivre en paix. J'aurais pu aller me coucher ce soir avec la satisfaction de savoir que des humains gentils et compréhensifs existaient dans notre monde et qu'on pouvait tous vivre en paix chacun de notre côté. »

La sorcière parlait avec une voix très calme, mais manifestement teintée de haine. Les reproches qu'elle faisait à Launius n'étaient pas des moqueries destinées à un mourant, mais bien des remontrances nées de son énervement.

« Mais ce n'est pas l'avenir que tu as choisi… »

Launius était aux portes de la mort. Les hémorragies dues à ses nombreuses lacérations l'empêchaient probablement de rester complètement conscient, mais ses yeux étaient encore entrouverts et il semblait respirer faiblement. Son âme n'avait pas encore quitté son corps meurtri.

« Tu vas désormais mourir. Mourir dans la douleur et la défaite totale. Et maintenant que je connais le nom de ta famille, je me ferai un plaisir d'aller les tuer également. Masha et Mina… Je vais les faire souffrir autant que possible avant de mettre fin à leurs vies. Ta fille est encore un bébé, en plus. Pour faire honneur à ma réputation de monstre sanguinaire, je vais la manger, tiens. Pour être honnête, je n'aime pas vraiment la chair humaine, mais je suis sûre que bien mijotée, avec les bonnes herbes, elle fera un délicieux repas… »

L'être démoniaque fixait le visage de Launius en lui parlant. Ses paroles commençaient à être enjouées, comme si elle profitait du regret, de l'angoisse et du désespoir qui se dessinaient péniblement sur le visage du paladin.

« Et ce n'est pas tout ! Il y a des tas de villages appartenant à Qualia dans le Continent sombre et le Continent légitime, n'est-ce pas ? Eh bien, tu sais ce que je vais faire ? Je vais trouver ces villages et je vais les rayer de la carte. Et tuer tous leurs habitants. Ah, bien sûr, rassure-toi. Si jamais je tombe sur une femme et un bébé du même nom que ceux de ta famille, je vais évidemment me faire un devoir de les faire souffrir avant de les exécuter ! »

Launius secoua légèrement la tête. Il choisit d'utiliser l'infime quantité de vie qu'il lui restait pour implorer le pardon de la créature maléfique, mais celle-ci ne lui laissa même pas le temps de parler.

« Une personne à qui je tiens beaucoup m'a appris que je pourrais me montrer impitoyable si jamais on me sous-estimait. Voilà pourquoi je vais tous vous tuer. Par centaines, par milliers ou même dizaines de milliers. Je n'ai aucune envie de le faire, au fond, mais je le ferai quand même. Et c'est entièrement à cause de toi et toi seul.

— A… arrête… Je t'en prie… Ne fais pas ça… »

La sorcière ignora complètement ces quelques mots prononcés avec tant de mal par Launius. Après tout, il avait obstinément refusé de l'écouter alors qu'elle tentait de le convaincre qu'elle ne lui voulait pas de mal, alors pourquoi irait-elle accepter sa demande de clémence ?

« Tu étais sans aucun doute quelqu'un de bien, Launius. Tu priais Dieu, tu t'étais dédié à ta patrie, tu aimais ton prochain et surtout ta famille plus que tout… Un homme modèle. Voilà exactement pourquoi je déteste tous les gens comme toi qui se battent pour la justice… »

Sentant qu'elle avait vidé son cœur de tout le venin qu'il contenait, la jeune femme fut enfin satisfaite. Ou bien s'était-elle juste simplement lassée. Mais le moment était venu de mettre fin à la vie du paladin inférieur pour de bon.

« Adieu, paladin Launius. Je suis certaine que Dieu a réservé une place dans son royaume céleste pour un homme aussi bon que toi. De là-haut, tu auras une vue imprenable sur le massacre de ta famille et la fin de ton royaume… Hahaha ! »

La sorcière se mit à s'esclaffer avec une voix à glacer le sang. C'était un rire haineux, qui semblait maudire tout ce qui l'entourait. Un rire qui termina de briser le cœur de Launius, déjà fortement éprouvé par le regret de la terrible erreur qu'il avait commise, la terreur d'avoir face à lui une si puissante créature maléfique et surtout le désespoir du sort que sa chère famille allait connaître.

« No… Nooon… Aaaargghhh…

— Hahaha ! Hahahaha ! »

Et c'est ainsi que le dernier survivant de l'expédition du Continent sombre, celui dont le sens de la justice excessif avait été à l'origine même de l'extermination de tout le groupe, fut enfin tué à son tour. Un long silence s'installa soudain sur le champ de bataille. Il n'y restait plus que l'héroïne de la ruine, et quelques fidèles elfes noirs. Une agréable brise de vent fit flotter les cheveux de la jeune femme. Elle fixa le cadavre du paladin Verdel pendant de longues secondes, avec un visage qui semblait presque empli de chagrin.

***

« Félicitations, dame Atô, c'était une magnifique démonstration… Ne vous inquiétez pas pour ces cadavres, nous allons nous occuper d'eux. »

L'un des elfes noirs s'approcha d'Atô pour lui parler. Elle reconnut immédiatement la voix de Gia, qui avait été témoin de l'intégralité de la scène d'exécution de Launius, et lui parla sans même se retourner vers lui.

« Il vaut mieux ne pas traîner dans les parages. Je vais vous aider pour que ça aille plus vite. »

Il y avait au moins cinquante corps sans vie autour d'eux et s'ils les laissaient sur place, quelqu'un pourrait en découvrir un et comprendre qu'une bataille avait eu lieu. Sans compter que les cadavres en question étaient ceux de mercenaires venus d'une contrée lointaine.

Même si le sol était désormais imbibé de sang, il fallait au moins dissimuler leurs cadavres afin de ne pas attirer trop d'animaux ou de monstres charognards. Il était également important pour Atô et les elfes noirs de récupérer tout l'équipement dont étaient muni les mercenaires, car ils en étaient eux-mêmes dépourvus. Le traitement de ces cadavres était donc une priorité.

Atô généra de nouveaux tentacules et commença à soulever les corps pour les empiler au même endroit. Gia ordonna à ses guerriers de faire de même, et tous se mirent rapidement à nettoyer les lieux. Gia observa ses hommes s'affairer pendant quelques secondes avant de s'adresser à Atô :

« Je ne m'attendais vraiment pas à une issue aussi sanglante …

— Moi non plus… Mais ces hommes étaient là parce qu'ils pensaient qu'il se tramait quelque chose dans le Territoire maudit. Il se pourrait donc bien que notre existence ne soit plus un secret…

— Oh non ! Ce n'est pas possible…

— Ce paladin appelé Verdel avait l'air d'être quelqu'un de raisonnable, donc je pensais qu'il allait m'écouter, mais…

— Oui, comme vous l'avez dit, nous ne voulons aucun mal aux autres royaumes… D'autant plus que celui de Qualia est loin d'être frontalier avec le nôtre, alors j'étais sûr que ça allait marcher…

— On peut en conclure que des peuples d'alignement différent ne s'entendront jamais, malheureusement… »

Au début des négociations, Atô avait fait semblant d'être une simple elfe noire en exil avec le reste de ses congénères. Ne connaissant pas les objectifs de ses interlocuteurs, c'était là le meilleur moyen de garder l'existence de Mynoghra secrète. Si jamais les hommes acceptaient de partir, aucun problème. Si jamais ils refusaient, il fallait tous les tuer. C'était là la stratégique dictée par Takuto, sur le papier, mais la réalité était évidemment bien moins propre. Il y aurait peut-être eu un meilleur moyen de gérer toute cette affaire. Cependant, dès lors qu'ils auraient eu connaissance du véritable objectif des mercenaires, ils auraient dû tous les décimer. Ne pas révéler l'existence de Mynoghra étant la priorité numéro un, le massacre était le meilleur moyen de s'assurer que tout le monde tienne sa langue.

Gia ordonna à ses hommes de se presser, sentant soudain que la situation était un peu plus grave qu'il ne le croyait. Une question, toutefois, le taraudait depuis quelques minutes.

« Dame Atô… Est-ce que vous pensez vraiment tout ce que vous avez dit tout à l'heure ?

— Ce que j'ai dit tout à l'heure ? Ah, que j'allais massacrer la femme et le bébé de ce paladin ? Mais évidemment que non, enfin ! »

Gia resta bouche bée. Ses elfes noirs et lui étaient restés cachés dans la forêt, observant l'intégralité de la discussion entre Atô et les mercenaires. Le Roi de la Ruine leur avait clairement ordonné de ne pas se montrer sauf si sa subalterne leur ordonnait de le faire. Ils avaient simplement participé à la traque des fuyards lorsque cela était devenu nécessaire. Gia avait donc tout vu et il n'avait pas pu s'empêcher d'être légèrement horrifié par le comportement outrageusement maléfique d'Atô. Mais tout cela ne semblait donc avoir été que de la comédie. Atô semblait même surprise que Gia ait pu la prendre au sérieux ne serait-ce qu'une seconde. Elle le regardait comme si elle venait de faire une blague qu'il n'avait pas comprise, et Gia en restait coi.

« Je voulais seulement voir comment le paladin allait réagir, alors je lui ai dit des choses horribles. Mais je suis une pacifiste, au fond. Je ne pourrai jamais faire des choses aussi horribles que cellesci ! »

Gia peinait à cacher son effarement en regardant Atô glousser avec un air embarrassé. Même si sa présence l'avait terrorisé à leur première rencontre, il avait fini par s'habituer et à reconnaître une certaine humanité en elle. Il avait même trouvé qu'elle était parfois adorablement puérile, comme lorsqu'elle commettait des erreurs un peu bêtes ou bien boudait parce que son roi venait de la gronder. Gia venait de comprendre que tout cela n'était qu'un malentendu de sa part, car la jeune fille qu'il avait devant lui n'avait rien d'humain, mais était définitivement un démon maléfique venu d'une dimension qui leur était étrangère.

Cela ne voulait pas dire qu'il avait soudain pitié des paladins pour autant. Si Atô n'avait pas combattu, cela aurait été probablement les elfes noirs qui auraient été massacrés. Le royaume sacré de Qualia n'avait absolument aucune pitié envers tous ceux qui servaient les des forces du Mal. Si l'existence de Mynoghra avait été révélée, il n'y avait absolument aucun doute sur ce qu'ils auraient décidé de faire. Gia savait qu'il serait insensé de faire soudainement preuve de clémence, uniquement parce que son peuple vivait enfin en paix. Il n'avait pas oublié ce que les humains et les elfes blancs leur avaient fait subir. Et entre ses frères et sœurs qu'il chérissait plus que tout au monde et un groupe de mercenaires inconnus venus fourrer leurs nez dans leurs affaires, le choix était rapidement fait.

« Bon, trêve de discussion, dépêchons-nous de nettoyer tout ça. Je dois aller faire un rapport au Roi de la Ruine le plus vite possible.

— Hmm ? Est-ce que quelque chose vous préoccupe, dame Atô ? »

Gia fronça les sourcils en voyant Atô se dépêcher de ramasser des cadavres, alors que la tâche pouvait en soi attendre quelque peu. De son point de vue, le seul problème auquel il avait été confronté venait d'être réglé et il était donc curieux de savoir ce qui pouvait inquiéter autant sa supérieure.

« Oui… J'ai réussi à obtenir quelques informations importantes en volant les connaissances de l'ennemi… et elles ne présagent rien de bon. »

Toutes les pensées, connaissances et informations qu'avait recueillies Verdel au cours de sa vie avaient été « transférées » dans l'esprit d'Atô lorsqu'elle lui avait porté son coup fatal. La majorité de cellesci lui étaient totalement inutiles, mais les nouvelles concernant la troublante situation dans l'État septentrional du Continent légitime avaient éveillé sa curiosité. Et surtout, elle était plus qu'intriguée par ce fameux concept de « sorcières ». Des sortes d'armes de destruction massive humaine à la puissance comparable à celle des saintes du royaume sacré de Qualia et de l'alliance spirituelle d'El-Nar. Elle n'avait heureusement pour l'instant jamais croisé la route de l'une d'entre elles, mais pour Atô, elles étaient probablement de puissance égale à celle des unités héroïques.

La nation de Mynoghra était encore relativement faible. Leur unique avantage était la présence de quelques héros, mais ce dernier disparaîtrait immédiatement si d'autres nations possédaient, elles aussi, des héros. Il fallait donc réfléchir au plus vite à de nouvelles stratégies et d'hypothétiques contre-mesures. Gia comprit la gravité de la situation à l'attitude d'Atô et acquiesça silencieusement. Tout ce qui représentait une menace pour le royaume de Mynoghra en était également une pour les elfes noirs.

Atô fit signe à ses subordonnés de hâter le pas, et ils commencèrent tous à s'affairer.

Le monde entier était à l'orée d'un changement radical…

CHAPITRE 12

Le début de la fin du monde

Après s'être occupée de se débarrasser des cadavres du groupe d'expédition venu du royaume sacré de Qualia, Atô se dépêcha de retourner auprès du Roi de la Ruine afin de lui raconter tout ce qui s'était passé.

« Des sorcières ? Voilà un concept que je n'ai jamais vu dans *Eternal Nations*, tiens.

— En effet, Votre Majesté. Cela prouve une fois de plus que, même s'il existe de nombreuses similitudes de *gameplay*, ce monde est bien différent de celui du jeu auquel nous sommes habitués. »

Depuis leur apparition soudaine dans ce monde, Takuto et Atô récupéraient le plus d'informations possible sur ce qui s'y déroulait. Ils pouvaient désormais conclure que ce monde n'avait rien à voir avec celui d'*Eternal Nations* principalement parce que, outre certaines petites différences, le royaume sacré de Qualia et l'alliance spirituelle d'El-Nar n'avaient jamais fait partie des nations présentes dans le jeu. Sans parler de l'existence de ces fameuses « saintes » qui semblaient être la fondation de la puissance de ces deux royaumes.

Tous ces concepts étaient entièrement nouveaux pour

Takuto et son bras droit. Ils s'étaient régulièrement accaparé l'érudite Emhur afin qu'elle leur raconte toutes les légendes et récits historiques qu'elle connaissait, et ils étaient allés de surprise en surprise. De nombreux éléments leur avaient prouvé qu'ils se trouvaient donc dans ce qu'ils ne pouvaient qu'appeler « un monde parallèle ». Takuto essaya de se souvenir de tous les univers d'*heroic fantasy* qu'il avait connus dans sa vie précédente, pour voir s'il y en avait un qui correspondait à celui dans lequel il se trouvait.

« Et les souvenirs que tu as volés à ce paladin confirment tout ce qu'on sait, n'est-ce pas ?

— Je n'ai pu voir que les souvenirs les plus forts précédant la mort de cet homme, mais oui, cela certifie nos déductions. Cela fait des décennies que Qualia et El-Nar vivent en paix et n'ont connu aucune guerre ou bataille à grande échelle. Nous ne connaissons pas du tout l'identité de leurs leaders respectifs, mais si on les juge d'un point de vue purement vidéoludique, ce sont probablement des amateurs.

— Voilà pourquoi ce qui se passe au nord de leur continent les trouble autant. Ils ne sont pas habitués… »

L'une des capacités spéciales d'Atô consistait à dérober les compétences des ennemis qu'elle battait. Mais, contrairement à *Eternal Nations*, dans ce monde-ci, elle pouvait également voler les souvenirs et émotions de ses victimes au moment de leur mort. C'était pour Takuto une découverte aussi intéressante qu'inquiétante. Car c'était un nouvel élément qui prouvait que les règles de l'univers dans lequel il se trouvait étaient non seulement différentes de celles du jeu, mais défiaient également toute logique ou idée de réalisme. Il manqua de se perdre un instant dans des pensées troublantes sur les concepts philosophiques de la réalité et de l'illusion, et se força à penser à autre chose.

Il focalisa son attention sur les bouleversements au nord du Continent légitime et leur cause supposée, à savoir les « sorcières ». Elles allaient désormais devoir devenir une priorité pour la nation de Mynoghra également. Comment allaient-elles influencer le développement du royaume ? Si Qualia venait à tomber, Mynoghra serait-il le suivant sur la liste ? Avant cela, y avait-il un risque que Qualia envoie un nouveau groupe jusqu'au Territoire maudit, si ce n'est leur armée entière ? De multiples de questions se mirent à déferler dans son esprit.

« Bon, on a de la chance que l'armée de Qualia soit occupée à essayer de régler la situation au nord, cela réduit les chances qu'elle débarque ici par surprise.

— On peut donc supposer qu'ils ont envoyé deux paladins et quelques mercenaires ici juste au cas où, pour apaiser les inquiétudes de quelqu'un ?

— Probablement, oui…

— Pas de chance pour eux… Ça complique tout de suite la situation, quand on a des conflits intérieurs… »

La plupart des informations récupérées par Atô dans l'esprit de Verdel étaient triviales, mais une poignée se révélait très utile. Apparemment, le royaume sacré de Qualia était divisé en quatre états différents, qui n'avaient de cesse de se livrer à de féroces batailles politiques internes afin d'exercer une hégémonie totale sur les autres. Sans compter que la superficie du royaume rendait toute prise de décision administrative importante laborieuse, presque kafkaïenne.

L'une des saintes du royaume avait eu la vision d'un

désastre venu du Territoire maudit, mais si cette dernière se révélait fondée, tout Qualia sombrerait probablement dans la confusion, ce que ses dirigeants essayaient probablement d'éviter à tout prix. C'est pour cela qu'ils avaient discrètement envoyé une toute petite escouade s'occuper de cette affaire. Impossible de dire pour l'instant qui avait pris une telle décision, mais une chose était sûre : elle avait été d'une stupidité presque criminelle. Takuto était stupéfait par les carences systémiques de l'organisation d'un royaume en apparence si développé, mais il se dit que c'était probablement inévitable lorsqu'il s'agissait d'une nation de cette taille.

« Tous les citoyens de Mynoghra sont unis par la loyauté qu'ils ressentent envers vous, sire Takuto. Alors, ne vous en faites pas. Nous ne finirons jamais comme eux.

— Merci, Atô… »

D'un autre côté, il était évident que toute cette situation, de l'existence des sorcières aux troubles internes de Qualia, jouait actuellement en faveur de Mynoghra. Tout ce qui pouvait occuper les esprits et les soldats des autres royaumes permettait, de fait, à Mynoghra de se développer plus facilement. Takuto pouvait donc être presque reconnaissant envers ces fameuses sorcières. Le silence et l'inaction de l'alliance spirituelle d'El-Nar au sujet de l'ensemble de ces événements étaient pour le moins troublant, mais cela signifiait qu'eux non plus ne s'intéressaient probablement pas à ce qui se passait au sud de leurs frontières. C'était donc là aussi un avantage pour Takuto. Après y avoir réfléchi, il était désormais convaincu que, plutôt que de renvoyer le groupe d'expédition à Qualia avec une paix négociée à la hâte, son extermination avait finalement été le bon choix. Plus l'existence de Mynoghra restait secrète, mieux ce serait. Et ce idéalement jusqu'à ce qu'une autre unité héroïque soit créée. Quoi qu'il en soit, Takuto n'éprouvait aucune pitié pour les deux paladins et la cinquantaine de mercenaires massacrés par Atô.

« Dites, Votre Majesté…

— Est-ce que tu as réussi à apprendre quoi que ce soit sur les sorcières ? »

Atô était sur le point de dire quelque chose, mais Takuto l'avait interrompu de façon abrupte. Il était tellement perdu dans ses pensées qu'il n'avait même pas entendu le son de sa voix. Évidemment, elle lui était tellement dévouée qu'il lui était impossible de lui en tenir rigueur. Si le roi avait posé une question, elle devait y répondre. Même si cela voulait dire qu'elle n'aurait probablement pas l'occasion de poser sa propre question avant un bon moment.

« Malheureusement, les informations à leur sujet sont très rares. Je sais uniquement deux choses. Un, elles sont capables d'infliger des dégâts à très grande échelle à l'armée de Qualia et de rayer de la carte des villes entières sans la moindre once de difficulté, et deux, je connais le nom de l'une d'entre elles.

— Vraiment ? »

Selon les informations présentes dans les souvenirs de Verdel, le royaume sacré de Qualia était actuellement en prise avec deux sorcières. L'idée qu'elles aient déjà causé de grands préjudices au royaume était intrigante en soi, mais le fait que l'identité de l'une d'elles était connue l'était encore plus. Qui pouvait bien être cette sorcière dont la puissance équivalait probablement à celle d'Atô ? Elle prononça son nom avec une certaine amertume dans la voix, reproduisant exactement le souvenir de Verdel qu'elle avait désormais dans l'esprit.

« Elakino, la Sorcière aspirante. C'est le nom que Verdel avait en tête. »

Que pouvait bien signifier un nom aussi étrange ? Il faisait probablement référence à l'une des capacités de cette sorcière, mais quoi qu'il en soit, il n'avait rien de très impressionnant. Surtout pour une créature censée être maléfique…

« Peut-être qu'elles sont comme moi, en fait… »

Les troubles au nord du Continent légitime semblaient avoir commencé assez récemment et étaient concomitants à la chasse des elfes noirs de leurs terres. Il était difficile de penser que ces coïncidences temporelles étaient uniquement dues au hasard. Le monde entier semblait avoir commencé à changer au moment où Takuto et Atô y étaient apparus. Peut-être qu'ils n'étaient donc pas les seuls à avoir été transportés dans cet univers parallèle. Une soudaine inquiétude se dessina sur le visage d'Atô. Si jamais ses craintes se révélaient fondées, Takuto et elle se trouveraient dans une situation catastrophique.

« Que comptez-vous faire, alors ? Si jamais ces sorcières appartiennent à une nation d'alignement maléfique, on pourrait peut-être avoir des relations amicales avec elles…

— Hmm… Je ne sais pas, je ne crois pas qu'on pourrait s'entendre…

— Ah… Oui… Vous devez avoir raison… »

Takuto répondit calmement, en se frottant le menton. Atô ne pouvait qu'accepter son avis et acquiesça avec un air un peu embarrassé. D'expérience, les autres créatures ou nations maléfiques étaient très rarement ouvertes à la discussion et faisaient fi de toute compréhension mutuelle.

« La grande majorité des unités maléfiques est quelque peu dérangée. Sans compter qu'elles veulent toutes détruire le monde… Tu veux détruire le monde aussi, Atô ? Et que feras-tu une fois que celui-ci aura été réduit à néant ? Tu dois mieux réfléchir aux conséquences de tes idées avant de les proposer…

— C'est… c'est-à-dire que normalement notre objectif est de répandre la ruine dans le monde entier, quand même… Alors…

— Je n'ai aucune envie de jouer les méchants de bas étage, moi. Il n'y a rien de plus démodé.

— Oui, je sais bien… »

Par nature, les unités maléfiques de nations différentes ne pouvaient pas vraiment être en bons termes. Leurs capacités de coopération et d'amitié étaient extrêmement faibles. Toutes les autres unités autour d'elles étaient réduites à n'être soit des pions à utiliser pour atteindre leur objectif, soit des ennemis à éliminer, quel que soit leur alignement ou leur origine. Il y avait évidemment des exceptions à cette règle, mais elles étaient vraiment rares. Donc l'idée même qu'une nation ne rêvant que de paix comme Mynoghra puisse s'entendre avec un autre royaume ou entité maléfique était complètement aberrante.

« La véritable question à se poser est si jamais ces sorcières proviennent d'une nation qui se trouve au nord du Continent légitime, est-ce qu'il s'agit d'une patrie existant dans d'*Eternal Nations* ou alors qui lui est étrangère…

— Les héros créés par les royaumes du jeu sont vraiment très puissants, donc leur apparition dans ce monde sèmerait le trouble et la confusion, ça c'est certain…

— Et même si elles ne viennent pas du jeu, une chose est sûre, elles sont aussi puissantes que des unités héroïques. Et ça, c'est un énorme problème…

— Oui. Même si on ne connaît pas tous les détails, il est manifeste qu'elles sont assez fortes pour combattre seules toute l'armée de Qualia… Et cela m'inquiète autant que vous. Il nous faudrait davantage de héros afin de nous protéger au mieux. »

Takuto savait qu'il finirait bien par se retrouver face à face avec ces sorcières. Son unique but était simplement de développer et de faire prospérer son royaume. Il n'avait aucune intention d'attaquer qui que ce soit, sauf s'il se retrouvait dans une situation où c'était l'unique issue possible. Devoir montrer les crocs face à une nation ou une force qui allait à l'encontre de leur propre philosophie avait beau être naturel, cela n'avait rien d'amusant pour lui. Surtout si c'était inévitable. Takuto poussa un long soupir, déçu de la triste tournure que l'univers était en train de prendre.

« On devrait probablement penser à générer une autre unité héroïque en plus d'Isla. Une unité avec une grande puissance de combat.

— Oui, on devrait bientôt avoir assez de mana pour un héros. Cependant, chaque nouveau héros créé augmente le mana et le niveau technologique nécessaires pour le suivant… Donc nous allons devoir repenser notre stratégie à long terme. »

Produire un héros nécessitait une certaine quantité de ressources, de mana et d'avancées technologiques. Le choix du héros qu'ils allaient créer allait donc être extrêmement important. Malgré ses nombreux avantages, invoquer Isla, qui avait une puissance de combat relativement faible, pourrait les mener à la défaite. Takuto se rappela soudain des centaines de larves produites par Isla au cours de l'une de ses parties, qui avaient été balayées d'un revers de la main par une attaque magique d'un héros adverse. Ils auraient potentiellement face à eux des sorcières et des saintes. Il fallait donc opter pour un héros qui aurait une chance de les vaincre. Après mûre réflexion, Takuto se dit qu'il valait mieux prendre les devants plutôt que de se retrouver devant le fait accompli. S'il voulait survivre, il fallait impérativement que la politique autarcique qu'il avait prévue évolue.

« Il faut savoir faire preuve de flexibilité si nous voulons que Mynoghra subsiste. Et savoir s'adapter à la situation et à son développement… Notre stratégie va donc radicalement changer.

— Oh ? Mais qu'allez-vous faire, alors ?

— Je crois bien que, par mesure de précaution, je vais devoir m'allier à un autre royaume.

— Hein ? Vous allier à… Mais, est-ce que cela est possible ? »

Atô était stupéfaite. En temps normal, des alliances avec d'autres nations étaient tout à fait normales pour un développement stratégique, mais pour Takuto et son trouble de la communication, cela paraissait relever de l'impossible. Sans compter que l'alignement maléfique de Mynoghra rendait toutes négociations périlleuses. Elle ne pouvait donc pas concevoir que ce plan aboutisse.

« Il faut qu'on trouve une nation qui aurait à gagner de notre alliance aussi… Donc, évidemment, on doit se limiter aux royaumes d'alignement neutre.

— Ah, j'imagine que vous pensez à celui qui se trouve

près de cette forêt ? C'est vrai que face à un désastre potentiel, la plupart d'entre eux deviendraient plus enclins à collaborer…

— Impossible de savoir s'ils seraient vraiment enclins à le faire sans leur parler directement… »

Une ville avait été fondée près du Territoire maudit. De nombreuses recherches préliminaires étaient encore nécessaires, mais il était possible que ses citoyens acceptent de s'associer à Mynoghra. Même s'ils seraient probablement d'abord horrifiés par l'existence même du royaume maléfique, tant que leur objectif n'était pas l'annexion des régions voisines, ils seraient probablement ouverts à des négociations. Sans parler des possibilités d'échange de ressources, de vivres et de biens divers. Après tout, Mynoghra avait de quoi se lancer dans le commerce avec d'autres nations. De plus, une alliance permettrait de s'unir pour affronter un ennemi commun.

Takuto commença à assembler toutes les pièces du puzzle dans sa tête jusqu'à trouver la stratégie idéale. Ils couraient évidemment le risque que leur allié les trahisse et finisse par se retourner contre eux, mais si leur collaboration était fructueuse, ils auraient probablement tous les deux à y gagner. Il était donc temps pour le royaume de Mynoghra de cesser de se cacher et de devenir plus proactif. C'est la décision finale que Takuto finit par prendre.

« Appelons les elfes noirs pour discuter de tous les détails et mettre le nouveau plan en place aussi vite que possible. »

Atô réagit immédiatement à l'ordre de Takuto. Elle le salua respectueusement et se dirigea immédiatement en ville pour aller trouver les représentants des elfes noirs.

Takuto lui lança une dernière parole d'encouragement, puis resta seul, assis sur son trône de pierre. Son visage semblait dénué de toute émotion.

***

[Royaume sacré de Qualia,
zone d'évacuation de l'État septentrional]

Le vent faisait danser des flocons de neige dans les airs. L'impitoyable air glacial transformait chaque souffle en fumée de givre et délestait les corps de leur chaleur vitale. D'étranges voix résonnaient au loin. Des cris, des rugissements, des invectives, des moqueries. Sainte Soalina de la Majestueuse Sépulture écoutait ces atroces braillements qui avaient envahi une ville au loin grâce à son ouïe surhumaine et posa une question d'une voix morne.

« Que fait Elakino ?

— Elle ne semble pas avoir quitté la ville qu'elle a assiégée hier. »

Le paladin supérieur aux côtés de Soalina lui répondit. Le cardinal qui était censé être à la tête de cet État, et qui s'était montré aussi désagréable avec la sainte quelques jours plus tôt, avait fui et était déjà bien loin. Les attaques d'Elakino, la Sorcière aspirante, se faisaient de plus en plus intenses. Et les victimes de son pouvoir se comptaient par milliers. Soalina s'était vue contrainte de rester avec l'arrière-garde pour s'occuper des nombreuses incursions que les démons et les monstres semblaient mener en toute connaissance de cause, afin de disperser l'armée humaine. Elle écoutait le rapport du paladin en serrant machinalement les dents.

Eterpedia

Sorcière

Type d'unité

Les sept Sorcières maléfiques, Fléaux du continent d'Hydragia

- Atô, la Sorcière de la Bourbe
- Elakino, la Sorcière aspirante

<< XXXXXXXX >>

<< XXXXXXXX >>

<< XXXXXXXX >>

<< XXXXXXXX >>

<< XXXXXXXX >>

Description

Les sorcières sont un type d'unité spéciale.

Il n'en existe que sept et elles profitent dès leur invocation de pouvoirs largement supérieurs à ceux des unités classiques.

De plus, elles possèdent toutes de nombreuses compétences d'affaiblissement des unités adverses et ne peuvent être vaincues que par une vaste armée, ou bien une sorcière ou une sainte de force équivalente.

Une fois une sorcière vaincue, elle disparaît à jamais et ne peut plus être à nouveau invoquée. Elles représentent un atout vital pour un royaume, mais doivent donc être utilisées avec parcimonie.

Seules deux des sept sorcières sont actuellement connues.

« La Sainte de la Prosternation est actuellement au front. Apparemment, elle a réussi à contrer la Sorcière aspirante grâce à ses pouvoirs et leur combat est au point mort. »

Soalina se rappela la silhouette de cette sainte, la tête éternellement baissée, un voile cachant toujours son visage. Elle ne lui avait jamais vraiment parlé, mais étant une sainte comme elle, elle pouvait la comprendre mieux que personne. Elle la remercia intérieurement pour ses efforts, puis pria pour qu'elle continue à retenir la sorcière et qu'elle s'en sorte saine et sauve. Car elle savait qu'aussi puissante pouvaient-elles être, les saintes restaient des jeunes filles isolées. Leurs pouvoirs n'étaient pas illimités. Et surtout, elles avaient déjà plusieurs coups de retard sur leurs ennemis.

« Avez-vous une estimation des dégâts ?

— Les sorcières ont déjà détruit deux villes entières, d'innombrables villages et hameaux et ont massacré plus de trente mille membres de la garde nationale septentrionale. Les dégâts sont si importants qu'il ne s'agit ici que d'une estimation qui, je le pense, est plus faible que la réalité… »

Soalina ferma les yeux et s'excusa auprès de tous ces gens qu'elles n'avaient pas pu sauver, tout en sachant pertinemment que son action ne ferait pas revenir tous ces morts à la vie. Elle était devenue une sainte afin de pouvoir sauver le plus de monde possible, mais elle semblait échouer un petit peu plus chaque jour. Son visage s'assombrit davantage.

« Et concernant ma vision du Territoire maudit, que… Ah, non je ne peux pas me préoccuper de ça maintenant… »

Le cardinal lui avait assuré que l'expédition n'avait absolument rien trouvé, mais il avait refusé de répondre à ses questions ou de lui donner plus de détails, il était donc difficile pour elle de lui faire confiance. Cependant, son esprit était déjà trop occupé pour penser à cela également. Même si le pire arrivait au sud du continent, il restait de toute façon encore deux saintes disponibles pour s'en occuper. Soalina décida donc de se concentrer sur ses tâches et l'accomplissement de sa mission.

« Je vais vous laisser vous occuper des monstres et des démons restants dans cette zone. Je dois aller au front afin d'assister la Sainte de la Prosternation. Nous devons d'abord vaincre cette sorcière si nous voulons espérer mettre fin à ce conflit. »

Le paladin supérieur tendit le bras vers la sainte pour tenter de l'arrêter. Ses compétences étaient largement supérieures aux siennes et il savait que si jamais elle le voulait, elle pourrait se rendre au front en quelques minutes à peine, sans que personne ne puisse la suivre.

« Votre Sainteté, non, attendez ! Vous devez avoir la permission du cardinal pour aller au front !

— Je n'ai besoin de la permission de personne. J'ai pris ma décision. »

Une puissante bourrasque souffla soudain et le paladin fut complètement aveuglé par une brume de neige. Lorsque celle-ci se dissipa enfin, il n'eut même pas besoin de regarder autour de lui pour savoir que la Sainte de la Majestueuse Sépulture n'était plus là.

***

[Alliance spirituelle d'El-Nar, salle du Conseil des tétrarques]

Les chefs des clans elfes qui formaient l'alliance spirituelle d'El-Nar étaient tous réunis autour d'une table et s'échangeaient des regards graves. Un jeune elfe était en train de s'adresser à eux. Il était luimême le prochain chef de son propre clan, un elfe extrêmement talentueux qu'on avait autorisé à participer à cette réunion afin qu'il prenne peu à peu ses marques. Il lisait le contenu d'une missive avec un air sérieux.

« Nous avons perdu le contact avec Weiss-Nar, le chef du clan Torweiss. Selon nos éclaireurs, il est évident que la ville est tombée, comme les autres. Le clan s'est sans aucun doute retourné contre nous…

— Ce n'est pas possible ! Ils sont tous passés du côté de l'ennemi ? »

L'un des chefs de clan, connu pour toujours monter sur ses grands chevaux, frappa la table d'un poing rageur. Même s'il était le seul à se montrer aussi expressif, il était évident au vu des visages et des grognements de tous les autres patriarches qu'ils partageaient sa colère et son impuissance.

« Vénérables chefs bénis par les esprits, je souhaiterais humblement vous poser une question. Pourquoi ne demandons-nous pas l'aide du royaume sacré de Qualia ? Sans vouloir manquer de respect à qui que ce soit, j'ai l'impression que nous sommes un peu dépassés…

— Tu as perdu l'esprit ou quoi ?! Qualia a beau être notre allié depuis des années maintenant, nous ne pouvons pas leur révéler que la situation dans laquelle nous nous trouvons est aussi pathétique !

— Je dirais même qu'étant donné nos relations ancestrales, nous devons leur cacher celle-ci, si nous ne voulons pas être couvert de déshonneur. Nous allons devoir prier les esprits de nous donner la force de résoudre seuls ce conflit. Il en va de notre dignité en tant qu'elfes. »

Les paroles de chaque chef de clan faisaient loi. Pouvoir demander leur avis représentait déjà une gageure, alors tenter de les contredire n'était même pas de l'ordre du possible. De plus, tous les chefs paraissaient partager la même opinion. Les elfes gagnaient en sagesse et en pouvoir avec l'âge. Les membres à leur tête étaient donc d'excellents combattants et protecteurs de leur peuple dont ils avaient la charge respective, mais ils étaient aussi parfois bien trop fiers pour prendre du recul sur certaines situations. Le jeune elfe baissa la tête en silence et continua à écouter les lamentations de ses aînés.

« Sans compter que Qualia a déjà fort à faire avec ces “sorcières” au nord du continent ! Il serait bien plus juste que nous nous dépêchions de régler notre problème afin de pouvoir aller leur prêter main-forte ! Quoi qu'il arrive, ton idée est impossible !

— Exactement ! Franchement, imaginez un peu que les autres nations apprennent ce qui nous arrive… Tous les futurs livres d'histoire ne feraient que nous faire passer pour des incompétents, dont on se raillerait ! Bon sang… Ces satanées forces du Mal… Ah, ce que ça m'énerve !

— Qu'on envoie la sainte ! Et nos guerriers spirituels aussi ! Nous devons résoudre ce problème au plus vite ! »

Les délibérations prirent fin dans une ambiance électrique. L'alliance spirituelle d'El-Nar décidait enfin de recourir à son arme ultime. Le Conseil se disait probablement que cette femme à la puissance supérieure à celle d'une armée entière allait pouvoir sans grande difficulté résoudre le problème qui les tourmentait tous depuis si longtemps. Mais le jeune elfe ne put s'empêcher de se demander comment ils avaient pu se retrouver dans une telle situation. Et surtout, il eut le sentiment que tout ce qui se passait était probablement annonciateur de quelque chose de bien plus grave…

***

[Territoire maudit, Faunkavenn, patrie des esprits antiques et des hommes-bêtes]

Faunkavenn était un royaume neutre du Territoire maudit. Composé uniquement d'hommes-bêtes, des hybrides issus du croisement entre des entre humains et différents animaux tels que des loups, léopards, vaches ou lézards, la nation était aujourd'hui aux prises avec des tribus sauvages qui avaient soudainement attaqué leur territoire…

« Un ogre arrive ! Vite, appelez la Porteuse de Canne !

— Ce n'est pas possible… Combien sont-ils, à la fin ? Notre garde commence à être dépassée… »

L'hybride laissa échapper un grognement énervé. Même s'ils étaient généralement bien plus puissants que les humains normaux, les hommes-bêtes avaient aujourd'hui fort à faire. Ils avaient déjà exécuté tant de sauvages qu'ils pouvaient à peine les compter. Au départ, même s'ils pensaient pouvoir dénouer la situation uniquement avec leur garde, ils se virent contraints de faire appel à l'une de leurs supérieures, la « Porteuse de Canne », une magicienne aussi puissante qu'expérimentée.

Alors que l'ogre s'apprêtait à porter un coup de massue à l'un des combattants hybrides, un éclair tomba du ciel et réduit son corps en cendres en l'espace de quelques secondes. Les hommes-bêtes levèrent leurs épées et se mirent à crier de joie en voyant la créature se transformer en un tas de chair calcinée.

« Ouah ! Vous êtes vraiment la plus forte, Porteuse de Canne ! Vous avez détruit cet horrible monstre sans aucun effort ! »

La vieille humanoïde à tête de vache se tourna et s'apprêta à retourner en ville, écoutant à peine les remerciements des membres de la garde. La regardant s'éloigner, un homme-loup poussa un petit soupir et murmura à son compagnon :

« Dire qu'elle a l'apparence d'une simple vieille mégère, mais qu'elle est en vérité cent fois plus puissante que n'importe lequel d'entre nous… C'en est presque énervant.

— Ne dis pas ça, enfin, tu vas avoir des problèmes. Vite, occupons-nous des restes de cette bête. Il ne faudrait pas laisser le cadavre pourrir au soleil…

— Ouais, d'accord, c'est bon… Hmm ? C'est quoi, ça ? »

L'attaque des sauvages semblait avoir pris fin avec la mort de l'ogre et les membres de la garde pensaient pouvoir enfin souffler un peu. Pour autant, l'homme-loup venait de voir quelque chose bouger à l'horizon.

« Eh… Il reste encore quelques… Non, attends… Leur nombre est impressionnant ! Vite, appelle le messager ! Il faut prévenir les autres tout de suite ! »

Le point qu'il avait aperçu à l'horizon s'était rapidement multiplié jusqu'à devenir une véritable horde de créatures sauvages. La panique commençait à se propager parmi les membres de la garde à mesure qu'un groupe de créatures assoiffées de sang avançait, prêt à en découdre. Ils croyaient en avoir fini avec une longue journée de combats, mais réalisèrent qu'elle n'avait probablement fait que commencer.

« Mais… qu'est-ce qui se passe, bon sang ? »

L'homme-loup regardait les ombres à l'horizon s'accroître, encore et encore, et laissa échapper des paroles de stupéfaction.

***

[Territoire maudit, Mynoghra, emplacement du futur palais royal]

Les différents travaux du royaume de Mynoghra avançaient à grands pas. Tous les efforts étaient cependant orientés vers la construction tant attendue du palais royal. Après tout, le bâtiment, censé représenter toute la puissance et la grandeur de la nation, ne pouvait pas éternellement rester une petite cabane en bois. Sans compter que celui-ci offrait d'importants effets bénéfiques à l'ensemble du territoire. Il s'agissait plus d'une question de gestion que de prestige. Les elfes noirs, qui avaient terminé de bâtir toutes leurs maisons et installations de production de nourriture, travaillaient désormais nuit et jour sur le palais. Ses fondations avaient été déjà presque entièrement posées et on pouvait désormais imaginer sans peine la forme qu'il allait prendre. Les murs étaient déjà couverts de tapisseries et décorations cousues par les elfes noires, promettant un résultat des plus fastueux. Takuto, qui était comme à son habitude assis sur son trône de pierre autour duquel le palais était construit, fredonnait doucement en profitant du silence nocturne et de l'apaisante lumière des torches autour de lui.

« Au fait, sire Takuto… »

Il entendit soudain une voix près de lui. Il se tourna et vit Atô, son fidèle bras droit. Tout ce qu'il avait réussi à faire jusqu'ici, c'était grâce à elle. Son aide pour développer le royaume et régler les différents problèmes qui avaient pu survenir avait été indispensable. Porté par ces émotions, il lui fit un sourire attendri.

« Oui ? Qu'y a-t-il ?

— Avant que vous n'apparaissiez dans ce monde… Vous étiez un adolescent ordinaire, n'est-ce pas ?

— Tout ce qu'il y a de plus normal, oui. Enfin, mes parents étaient aisés donc je n'ai jamais eu à souffrir du manque d'argent… Pour autant, je restais un ado des plus ordinaires. Mais pourquoi tu me demandes soudain ça ? Parfois, tu poses vraiment des questions bizarres… »

Comme il l'avait dit, les origines de Takuto étaient effectivement plus que normales. Durant sa vie antérieure, il avait été un simple citoyen, qui n'avait jamais dévié du droit chemin. Même s'il avait été transporté dans un univers parallèle et était soudain devenu le régent d'une nation dans un monde fantastique, il restait fondamentalement un adolescent moderne qui avait tout à apprendre de la vie. C'est en tout cas ainsi qu'il le percevait. N'importe qui serait complètement perdu dans la situation où il se trouvait. Étant donné ces circonstances plus qu'étranges, Takuto trouvait qu'il parvenait malgré tout à se comporter comme un régent digne de ce nom. Il en éprouvait même une certaine fierté, voire une excitation évidente. Mais la question d'Atô le fit soudain penser qu'elle trouvait qu'il y avait peut-être quelque chose d'insuffisant dans son comportement royal. Il la regardait dans les yeux avec un air interrogateur. Atô prit son courage à deux mains et lui posa la fameuse question qu'elle n'avait pas pu lui poser quelques jours auparavant.

« Ah, non, ce n'est pas ce que je veux dire. . Enfin… Je me demandais juste si vous aviez été choqué ou peut-être blessé par le fait que j'ai massacré tous ces mercenaires, l'autre jour…

— Blessé ? Mais pourquoi le serais-je ? »

Atô fut prise de court. Elle ne s'attendait pas vraiment à une réponse aussi catégorique. Elle avait expliqué tous les détails du combat à Takuto : la chair transpercée, les os brisés, la facilité avec laquelle elle avait tué ces hommes. Cela n'avait pas été un combat pour elle, mais un divertissement. Elle avait déjà préparé des excuses pour son comportement qu'elle croyait avoir été outrancier. Mais son roi venait de lui dire qu'il n'y accordait aucune importance. Il lui avait pourtant bien confirmé qu'il n'était qu'un adolescent normal. En tant que tel, son sens de la morale aurait donc dû le pousser à condamner la cruauté et la violence dont elle avait fait preuve. Le fait que Takuto accepte et embrasse le côté maléfique d'Atô, en dépit de son éthique humaine représentait une source de fierté pour elle. Mais il venait de balayer tout cela d'un revers de la main. Elle ne pouvait pas s'empêcher de demander comment il pouvait ne pas lui en vouloir pour ce qu'elle avait fait. Atô eut soudain l'impression d'être écrasée par le regard du Roi de la Ruine. Elle semblait ne plus trop savoir ce qui était juste et ce qui ne l'était pas. Elle réalisa que depuis qu'il avait été transporté dans ce monde parallèle étrange, Takuto avait peut-être fondamentalement changé. Depuis qu'il était devenu le souverain de la nation de Mynoghra, le doux et gentil Takuto Ira qui venait toujours lui parler lors de ses parties d'*Eternal Nations* avait peut-être été laissé dans son monde d'origine.

« Tu es bizarre, Atô…

— Ah ! Mais non, désolée… Je n'ai rien dit… »

Elle se rendit soudain compte que toutes ses craintes étaient elles-mêmes faussées. Car elle se rappela qu'en dehors de ce qu'il avait montré dans le jeu, elle ne connaissait absolument pas l'être humain qu'était Takuto Ira. Se demander s'il avait changé ou pas n'avait donc pas vraiment de sens.

« Est-ce qu'il y a quelque chose qui t'inquiète ? Tu peux tout me dire…

— Non, ça va… Il s'agit simplement d'un malentendu…

— Si tu le dis… Mais tu as l'air un peu triste… Je n'aime pas te voir comme ça. Tu es toujours pleine d'énergie, d'habitude ! »

Takuto attrapa la main d'Atô, comme un parent qui souhaitait réchauffer les mains froides de son enfant. La sensation de ses mains était agréable. Son sourire était empli de bienveillance. Mais ses paroles semblaient avoir un caractère inéluctable.

« Allez, souris, enfin !

— Euh… D'accord… »

Atô répondit à la hâte. Elle fit un sourire maladroit,

légèrement apeuré, comme si elle avait complètement oublié qu'elle était une héroïne maléfique dotée d'une puissance capable de détruire des villes entières. Ce n'était manifestement pas un sourire très sincère, mais il sembla contenter Takuto. Atô serra ses mains contre sa poitrine, comme si elle essayait de calmer une immense peur qui montait en elle, lorsqu'elle sentit une main lui caresser tendrement la tête. C'était évidemment celle de Takuto, qui la regardait avec des yeux toujours aussi chaleureux. Elle pouvait sentir sa gentillesse et la profondeur de ses sentiments pour elle dans son regard. Toute l'angoisse qu'elle venait de ressentir s'envola en un instant. Elle se sentait sereine et apaisée. Sans même s'en rendre compte, elle plaça sa tête contre le torse de son roi et profita de l'agréable sensation que cela lui procura. Ils étaient enveloppés par un silence nocturne que seul le craquement du feu interrompait parfois. Atô se dit qu'un jour, ils devraient certainement parler de la nature de leur relation. Comment étaient-ils arrivés dans ce monde ? Comment elle, un personnage de jeu vidéo, pouvait-elle être actuellement dans les bras de Takuto ? Toutes ces questions restaient pour l'instant désespérément sans réponse. Elle ne pouvait qu'espérer qu'ils découvriraient ensemble de quoi il en retournait.

« Je sais que ce n'est pas simple tous les jours, mais je sais que sans toi, je n'arriverais à rien. Alors j'espère que tu continueras à m'aider comme tu l'as toujours fait jusqu'ici.

— Bien sûr… Je ressens exactement la même chose, sire Takuto… »

Elle pria pour que ce moment dure pour toujours. Qu'elle puisse rester dans les bras de son Takuto adoré et ne jamais le quitter. Juste lui et elle, pour l'éternité.

« Les choses commencent à vraiment devenir intéressantes, en plus… Alors, profitons-en à fond, Atô !

— Oui… oui, Votre Majesté… »

Son cher Takuto venait de lui adresser un agréable encouragement. Mais lorsqu'elle leva les yeux, Atô ne vit plus devant elle qu'une forme humaine enveloppée d'une obscurité impénétrable…

MESSAGE SYSTÈME

L'événement " Fin du monde " a été lancé.

Les ■■■■■■ de la carte du monde vont ■■■■■■■■■■.

Peuples du Bien, priez votre Dieu et résistez jusqu'aux derniers instants.

Peuples du Mal, laissez vos plus bas instincts de déchaîner sur le monde.

OK

FIN DU TOME 1

HISTOIRE
Fehu Kazuno

Je vis à Nara. Mon nom d'emprunt, « Kazuno », signifie « bois de cerf » en référence aux nombreux cerf sika qui peuplent les parcs de ma ville. J'entretiens également des relations amicales avec le Buddha géant du temple Todaiji. Ce que je préfère dans la vie, c'est le curry japonais avec du riz et les héroïnes qui assassinent sans hésitation. Je suis sur Twitter : @Fehu_apkgm

ILLUSTRATION
Navigavi

Enchanté, je m'appelle Navigavi. Ce livre marque ma toute première incursion dans le monde de l'édition papier. Mettre en image le monde de Fehu pour tous les lecteurs du monde n'a pas été facile, mais ça m'a vraiment énormément amusé. J'espère vraiment que tous ces dessins vous plairont.

POSTFACE

Merci d'avoir lu le premier tome de Mynoghra. Je suis Fehu Kazuno, l'auteur de ce roman. Est-ce que cette version papier vous a plu ? À l'origine, j'avais posté cette œuvre sur le site internet japonais, Écrivons un roman ! et elle a été sélectionnée pour être publiée par GC Novels. Cette version a donc été améliorée grâce à des corrections qui ne sont pas présentes dans la version web. Et puis surtout, elle a été rehaussée de magnifiques illustrations du très talentueux Navigavi. J'espère donc que l'ensemble de ces détails aura amené les lecteurs de la première version à lire celle-ci également, et que cette dernière vous plaira à tous !

D'ailleurs, peu de temps avant la sortie de ce premier tome, j'ai eu la joie d'apprendre qu'une version manga allait également être publiée ! C'est le mangaka Yasaiko Midorihana qui officiera en tant qu'illustrateur. J'ai déjà reçu les premiers croquis des personnages, et il est parvenu à donner vie à ces êtres de papier. J'en suis extrêmement heureux ! Je vais poster toutes les dernières informations à propos de cette version sur mon compte Twitter, et j'espère que vous avez autant hâte que moi d'avoir le manga Mynoghra entre les mains.

J'aimerais désormais remercier de nombreuses personnes, qui m'ont toujours soutenu.

D'abord Navigavi, l'illustrateur de ce roman. Merci mille fois pour vos magnifiques dessins. Ils sont élaborés et bourrés des détails, et dégagent une atmosphère qui colle parfaitement bien avec le propos de cette œuvre. En plus, les scènes où les personnages combattent sont si vivantes qu'elles semblent prêtes à bondir de la page ! Je me souviens que dès notre première rencontre, l'éditeur et moi sommes immédiatement tombés d'accord pour que vos dessins illustrent ce roman. Et dès que j'ai vu le résultat, j'ai su que j'avais fait le bon choix. Atô dégage une aura diabolique, mais reste adorable. Takuto semble en même temps parfaitement banal en tant qu'adolescent avec son trouble de la communication, et parfaitement terrifiant pour ses sujets en tant que Roi de la Ruine. Et il en va de même pour tous les autres personnages. Ils sont tous absolument parfaits, exactement comme je me l'imaginais. J'espère que nous continuerons à travailler ensemble, et de mon côté je vais continuer à écrire des histoires qui pourront faire honneur à vos illustrations.

Mlle Kishida, du groupe Kishida Kyoudan & The Akeboshi Rockets, merci beaucoup pour votre commentaire sur la couverture de la version japonaise ce premier tome. Vous m'avez fait l'honneur de complimenter Mynoghra sur Twitter après avoir lu la version web, et ensuite accepté d'écrire un petit commentaire pour la sortie de la version papier. Je sais que vous êtes très occupée et je vous suis vraiment reconnaissant d'avoir pris le temps de le faire. Je me souviens que mon éditeur et moi étions très nerveux et craignions que vous ne refusiez notre demande, alors j'étais vraiment fou de joie lorsque vous avez accepté.

Au graphiste, merci mille fois pour votre magnifique travail. Toutes les fenêtres de jeu ainsi que l'Eterpedia sont vraiment extrêmement bien faits et donnent vraiment un charme incroyable à l'ensemble.

Au relecteur, j'ai beau vraiment faire attention, je sais bien que je fais beaucoup de fautes. Car quand je dois me relire moi-même, je finis toujours par suer à grosses gouttes devant la quantité de travail que cela représente. Je vous suis donc vraiment reconnaissant. Je voudrais en particulier vous remercier de m'avoir appris la bonne utilisation de plusieurs expressions idiomatiques, tout cela m'est très utile.

À mon éditeur et à toute l'équipe de GB Novels, à M. Kawaguchi, qui est le premier à avoir découvert Mynoghra et à m'avoir contacté pour en faire un livre, et à tous ses collègues : un très grand merci. Je vous suis infiniment reconnaissant d'avoir choisi mon œuvre parmi toutes celles qui se trouvaient sur le site. Je vais continuer à faire de mon mieux pour satisfaire toutes vos attentes.

À tous les autres gens qui m'ont aidé, je vous suis infiniment reconnaissant. C'est grâce à vous tous que cette œuvre a pu voir le jour sous cette version papier.

Et enfin, à vous, les lecteurs. Quoi qu'il arrive, rien de tout ceci n'aurait été possible sans vous. Merci pour vos commentaires, vos critiques et votre soutien. C'est vous qui avez fait de cette œuvre ce qu'elle est et qui avez créé l'écrivain que je suis. Je garde précieusement toutes les illustrations dessinées par mes fans, et j'y jette parfois un œil quand j'ai besoin de retrouver ma motivation. J'espère que j'ai réussi à vous montrer un peu de ma gratitude en écrivant un roman passionnant et amusant.

Je voudrais continuer à écrire des histoires qui vont exciter, surprendre et impressionner le plus de gens possible, alors j'espère que vous continuerez à me soutenir.

Merci à vous tous, une fois de plus.

Je vous laisse en espérant vous retrouver dans la postface du deuxième tome.

Fehu Kazuno

Mynoghra, Annonciateur de l'Apocalypse
TOME 1

Textes de Fehu KAZUNO
Illustrations de Navigavi

Première édition
Dépôt légal : Octobre 2021
ISBN : 978-2-491806-14-9

Directeur éditorial : Aurélien Martinez
Équipe commerciale : Jeremy Touzet, Caroline Delmon

Traduction : Tomislav Curac
Corrections et adaptations : Élisa Fabre
Composition et mise en page : Ludovic Fily

Imprimeur : Pulsio Print (Bulgarie)